産医お信《のぶ》なぞとき帖

和田はつ子

PHP
文芸文庫

JN036589

○本表紙デザイン＋ロゴ＝川上成夫

産医お信《のぶ》なぞとき帖　目次

第一話　香《こう》盤《ばん》時計

1

江戸市中も神無月《かんなづき》を過ぎると朝夕の冷え込みが増して、ほどなく霜柱《しもばしら》が立つ。炬燵《こたつ》のぬくもりが恋しく感じられる頃となった。

「それでは先生、行ってまいります」

充信堂《じゆうしんどう》の主《あるじ》信《のぶ》は常香盤《じょうこうばん》とも言われる香盤時計に向けて両手を合わせた。

香盤時計は一見すると、二、三段の抽斗《ひきだし》があるだけの箱のように見える。格子《こうし》状の蓋《ふた》を開けると、中には灰が敷き詰められている。その上に抹香《まっこう》で回路図を作り、ところどころに刻限《こくげん》の札《ふだ》を立てておくことで時を知らせる仕掛けになっていた。あるいは香《こう》をところどころで替えることもあった。大陸から伝わり、奈良に天子様がおわした時から身分の高い人たちや富裕層が用いている。

お信と共に医療に精進《しょうじん》してきた松川善周《まつかわぜんしゅう》が還《かえ》らぬ人となってから、早《は》や一年近くが過ぎようとしていた。

簡素を旨《むね》とする充信堂には不似合いな、何とも雅《みやび》やかな香盤時計が、たいそう香りの良い香を添えて、お信の元に届けられたのは、善周の四十九日の法要《ほうよう》を終えて数日後のことであった。

——それにしても、いったいどなたがこのようなお気遣《きづか》いをしてくださったのかしら？——

ずっとお信は謝意を抱《いだ》いてきたが、相手の見当は全くつかなかった。なぜならお信と善周はこのような典雅《てんが》なものとは縁のない、市井《しせい》の庶民相手のいわゆる町医者だったからだ。

お信に父親はおらず、産婆《さんば》をしていた母お妙《たえ》と二人で懸命に生きてきた。お信は幼い頃から母の仕事が大好きで、自分も産婆になりたいと願った。母お妙も自分が持つ手技《しゅぎ》の全《すべ》てをお信に伝えた。しかし、これからという時にお妙は流行風邪《はやりかぜ》であっけなく亡くなってしまった。母を救うには産婆の持つ知識だけでは駄目《だめ》だということを思い知らされたお信は、顔見知りであった、松川善周に医術の教えを乞《こ》うことにした。突然の弟子《でし》志願に善周は驚き、しばし思案顔《しあんがお》でいたが、お信の熱心さに折れ、家事をすることと引き換えに医術の手ほどきをしてくれるようになった。年月が経《た》ち、二人の絆《きずな》は深まり、ようやく二人が結ばれた夜の翌日、善周は二度と還ることのできない地へ旅立ってしまった。

医者はたとえ御典医《ごてんい》（将軍家や大名に仕える医者）であっても、小姓《こしょう》にさえ蔑《さげす》まれる生業《なりわい》であった。その理由《わけ》は先祖代々医家だから継ぐというのはまだマシな方で、何人かいる兄弟の中で最も出来の悪い者が「医者にでもなるか」という、安《あん》直《ちょく》な気持ちで医者という仕事を選ぶ輩《やから》がいたゆえであった。

医者になるための試験は無く、医術書を数冊読んだだけで、医者の看板を掲げる者たちも少なくなかった。そのような医者は必然的に淘汰《とうた》されるが、そうなるまでに、救える命も散らされてしまうと善周は深く憂《うれ》えていた。そして、目の前の患者を救うことに日々、全身全霊を傾けている善周の姿こそ、医者の鑑《かがみ》として皆が見倣《みなら》うべきだとお信は確信していた。

こうした善周の考え方、生き方は、とかく嫉《そね》みを向けられることにもなり、善周とお信は多くの医者や産婆たちから敵対視されていた。

それゆえ、香盤時計などという雅やかにして重宝《ちょうほう》な供養《くよう》の品を、届けてくれる相手に心当たりが皆無《かいむ》であったとしても不思議はなかった。

　あの日、善周は往診《おうしん》の帰り、通りかかった居酒屋の前での喧嘩《けんか》に巻き込まれて亡くなってしまったのである。地回《じまわ》りの岡《おか》っ引《ぴ》きが駆《か》け付ける前に、喧嘩をしていた奴《やつ》らは、

「やべえ」

「逃げろ」

　と言って、脱兎《だっと》のごとく走り去っていた。岡っ引きがその場にいた野次馬《やじうま》たちに、喧嘩をしていた奴について訊《き》いても、

「さあ、見かけねえ顔だな」

「知らねえ奴だな」

　と応《こた》え、居酒屋の主も、

「初めてのお客で。お店者《たなもの》らしい一人がふらっと入ってきて、飲んでいたんだが、後から来た奴がどっかでひっかけてきたらしく、先に来ていたお客の足にぶつかったんですよ。言い合いになって、表へ出ろってことになって――。後はご覧の通りで。善周先生もとんだとばっちりで。とんでもねえことになっちまって」

　と言い、喧嘩をしていた者たちがどこの誰かはわからなかった。

知らせを聞いて、番屋《ばんや》に駆け付けたお信は善周の亡骸《なきがら》にすがりつき、一生分の涙を流した。

野辺《のべ》の送りには近所の者たちをはじめ、件《くだん》の居酒屋の主までもが連なった。

「先生も運が悪いよね。仲裁《ちゅうさい》に入ったはいいが、突き飛ばされて地面でしこたま頭を打って、打ち所が悪くて、あの世に逝《い》っちまったってえんだから。おまけに突き飛ばした奴がどこのどいつかわからねえってんだから、お役人はどうしてるのかね」

「そうだよ。下手人《げしゅにん》を早く捕《つか》まえろよ」

「しっ。滅多《めった》なことを言うもんじゃないよ。ほら、後ろにはお役人がいるよ」

その言葉に慌《あわ》てて、皆口をつぐんだ。

患者の北町奉行所与力《きたまちぶぎょうしよよりき》田巻高之進《たまきこうのしん》が連なっていたのである。

お信は善周を埋葬《まいそう》するにあたり、善周の菩提寺《ぼだいじ》を知らないことに気づいた。そういえば、善周の来《こ》し方をあまり聞いたことがなかったと思った。しかし、埋葬しないわけにはいかず、母お妙の墓の隣に埋葬することにした。

善周が亡くなってしまっても変わらぬ日々であったが、そうやって、善周のことを忘れようとすればするほど、辛《つら》く思い出すようになっていた。亡くなってそう時が過ぎないうちは、がむしゃらに働いてその想いを払拭《ふっしょく》することもできたが、今では心に一つぽかりと大きな穴が空《あ》いていると感じる。これぱかりはどうにも埋《う》められない。

そんなある日、それまでは患者として佐内町《さないちょう》の診療所を訪れていた田巻が、八《はっ》丁堀《ちょうぼり》の自分の役宅《やくたく》に引っ越してくることをお信に勧めた。

奉行所の役人たちは八丁堀に組屋敷を幕府から与えられ、暮らしていた。特に与力に与えられた土地はゆうに二百坪《つぼ》を超えていたので、副業として土地の一部を医者、儒者《じゅしゃ》、歌人、俳人等に限り貸していた。佐内町と八丁堀は楓川《かえでがわ》を挟《はさ》んで対しているので海賊橋《かいぞくばし》を渡れば目と鼻の先である。これまでの患者さんたちも通ってきやすいし、家賃も安いし、何より奉行所役人の組屋敷内であるから安全安心であるが、善周との思い出を大事にしたいという気持ちもあり、お信が大層迷っていると、

「わたしのことには構わず、新しいところで心機一転《しんきいってん》して医術へのさらなる精進を」

という善周の声が聞こえ、お信は引っ越しを決意した。そこで、

「田巻様のお役宅の敷地の一部を借り受けるのですから、高信堂《こうしんどう》と名付けたいと思

います」

とお信が言うと、

「それではあまりにも面映《おもは》ゆい」

田巻は固辞《こじ》した。

「でも、それでは――」

お信が続けようとすると、

「お信先生の信は〝まこと〟とも読みますね。ですから〝まこと〟が溢《あふ》れている、充《み》ちているということで、充信堂はどうですか？　充ちているという意味では〝満〟もありますが、〝満信〟は〝慢心《まんしん》〟につながりますからね。充信堂、いいですよね」

田巻の言葉に半ば押し切られて、充信堂と名付けることにした。

2

しかし、やはり善周を失った心の穴を埋めることはすぐには叶《かな》わない。夜になって、布団《ふとん》に潜《もぐ》り込むと、

――突然、呆気《あっけ》なく逝ってしまうなんて思ってもみませんでした。こんなことに

なるのなら、あの夜、先生の言葉を笑って聞き流せばよかった――、先生がいい年《と》齢《し》をしてあんなことをおっしゃらなければ――

ふと心の中で、善周にとめどもない想いをぶつけていたりする。

――おやおや、恨《うら》み言《ごと》ですか。あなたには何事にも覚悟があったはずでは？――

心の中の善周は手厳しく応える。

――そんな言い方をなさらなくても――

正直お信は泣きたくなった。

――今度は泣き言ですか。あなたらしくない――

お信の心の中の善周の言葉は有無《うむ》を言わせず、さらに厳しさを増した。

――これは先生の応えではない――

その呟《つぶや》きに善周はもう応えようとはしない。お信は自分の心の中の善周の言葉が、決して善周のものではないことを知っていた。善周はこれほど饒舌《じょうぜつ》ではなく、責める物言いとも無縁であった。ああすればよかった、こうすればよかったという、お信自身の悔《く》いが作り出した幻《まぼろし》の声であり非難なのだ。

――先生はいつだって、わたしのすることに反対なさらなかった。悠揚《ゆうよう》迫らぬ微笑《ほほえ》みで温かく包んでわたしを励ましてくださった――

お信は温和さの中に限りない優しさと強さを秘めた、善周を思い出そうとした。

もっとも、善周とて若い頃は情味《じょうみ》と凜々《りり》しさの方が勝《まさ》っていた。それが年齢《とし》を重ねて、医者の技《わざ》を引き上げよう、救える命の数を増やそうという、強い信念に基づいた役目への精進に洗われ続けて、その顔は曰《いわ》く言い難《がた》い格を醸《かも》し出していた。

にもかかわらず、

――なぜか、先生の近しかった時の顔が見えない――

今のお信は若い時の善周の顔しか思い出せずにいる。

お信は大きく首を横に振って、束《つか》の間《ま》自身の想いを消し去った。激しく戸を叩《たた》く音がしたからである。

「先生、お信先生、お願いします。坂本町《さかもとちょう》の鋳掛屋《いかけや》の浩太《こうた》です」

二十歳《はたち》を幾《いく》つか出た年頃の男が立っていた。

「おと喜《き》の奴、さっき、水が出ちまって――、前に先生が水が出たらすぐに知らせるようにって、言ってたし、長屋の皆も――。とにかく、おと喜ときたら泣くばかりで――」

水が出たというのは出産前に卵膜《らんまく》が破れる破水《はすい》のことであった。

「よく知らせてくれたわ」

大きく頷《うなず》いたお信はすでに身仕舞《みじまい》ができていたこともあって、薬籠《やくろう》を背負って立ち上がった。

お信には亡母《ぼうぼ》お妙に仕込まれた産婆の腕もあり、お産術に長《た》けていた。お産は医者ではなく産婆の仕事とされている。

暮らしに余裕の無い、身籠《みご》もった女たちは分娩《ぶんべん》料の安い産婆の世話になると決めたが、その際、雇《やと》われた産婆は必ず特定の医者の名を挙《あ》げた。医者は産婆で手に負えない難産に駆け付けることが多かったが、医者の力で赤子《あかご》や産婦が助かる例は少なかった。出産という命が生まれる尊《とうと》い舞台が一転して、しばしば死のまがまがしさで覆《おお》い尽くされることさえあった。医者は家族を失いかけている、残される者たちの慰《なぐさ》めにすぎなかったのである。

一方、富裕な家では薬礼《やくれい》（診療費）の高いかかりつけの医者に分娩も頼み、その医者は妊娠中から分娩までよほどのことが起きない限り、馴染《なじ》みの産婆を妊婦に寄り添わせるという具合であった。こうした組み合わせでも、医者または産婆の腕が良ければ、赤子や産婦は無事であったが、藪《やぶ》医者と無知で経験不足の産婆だったりすると、赤子または産婦、その両方の命が失われた。

助からなかった命について、医者は産婆のせいに産婆は医者のせいにしたが、その実、裏で手を組んでいて、各々《おのおの》相応の金を受け取っていたのだった。

これを生前の善周は悪《あ》しき慣習とし、「この世に治らぬ病《やまい》は多々あるとしても、せめて幸、不幸が産婆や医者の腕に委《ゆだ》ねられる出産だけは幸《さち》あるものにしたい。救うことのできる命を死神に掠《かす》め取られてはならない」と力説してもいた。

お信は妊娠中の指導や分娩を一人でこなしてきている。善周は、お信のやり方に賛同し、このやり方を推《お》し進めるにあたっての御墨《おすみ》付きを出してくれていた。

お信が請《う》け負った際の費《つい》えは並みの産婆よりも安かったせいもあって、お信へのお産の依頼は今も増え続けている。

そんな事情もあって、坂本町の多平《たへい》長屋に住む鋳掛屋の浩太とおと喜の若夫婦も、身籠り中も母子を気遣う教えで安心、丁寧《ていねい》で上手《うま》いお産術、何より安い、の評判をとっているお信に、初産《ういざん》を託《たく》したのであった。

「実は、これから日本橋本町《にほんばしほんちょう》の薬種問屋上田屋《やくしゅどんやうえだや》さんへ行くことになってたんですよ。そちらは急がないので浩太さん、上田屋さんにこれを渡してきてくださいな」

お信は、〝急なお産でお約束の刻限には伺《うかが》えなくなりました。充信堂　信〟と書いた紙を浩太に渡した。

「それじゃ、俺《おれ》はこれを」

浩太は走り去り、お信は戸口に掲げた留守《るす》中の連絡先を、上田屋から坂本町多平長屋に変えると、早足でおと喜の元へ向かった。

「おと喜さん、どう？」

お信は赤子を背負って小さな男の子の手を引いている、三十代半ばのお好《よし》に話しかけた。お好の後ろには何人ものかみさんたちが控えている。半数以上はお信が分娩に立ち会った女たちであった。

「それがおと喜さん、怯《おび》えちゃって」

お好はやや困惑《こんわく》気味に言った。

「あれっ？　お産をしたことのある皆さんで、お産は病じゃないからって、初産のおと喜さんを励まして、安心させてきたんじゃなかった？　七日前、わたしが診《み》に来た時はそうだったじゃない？」

お信の言葉に、

「身籠ってる間は始終そうしてきたよ。悪阻《つわり》の時は持ち回りで食べ物届けたり、じっとしてばかりだとお産が重くなるからって、わざとここいらの掃除頼んだりして。初産のおと喜さんのこと、あたしたちは娘か妹みたいに思ってるんだから――」

お好は目を伏せかけた。

「娘か妹みたいに思ってるんだったら、世話を続けてくれるのが親身《しんみ》というものよ」

お信はお好の目を見た。

「お信先生が帰った後、おと喜さん、急に落ち着かなくなって、いろいろあたしたちに聞いてまわるようになったんだよね。ところが皆、あんまりよく覚えてないの、あたしもだよ。無我夢中《むがむちゅう》だったもの。誰かが〝障子《しょうじ》の桟《さん》が見えなくなるほど痛かった〟とか、〝先に水が出ると難産になる〟なんて洩《も》らしたのが始まりで、おと喜さん、急に塞《ふさ》ぎ込むようになっちゃった」

――なるほど。それで連れ合いの浩太さんはおと喜さんが不安になっているって言いたかったのね――

お信は得心《とくしん》した。

3

お信がおと喜の家へと急いで油障子を開けたとたん、

「先生っ」

いきなり、声を上げて泣きじゃくっていたおと喜に抱《だ》きつかれた。

妊婦は悪阻の頃と、出産が間近に迫って不安が募《つの》る臨月《りんげつ》に心が不安定に揺れるものであった。もちろんその程度は経験のある経産婦《けいさんぷ》より初産の妊婦の方が大きい。

「もう、あたし駄目。ここの皆さんみたいにあたし、強くないもの。今、とってもお産が怖《こわ》い。今までは浩太さんとあたしの可愛《かわい》い赤ちゃんに会えるのが待ち遠しかったけど、赤ちゃんかあたし、両方が死んじゃうことだってあるんだもの――。子どもの頃、昨日まで元気で大きなお腹《なか》をしてた女の人の家の前の〈忌中《きちゅう》〉の札、見たことある。あたしの手を引いてたおっかさんに訊いても、〝今はわからなくていい〟って、応えてくれなかった」

おと喜はまだ興奮気味でいる。

たしかに命を落とすことの多いお産は、女の大役であった。

「大丈夫よ」

「でも、難産になるっていうお水が出て――」

おと喜は不安げに眉《まゆ》を寄せた。

「もしや、躓《つまず》いて転《ころ》んだりした？」

お信の問いに、おと喜は頭を大きく横に振った。

お信はおと喜の背中を撫《な》でて、

「それより、中を診せてくれる？」

布団《ふとん》の上に横にならせた。

「はい、まずはゆっくりと息を吸って吐《は》いて――」

お信はおと喜の手首をとって脈が落ち着いてきたところで、

「それじゃ、支度《したく》をしてね」

相手に自分の意志で着物の裾《すそ》をたくし上げさせた。

お信が言った、中を診るというのは膣口《ちつこう》から子宮《しきゅう》に及ぶ内診《ないしん》のことであった。たいてい妊娠五、六箇月頃から行う。これをほとんど全員の妊婦が恥ずかしがって嫌うのだが、男の医者たちの中には有無を言わせず、太い指で内診を続けて、すっかり妊婦を怯えさせてしまう者も少なくはなかった。

出産の大敵は妊婦の怯えだとお信は思っている。出産に対して怯えが先に走ると、緊張のあまり全身が硬直《こうちょく》して痛みを強く感じるようになりがちなのだ。助産者は妊婦の緊張を解《と》いて寛《くつろ》がせることが肝要《かんよう》であった。

お信が盥《たらい》に取った水で手を清めている間に、おと喜は慣れた様子で下半身をお信の前に晒《さら》した。この動作によって、先ほどの興奮からさめたようにも見受けられる。

「こうして先生に診ていただいてたら、大丈夫なんですよね」

おと喜に念を押されながら、お信は細くてよくしなる器用な指使いをした。濡《ぬ》れている着物の裾にも鼻を近づけた。破水には小水《しょうすい》とは別の独特の匂《にお》いがある。

「まだ、様子はいつもと変わらない。お水はどうやら、別のところから出たみたいね。だから何も心配は要《い》らない」

お信の言葉に、

「それって、おしっこを漏《も》らしたってこと？　いやっ、恥ずかしい」

頰《ほお》を赤らめたおと喜は、

「浩太さんには言わないでね」

念を押すとほっとしたのか、さすがに騒《さわ》ぎすぎて疲れたのだろう、すやすやと寝入ってしまった。

お信は戻ってきた浩太にこのことを告げたが、知らないことにするよう口止めした。

「わかりました」

戸口の前で神妙《しんみょう》に頷いた浩太は、
後ろを振り返ると、

「実は、おと喜と手習《てなら》いで一緒だった女友達も産み月で、そちらはもうかなり痛みが来てるんだそうです。その女友達の母親っていうのが来てまして――」

年齢《とし》の頃、四十代半ばの粗末な縞木綿《しまもめん》姿の女がお信の前に立った。

「三十間堀《さんじっけんぼり》で金物《かなもの》を商《あきな》っている、みはる屋の希代《きよ》と申します。どうか娘を、まつ江《え》を助けてくださいっ」

お希代の顔は蒼白《そうはく》であった。

「ご事情は？」

まつ江という名はお信が受け持っている妊婦の中には無かった。

「それは——」

お希代は口籠《くちごも》った。

「わかりました、そこのところは道すがら話してください」

お信は一度下ろした薬籠を再び背負った。お希代が道々語った話とは以下のようなものだった。

まつ江の実家《さと》みはる屋は金物屋といっても、鉄で拵《こしら》えることの多い医者の治療用の道具や、金創医《きんそうい》が傷の手当てに用いる石灰《せっかい》等に限って商ってきた。ちなみに金創医とは戦国の世から続く秘伝を誇る刀傷《とうしょう》治療の専門医である。市中の金創医を束《たば》ねている加藤潤海《かとうじゅんかい》の嫡男《ちゃくなん》真海《しんかい》が店を訪れた際、応対に出たまつ江を見初《みそ》めた。玉の輿《こし》である。将軍家や大名筋からも祝いの品が届くたいそうな婚礼の後、ほどなくまつ江は身籠った。

「この時は跡継《あとつ》ぎができてよかった、これで娘も石女《うまずめ》なんぞと陰口《かげぐち》を叩かれずに済むと、あたしもうちの人も胸を撫でおろしました」

ちょうど同じ頃、鋳掛屋の浩太と所帯《しょたい》を持った親友お喜にも子ができて、二人は以前にも増して仲良くなった。

「二人とも初産ですから、不安は募っても不思議はありません。特にまつ江は悩んでいました。お と喜ちゃんがお信先生を選んだからです。まつ江の方は当然、代々加藤家と縁があって、産医を束ねている宮田源瑞《みやたげんずい》先生と宮田先生が懇意《こんい》になさっている産婆でした」

　宮田源瑞はお産術の祖と仰《あお》がれてきた鉗子《かんし》使いの名手河村静哲《かわむらせいてつ》の孫弟子であった。五十歳にはまだ間のある源瑞は、天子様の遠縁に当たる尊い血筋だという宮田家に婿《むこ》入りし、得意の鉗子使いで市中の産医や産婆を束ねていた。

　産医と産婆、各々の頭《かしら》が結びついて市中のお産を牛耳《ぎゅうじ》るという図式は、今に始まったことではなく、心ある産医や産婆が立ち上がり、物申したこともあった。その中には善周もお信もいた。

　しかし、個人の悪行《あくぎょう》は成敗《せいばい》できても、束ねや頭というお役目がある以上、すぐに第二、第三の悪縁ができて繰り返される。

　お信は妊婦の腹部をきつく締《し》め付ける腹帯《はらおび》の着け方が、母胎《ぼたい》にどれほど危険かと説き続けている。しかし産医と産婆の結託《けったく》に利に聡《さと》い晒《さらし》木綿問屋が加わって、今も続けられている。お産の軽い犬にちなんで戌《いぬ》の日に着帯される腹帯には、昔から安産への限りない祈りが込められているにもかかわらず――。お信は何とも無念であった。

4

「宮田先生がまつ江に付けてくだすった産婆さんはおくめさん。二十歳過ぎでちょっと若い気はしてました」

以前の産婆頭は、産医の束ねと組んで専横的に利を貪《むさぼ》ってはいたものの、産医の技量と産婆の技量を見て組み合わせていたが、最近では産医が自分に都合の良いように産婆を選ぶようになっていた。

結果、市中の産婆の質は落ちた。産医、産婆頭の指図で妊婦に寄り添う産婆たちは若く、経験の少ない者ばかりとなり、産医、産婆頭へ流れる仲介《ちゅうかい》料は膨《ふく》らむばかりとなったのである。若い産婆たちは必死に役目を果たそうとしているが、如何《いかん》せんその技は稚拙《ちせつ》にして杜撰《ずさん》で、お産で死亡する母子の数は増えてきていた。

「〝おくめさんはぎゅうぎゅう腹帯を締めて、『これで赤子が大きくなりすぎずに楽に生まれますよ』って言うけど、お信先生が『腹帯は大事な赤ちゃんをふんわりと守るためのもの』と言ってるのと違う。ほんとにこれでいいの？　おくめさん、頼りになるのかな？〟ってまつ江は言ってました。それで、お姑《しゅうとめ》さんが亡くなられているこ ともあるので、あちら様にお願いして、〝どうしてもお産に立ち会わせてほしい〟ってあたし、押しかけたんです。そうしたら、娘は赤子が斜位《しゃい》だからってかれこれ丸一日以上苦しみ続けていて、心配で、心配で――」

お希代は絞《しぼ》り出すような泣き声になった。

逆子《さかご》を含む斜位は出産の際、母子の命を危険に晒す。そして斜位の因《もと》は腹帯による締め付けであった。日々の締め付けによって胎位《たいい》が右か左に偏《かたよ》り、どんなに強い陣痛《じんつう》が訪れても胎児はうまく産道《さんどう》に入れず、母親は疲弊《ひへい》しきって亡くなり、赤子も同様の運命を辿《たど》る。

「このままでは娘も赤子もきっと駄目です。何とかしてください。娘はおと喜さんから、〝お信先生にできない技はない〟と聞いていて、陣痛の苦しみの中で〝どうしても呼んできて〟と言ってるんです。大丈夫です、宮田先生はまつ江の舅《しゅうと》や夫と一緒に、箱根《はこね》へ湯治《とうじ》に出かけてますから」

――妻が臨月だというのに随分いい気なものね――

お信は呆《あき》れつつ、

「急ぎましょう」

一層の早足になった。

「裏からお邪魔《じゃま》しましょう」

お信が裏木戸を抜けて勝手口へと向かいかけると、

「まつ江のいる産屋《うぶや》はあちらです」

薬草園に面して粗末な道具部屋が見える。武家では徹底してお産は不浄《ふじょう》なものと見做《みな》し、妊婦を隔離《かくり》して出産を終えさせる風習があった。

「何でも、加藤家のご先祖様はたいそうご立派な侍大将だったそうです」

まつ江は狭く暗い部屋に寝かされていた。産後用の座椅子《ざいす》もあった。年代物だが贅沢《ぜいたく》にも紫檀《したん》で作られている。

産婆のおくめは初冬というのに顔中汗まみれで、

「いきんで、いきんで。ほら、生まれてこのかたずーっと続けてる、あの大のものを出す勢いで」

念仏《ねんぶつ》のように唱《とな》えているが、まつ江にはもはやその気力さえ無いように見えた。妊婦が産みの苦しみに耐えて呻《うめ》いているうちはまだ安心で、呻くことさえできなくなると、娩出《べんしゅつ》のためにいきむ力さえ失《な》くし、やがて息が止まる。

お信はすぐに顔をまつ江に近づけた。

「まつ江さん、しっかり。わたしが来たからにはもう大丈夫ですよ」

そう言い切った。

「お信先生」

痛みと不安の苦しみの中で乾きかけていたまつ江の目に潤《うるお》いが戻り、涙がこぼれ落ちた。

「お願い——助けて——」

「わかっています」

お信は大きく頷くと、早速両手を素早く清めてから内診に入ろうとした。

——いきみを急がせたせいで、斜位の上に子宮が下に下がりすぎている——

「ううう——ううっ、うっうっ」

まつ江は呻き声を上げた。

「今はいきまないで」

ここでお信はまつ江を胎位が傾いている方に寝かせ、胎児の重みでつかえていたものが離れる隙《すき》に、親指を加えた五本の右手指を産道に沈めた。子宮口を見つけるためであった。

——間違いなく斜位で、このような場合、子宮口は肛門《こうもん》の方へ向いている——

子宮口が見つかった。

お信は指を差し入れたまま、まつ江を自分の肩に寄りかからせた。まつ江の尻《しり》を床に押し付けるようにする。この弾《はず》みで子宮口と産道がつながった。

——正しい位置に胎児戻り完了。これで赤子の命は救えたけれど、お母さんの方はこれからが肝心《かんじん》——

「ううう っ──ううっ、うっうっうっ」

まつ江の陣痛《じんつう》は順調だった。

「さあ、痛みが来たら、いきんで。力いっぱい──」

お信はまつ江を励ました。

「うーん、う──ん、う──ん」

まつ江がいきむたびに、お信は肛門に晒を載せた左手を添わせる。陣痛のたびに広がる肛門を左手で強く押し上げれば、胎児の頭が産道へ突き当たって、膣《ちつ》や会陰《えいん》に裂傷《れっしょう》を作るのを避けることができるのだ。

肛門の晒はそのままにして、陣痛の合間にお信は右手の中指で産道を探《さぐ》った。卵膜がすでに破れている。卵膜は蠟引《ろうび》きの絹《きぬ》に水を含ませたような手触《てざわ》りで、中に羊《よう》水《すい》を湛《たた》えて胎児を育《はぐく》みつつ守る役割がある。その卵膜が破れて破水しているとなると、もはや指先で押してこれを破り、張りつめている羊水の力を借りることはできない。安産ではこの羊水の粘《ねば》り気を借りて、一挙に胎児を赤子としてこの世に迎える。それゆえ早期の破水を産婆たちは極度に恐れるのであった。羊水に頼れない出産はとかく難産になりやすい。

「まつ江さん、もう一息《ひといき》」

「うー──ん、う──ん」

まつ江が必死でいきむと、赤子の頭が出てきた。

お信は両手の親指を赤子の肩へかけ、残り八本の指を赤子の胸へ当てた。指先を揃《そろ》えて、赤子の肋骨《ろっこつ》を指先で傷《いた》めないように注意深く捉《とら》えて、上方へ向けて赤子を引き出していく。もしこの按配《あんばい》加減が悪くて下へ向けて胎児を引き抜くと、ただでさえ薄くなっている脆弱《ぜいじゃく》な会陰の肉は大きく裂けてしまう。必ず上に引き抜くことが肝要なのだ。会陰の大裂傷だけは母親の今後のためにも避けなければならなかった。ほどなく、

「んぎゃあ、んぎゃあ」

赤子は真っ赤な顔で大きな泣き声を上げた。

「とっても元気な男の子ですよ」

お信はまつ江に告げた。

5

「先生のおかげで母子ともに命が救われました。ありがとうございます。ありがとうございます」

まつ江の母親お希代は涙ぐんで何度も何度も頭を下げ、産婆のおくめは唖然《あぜん》とし

た面持《おもも》ちながら、

「宮田先生お留守の折、駆け付けていただきお世話をおかけしました。大変勉強になりました」

敬意の籠った目をお信に向けた。

「勉強になりましたねえ――。わかっていると思うけれど、あのまま続けていたら、母子ともに危なかったんですよ。これからは本番で勉強しないでくださいな」

お信は、そう言い残して帰路についた。

この後も忙しい往診の日々を送ったお信は、数日分の診療記録をまとめて書き留《と》めた。強く印象に残った急な患者は加藤家のまつ江一人だけだった。

金創医加藤家の妻女 まつ江の初産。身籠り中の腹帯の締め付けが因で胎児斜位、早期破水。胎児の頭が産道に向かわず陣痛長引く。整胎処置に続いて引き抜き分娩。母体の会陰に目立つ傷なし。母子ともに健《すこ》やか。

書き終えたお信がふうとため息をついたのは、胎児斜位や早期破水はありがちなことながら、胎児の命が奪われることが多々あるからであった。陣痛が長引いて母体が瀕死《ひんし》に陥《おちい》ると、駆け付けた産医はお産術用の鉗子を使う。鉗子で引き出された胎児はすでに腹の中で死んでいたと褥婦《じょくふ》（赤子を産んで間もなく、産褥《さんじょく》にある女性）や家族は説明されるが、実は鉗子の爪《つめ》が窒息《ちっそく》させていることの方が多い。家族は〝母親の命だけは救われた、子はまたできる〟と褥婦のことを慰めるが、急に赤子を失って褥婦になった女は、母になれなかった絶望から当分立ち直れない。細やかな気性の持ち主だと、また同じことが起きるのではないかと恐れ戦《おのの》いて夫や妊娠を避け続けることもあった。

――それと母子ともに命があったとしても、出産時、会陰の保護を怠《おこた》る助産の不注意があれば、母子の行く手が順風満帆《じゅんぷうまんぱん》だとは限らない――

胎児の娩出時に母体を損《そこ》ねる会陰裂傷はかすり傷程度のものから、会陰に近い肛門筋や直腸粘膜《ちょくちょうねんまく》と膣の境目が損傷、断裂する重度の裂傷までと幅がある。このうち、重度のものは悲惨《ひさん》で、直腸と膣の境目がなくなり膣瘻《ちつろう》となる。膣瘻では便が膣の方へと侵入してきてしまったり、肛門周囲の筋肉が動かなくなるため、排便・排尿障害が残る。

膣瘻は痔瘻《じろう》同様、外科的な手術以外完治することはなく、当人が悪臭《あくしゅう》に苛《さいな》まれるだけではなく、周囲の家族たちをも遠ざける。自分の子どもにさえ避けられて一室に閉じ籠ったまま、この病のせいで持病となる膀胱炎《ぼうこうえん》の重症化で亡くなる例が多かった。

お信はこれを何とかしたいと常に思ってきた。

――蘭方《らんぽう》の外科に通じていた善周先生は〝そもそもお産が因で膣瘻になったのだとしたら、我が子への愛の証《あかし》ではないか。恥じることなく、患者さえ勇気を出してくれるのなら、手術は難しいができないことはない。是非ともまだ先のある母親たちを座敷牢《ざしきろう》のようなところから自由にしてあげたい〟とおっしゃっていた。〝それには、女は女同士、女医者のあなたが膣瘻に苦しむ患者の心を希望に向けて解きほぐすのが先決です〟とも。でも、そんな矢先、善周先生は亡くなってしまわれた――

そんな事情もあって、お信にとって膣瘻の完治は善周からの課題のように思われてもいた。

しかし市中で蘭方の医術を看板にしている蘭方医たちの中に、膣瘻を治せる者はお信の知る限りではいない。お信は思い切って、長崎へ行って、出島《でじま》の異人医者に外科の手ほどきを受けることも考えたが、そうなると自分の江戸不在中、市中で亡くなる母子の数は今以上に増えてしまう。

お信は善周が遺《のこ》した課題を果たせぬままでいるのが何とも無念であった。

――〝何事も適度に思い詰めること。すぐにはどうにもならないことを思い詰めすぎるのは虚《むな》しいだけなので特によろしくない。そんな時は好物を食べることだ〟

というのが、善周先生のわたしへの励ましだった——

お信は長火鉢《ながひばち》に鉄瓶《てつびん》をかけ、厨《くりや》に立つと蒸籠《せいろ》を竈《かまど》に載せて唐芋《からいも》（サツマイモ）をふかすことにした。ほくほくにふかした甘い唐芋はお信の大好物であった。

「ご免《めん》ください」

戸口で聞き慣れた声がした。地主の北町奉行所与力の田巻高之進が立っていた。田巻はとうに三十歳を過ぎているのに独り身である。役宅には両親が存命の頃から仕《つか》えている下働きの老爺《ろうや》がいるだけで、この老爺が家事全般を担《にな》っている。田巻は切れ長の目に鼻筋がすっと通り、かつ口元が整っている、いわゆるいい男である。

「お上がりください。ちょうどお茶とふかしたての唐芋がございます」

お信は田巻を座敷に招き入れてもてなした。田巻がお信のところを訪れるのは、月一回の店賃《たなちん》の徴収《ちょうしゅう》のほかには佐内町で善周と診療をしていた頃に患者として通ってきたのと同じく治療のためであったのだが、この日は珍しく違っていて、

「相談に乗っていただきたいことが起きまして——」

田巻は神妙な顔で、上座《かみざ》に置かれた座布団《ざぶとん》に座った。

「実は戯作者《げさくしゃ》が喜ぶ相対死《あいたいじに》（心中）話を思わせる事件が起きました」

田巻は眉間《みけん》に皺《しわ》を寄せた。

「奉行所の役人が忙しいのは良いことではありません。それだけそこかしこが不穏《ふおん》

だということですからね。ああ、それにしても忙しすぎます。どうしてこんなに忙しいのか――」

実直すぎる田巻は役者のような端整《たんせい》な顔を紅潮《こうちょう》させていた。

「産医の大家《たいか》、宮田源瑞をご存じでしょう？」

「ええ、もちろん」

「その宮田が亡くなりました。一緒に死んだのは宮田の下《もと》で働いていた産婆のおくめです」

「まあ」

驚いたお信は言葉に詰まった。

「お信先生が加藤家の嫁 まつ江の出産に立ち会ったことは、付いていたおくめが加藤家の者たち、当主潤海の弟子たちにも話していました。卓越《たくえつ》したお産術を誇示《こじ》したいがためのとんだ飛び入りだったと――」

田巻の言葉にお信は自分の耳を疑った。

6

「何かの間違いです。わたしは産婦のまつ江さんのおっかさん、みはる屋のお希代さんに頼まれてお産に立ち会っただけです。身につけた手技を誇示するためではありません。何しろ急を要する容態《ようだい》でしたから」

「それはまつ江の母親、みはる屋のお希代より聞いています」

「そうですか」

お信は田巻をじっと見つめて、

「何か、まだ言いたいことがありそうですね」

さばさばとした物言いで田巻を促《うなが》した。

「わたしは常からあなたの医術に感服《かんぷく》していますが、とかく出る杭《くい》は打たれるものです。今回のように急場に駆け付けても、逆に患者を横取りする医者と、妬《ねた》み嫉む同業者たちも少なくありません」

田巻は注意深く言葉を選んだ。

「わたしが患者を横取りしようとしたと言ったのはおくめさんではなく、加藤先生のところのお弟子さんたちだったのでは？」

――顔も出さず、手伝いもしないで――

金創医の大家である加藤家には医者修業《しゅぎょう》の弟子たちが何人かいるはずだったが、一人として産屋に近づいてこなかった。お産は外傷の手当てをする自分たちには関《かか》わりのないものだと見做していているのだ。あるいは男である自分たちの手が、お産の穢《けが》れになど触れたくないと思い込んでいる、男医者にありがちな理由で——。これればかりは本道《ほんどう》（内科）等の医者たちでも同様だった。

頷く代わりに田巻は、

「それが弟子たちだけではなく——」

伏し目がちになり、

「まさか——」

「加藤家の当主 潤海は跡継ぎの孫が誕生したというのに、たいそう不興《ふきょう》な様子で、〝鉗子使いの名手、河村静哲先生よりその技を受け継いだ宮田源瑞先生をお待ちせず、このような始末となった段、当家としては恥辱《ちじょく》の極《きわ》みです。返す返すも町人を嫁にしたのは間違いでした〟と言いました。また潤海の倅《せがれ》で赤子の父親である真海も、浅く頭《かぶり》を振って同調していました」

——信じられない——

お信は唇《くちびる》を嚙《か》みしめた。

「〝産婆上がりのお信とかいう女医者など呼ばず、嫁と赤子が運命を受け容《い》れていれば、宮田先生もあのような目に遭《あ》われることもなかったのでは？——ああ、これは良からぬ女医者の術策で惑《まど》わされた神の誤ったなさりようだ——とあの世の宮田先生もおっしゃっておられる。今、たしかに充信堂お信を恨む宮田先生のお声が聞こえた〟なぞと、まるで占い師か巫女《みこ》のようなことも言っていました」

――嫁の無事や孫の誕生を喜ぼうともせず、加藤親子はわたしを目の敵《かたき》にしたいのね。産医と産婆だけがつながっているのではなく、およそ関わりの薄そうな金創医まで結託しているのだとすると――

これはもう自分は市中のあらゆる医者を敵にまわしているようなものだとお信は身震《みぶる》いした。

「それで、わたしと宮田先生やおくめさんの死はどう関わるのです？　まさか、あの世から聞こえたという宮田先生の言葉を信じるというのではないでしょうね」

お信は半ば呆れた。

「あそこまで赤裸々《せきらら》に匂わせられると、一応はあなたに尋ねてみるほかなくて。潤海の弟子たちによれば、あなたは産婆のおくめに〝あんた、それでも産婆なの？　宮田先生は鉗子馬鹿《ばか》なんでしょうね、二人とも一度死んでこい〟なぞと言って、罵《ば》声《せい》を浴《あ》びせ続けたそうですし――」

田巻はふうとため息をついた。

「一人も立ち会わなかったというのに、弟子たちは随分なおしゃべりですね。おくめさんの嘘《うそ》はともかく、まつ江さんのためにわたしを頼ってきた、母親のお希代さんなら立ち会って全てを見ていましたから――」

お信はお希代に望みを託したが、

「お希代には直《じか》に訊きました。言葉少なく、〝全ては加藤家の皆さんのおっしゃる通りです〟と」

田巻は告げた。

「なるほど」

軽く失望はしたものの、お信は腹が立たなかった。

——わたしとしたことが。お希代さんはまつ江さんのおっかさんなのだから、加藤家の嫁であるまつ江さんの身になるのは当然のことだった。それに、みはる屋にとって金創医たちはお得意さんなのだし——

「それとこれです」

田巻は片袖《かたそで》から、柘植《つげ》の赤い飾り櫛《ぐし》を取り出した。

「あっ」

思わずお信は声を上げた。まつ江の出産に立ち会った翌日、髪に挿《さ》していた飾り櫛を失くしてしまっていたことに気がついたのであった。

「あなたのでしょう？」

「ええ、でもどこでこれを？」

「宮田とおくめが死んでいた場所です」

この時お信は、自分に仕掛けられた奸計《かんけい》を悟った。

――まつ江さんのお産に立ち会った時に落としたのね。拾ったのはたぶんお希代さん。それを弟子の誰かが見ていた。手伝わないけれど見張りだけはしていて、宮田先生とおくめさんが亡くなったとわかった後、充信堂お信憎さのあまり、罪を着せようとした。まずはお希代さんに口裏を合わさせようとした時、拾ったのを見ていた者がいると半ば脅《おど》して、弱い立場のお希代さんからこれを取り上げた――

「なるほどねえ――」

お信は田巻を見据えた。

「それにしても――」

意を決したお信は、

「わたしが市中の産医や産婆を牛耳りたくて、宮田先生とおくめさんを殺したというのですか？　まさか奉行所までそんなありもしないことを信じているわけではないでしょうね？」

田巻に畳《たた》みかけた。

お信の気迫に一瞬たじろいだ田巻だったが、

「宮田とおくめは理《わり》ない仲でした。宮田は随分前に妻を亡くしている鰥夫《やもめ》でしたし、おくめは独り身。不義ではありませんが、高貴な家柄の宮田家に婿入りして盛り立ててきた宮田がおくめに本気だったはずはありません」

奉行所の見解を述べ始めた。

「たしかに宮田先生は艶聞《えんぶん》の多い男《ひと》でしたね」

お信はどことなく太閤《たいこう》秀吉の若かりし頃の絵姿にも似た、全身これ好色といった印象の小男を思い出して相づちを打った。

――あの目に晒されるのが嫌だから、いくら大家でも宮田にだけはかかりたくないという妊婦もいた。

7

田巻は話を続けた。

「宮田と亡くなった妻の間に子は無く、宮田家の親戚連中が後添《のちぞ》いを必死で探していたそうですが、これがなかなか。あれで宮田は家柄よりも器量《きりよう》好みだったそうで。産医の頭として産婆たちを束ねるのは大事な仕事でしたが、本人にとっては美女を漁《あさ》る場でもあったとか。次々にこれはと思う若い産婆に手を出していたとのことでした。宮田は婦人病も診ていましたので、患者がそこそこ好みだと相手をしていたとかいなかったとか。酒が入ると〝素人《しろうと》は遊里《ゆうり》で遊ぶよりも安上がりだ〟などと言って憚《はばか》らなかったとも――」

「嫌な男ね」

お信は思わず呟いた。

「全くです」

田巻は深く頷いて相づちを打つと、話を続けた。

「おくめもその一人でした。おくめは美しいだけではなく、近頃珍しいほど生真面目《きまじ》な女《め》だったそうです。なのでこれは宮田の自業自得《じごうじとく》。遊びだと割り切れず思い詰めたおくめから仕掛けた、相対死《あいたいじに》だと当初断じたのです。ところが気になる飾り櫛が出てきて、正直どうしたものかと困り果てているのです。先ほど言いましたが、宮田をもとめる女たちは結構いたのです。年増《としま》や大年増の患者には人気がありました。奉行所の中には、宮田という男は、特に孤閨《こけい》を囲っている寡婦《かふ》にはたまらない、奇妙な色気を振りまいていたのではないかという者もおりまして」

田巻は懐《ふところ》から手拭《てぬぐい》を取り出して、額《ひたい》の冷や汗を拭い始めた。

「まさかっ」

お信の大声に、田巻は冷や汗を拭う手を止めた。

「あなたが亡き善周先生とそうであったように、宮田と時には顔を合わせることもあったはずだから、と心ない連中は言うのです」

青い顔色の田巻は、精一杯言葉を選んだせいで声を震わせた。

「わたしがあの宮田なんぞのことを？　なんという――」

見当はずれな下衆《げす》の勘繰《かんぐ》りだと叫《さけ》ぼうとして、お信はその言葉を呑《の》み込んだ。

――たしかに医者たちは善周先生とわたしの関わりを知っている。以前からずっと善周先生が陰になり日向《ひなた》になりして、わたしを庇《かば》ってきたことにも立腹していた。あの人たちはわたしだけではなく、亡き善周先生まで貶《おとし》めようとしているのだ。けれども、田巻様はお役目を果たしているにすぎず、噛みつく相手ではない――

「だとすると、わたしは善周先生のためにも、身の証を自分で立てなければならない、しかもそれは強固な証である必要がある、そういうことになりましょうか？」

告げたお信の口調は意外にも明るく、予想外の展開に田巻は圧倒された。

――こんな時に――真に強い女《ひと》だ――

田巻は敬意さえ抱いたが、

「そうは言っても――」

思わず口籠ると、

「加藤家は根も葉もないことを真実にすり替えようとしています。女の嫉妬《しっと》と宮田先生の患者さんを横取りしたくて手を下したに違いないと、言い張り続けているのでしょう。まつ江さんのおっかさんまで抱《だ》き込んでいる限りは奉行所も無下《むげ》にはできないわけです。こうなったら、わたしは自分に咎《とが》はないという確たる証を摑《つか》まねばなりません。今までは善周先生とわたしで田巻様の健康をお守りしてきたのですから、今度は田巻様、お力添えいただけますね」

お信は、きらきらとよく光る目を田巻に向けた。

「もちろんです」

田巻は大きく頷いた。

「それではまず、宮田先生とおくめさんがどこでどのように亡くなっていたのか、教えてください」

「舟の中です。宮田家では涼《すず》みや雪見《ゆきみ》等の四季を楽しむための舟を持っています。この舟の中で二人は川面《かわも》を眺《なが》めていたのでしょう。折り重なって亡くなっていました」

「その舟は今どこに？」

「相対死とも殺しとも断じ得ない運びとなったので、川から引き上げて北町奉行所の裏手に置いてあります。中は骸《むくろ》を見つけた時のままです」

「それではそこへ行きましょう」

お信は素早く身仕舞すると田巻を促して、奉行所へと常にも増して急ぎ足になった。

「お待ち、お待ちを」

やっと追いついた田巻は、

「鉗子の名手なんてただの赤子殺しですよ。鉗子を使う医者たちは母親を救うためという言い訳で、赤子の息の根を止めて引き出してお産を終わらせているのです。何度か出産をした俺の母は、〝鉗子で引き出された子はうっすらと息をしていた。医者に鉗子を使わせずに産んでさえいれば生きていたはず。これは悪い夢などではない〟と死ぬまで悩み続けていました。その頃、お信先生がいたら、俺にも兄弟姉妹がいたと思います。先生が難産を乗り越えさせて母子の命を救おうとしてきたことを俺は知っています。佐内町にいらした時からの患者なのですから。人々の命を救うことに善周先生と共に命懸けだった先生が人殺しなどするものですか。俺は先生を信じています、味方です」

声を張り上げて息を切らしつつ言った。

「ありがとう」

お信は振り返って礼を言った。

北町奉行所の裏手に着いた二人は早速、宮田家から預《あず》かっている舟の中へと履物《はきもの》を脱いで入ってみた。

大店《おおだな》が貸切る屋形船《やかたぶね》とは比べようもないが、船頭《せんどう》を入れて六人は乗ることができる大きさで、一瞬どこぞの客間かと見紛《みまが》うほど、豪奢《ごうしゃ》で凝《こ》った造りであった。仄《ほの》かな香の匂いさえ鼻を掠める。日々嗅《か》ぎ慣れている香盤時計の香りに似ていた。

「良い匂いで香らせているんですね」

お信は相づちをもとめたが、

「そうですか？　香炉《こうろ》も無いし気がつきませんでした。気のせいでは？」

田巻は首を傾《かし》げて言い切ると、

「宮田はここに身分のある者や金持ち連中を招いていたようです。薬への精通《せいつう》と関わって、後ろ暗い便宜《べんぎ》もはかっていたはずです」

「死の因は？」

「膳《ぜん》のものと酒を鼠捕《ねずみと》りにかかった鼠に舐《な》めさせたところ、酒を舐めたとたん、鼠が死にましたので、酒に毒が仕込まれていたとわかりました」

8

田巻の言う通り、青々とした畳に蒔絵《まきえ》や沈金《ちんきん》の施された輪島塗《わじまぬり》の膳が二人分並んでいる。

「二人が死んでいたのはこのあたりです」

田巻は膳の前に進み出た。お信はこのあたりの畳の上に目を凝らした。

「田巻様、大きく足踏みしてみてください」

「こうですか」

田巻が中腰のまま言われた通りにすると、左足が上がったところで、

「ちょっとそのまま、そのまま」

田巻の前に屈《かが》み込んだお信は、素早く何かを摘《つま》み上げた。

「捕《と》れました」

立ち上がったお信は、田巻の目の前で握った右掌《みぎて》を開いた。

「気がつかなかったな」

田巻はお信の掌《てのひら》の中のものを注視した。

「畳の縁《へり》と縁の間にめり込んでいました」

「時季外《じきはず》れの蠅《はえ》ですかね」

お信の拾いものには羽が生《は》えていた。

「黄色の染料の中を食べ物と間違えて暴れ回った挙句《あげく》、息絶えたのでしょうか?」

田巻は黄色い粉がついたものに目を凝らし続けた。

「これは蜜蜂《みつばち》の一種だと思います。付いているのはおそらく花粉です」

　お信が言い切れたのは、これと同じ蜂を見たことがあったからである。お信は善周の伝手《つて》で小石川養生所《こいしかわようじょうしょ》が設《もう》けられている小石川御薬園《おやくえん》に入ったことがあった。小石川養生所は享保《きょうほう》七（一七二二）年に八代将軍吉宗《よしむね》によって設立された、貧者のための病院である。入った時、善周は花から花へと飛び回る丸花蜂《まるはなばち》を見つけて、

「黒色に白や黄色の縞があり、丸みを帯びている様子は蜜蜂に似ていますが体はやや大きく体毛が長い。細い筒型《つつがた》の花の奥にまで潜《もぐ》り込んで蜜を集めるのが上手く、それゆえ毛深い全身をさまざまな色の花粉でまみれさせていることが多い。多くの草木の命をつなぐ益虫《えきちゅう》です」

　と、お信に教えてくれた。

「何でここに今、このように迷い込んだのでしょう？」

「丸花蜂は奉行所が舟を預かる前に、すでに迷い込んでいたのかもしれませんよ」

「しかし、蜜蜂の一種なら山野を飛ぶ虫でしょう？　大川《おおかわ》の上を飛んでいたとはとても考えられませんが――」

　田巻は首を傾げ、くわしく見ようと、黄色の花粉にまみれた丸花蜂の死骸《しがい》に顔を寄せかけた。

「危ないっ、花粉が鼻にでも入ったら大変。死にますよ」

　お信は、びくっとして身を引いた田巻を遠ざけると、丸花蜂の死骸を懐紙《かいし》に包み、

「ついている花粉を肴《さかな》、菜、汁、酒と同じように調べてみてください」

田巻に渡した。

早速また鼠で試されて、丸花蜂に付いていた花粉は毒物であることがわかった。

翌朝、充信堂を訪ねてきた田巻から結果を知らされたお信は、

「やはりトリカブトでしたね」

なるほどと頷いた。

丸花蜂についての善周の話には、

「丸花蜂は紫色のトリカブトの花の奥へも潜り込んで、その乏《とぼ》しい蜜まで貪欲《どんよく》に吸い尽くします。越冬に備える女王蜂に運ぶためです。トリカブトは猛毒なので人が丸花蜂の真似《まね》をしたらひとたまりもありませんが、丸花蜂には一切毒性をもたらさず良き滋養《じよう》になるのです」

という続きがあった。

「くわばらくわばらですよ。それにしても、いつのまにあの舟に丸花蜂が入り込んでいたのでしょうか。まあ、たまたまなんでしょうな」

「かもしれません。けれど、誰かが裾か袖に、人には毒の花粉まみれの丸花蜂をつけて舟に乗ったということも考えられますよ」

「えっ？」

田巻は頭を抱《かか》え込んだ。

「でも、それはおくめさんではありません。なぜかというと、今時分、山野だけではなく、市中に住むおくめさんの身近でも、トリカブトの花は咲いていないからです。丸花蜂とて寒さにやられてしまい、越冬に入ったのは女王蜂一匹のはずです。ですから、その誰かは温かさを保って、時季外れの花や草木を育てることができる立派な室《むろ》を持っている者です。宮田先生はお持ちですよね」

「そう聞いています。でも、まさか、宮田の方が相対死をおくめに仕掛けたとは全く考えられません。宮田は元以上が取れないと相手に何も振る舞ったりしない嫌な奴という評判でした。そう考えると、まあ、たしかに奴があのような贅沢な舟に、格下の安直な遊び相手をお膳付きで連れ込むとは思い難いですな。宮田の遊び場はもっぱら部屋料だけの安い出合茶屋《であいぢゃや》だったと聞いていますし。そうなると相手に相当なお大尽《だいじん》がいたということになりましょうな。まさかもう一人乗っていた？　しかし、漠然《ばくぜん》と花、草木用の室を持っている相手と言われても——。そもそもどうしてあの花粉がトリカブトのものなのです？　トリカブトなら紫のはずでは？」

田巻はまた頭を抱え、

「全草猛毒とはいえトリカブトの花は見映《みば》えが良くてたいそう美しく、冬場も咲かせて愛《め》でている方々もおられます。紫のものが多いのですが、白や薄桃色《うすももいろ》のものもあって、何種類集めても飽きないのだそうです。舟に連れてこられた丸花蜂が蜜を吸っていたのは白いトリカブトの花のはずです。白いトリカブトの花粉は黄色ですから」

お信は応えた。

猛毒のトリカブトの塊根《かいこん》は漢方名を附子《ぶし》と呼ばれ、強力な強心《きょうしん》薬や鎮痛《ちんつう》薬として用いられる。一方、毒性を知ってもなお、ただただ花だけを愛でる向きもあり、その手の仲間もいるのだと善周は話していた。

「あんな恐ろしい毒花を愛でる輩がいるなんて信じられません」

田巻は驚いていたが、

「しかし、そのようにでも考えないと、とっくに仲間たちは寿命を終えているはずの丸花蜂が一匹、何とか室に入って暖をとって生き延び、白いトリカブトの花に潜り込んだことの説明がつきませんよ。わかりました。こうなったら探します。なんとしても立派な室のあるところを見つけますよ」

そう言い置くと充信堂を飛び出していった。見送ったお信はふと香盤時計を見遣《みや》った。仄《ほの》かな煙と香がゆらゆらと優美に流れ出ている。この時お信はその薄紫色の錦《にしき》のような煙に善周の魂《たましい》を感じた。

——こうしていつもわたしのことを見守っていてくれているのだ。だからわたし

は負けない──

お信は心身の奥底から力が湧《わ》き上がった。

9

トリカブトの花について善周はこうも言っていた。

「実はこのわたしもトリカブトの花集めをしています。仲間もいます。その際、わたしたちには一つ大きな取り決めがあります。どんなことがあっても、これを毒として用いる暴挙は行わないこと、トリカブトを使っての人殺しはご法度《はっと》です」

──善周先生のお仲間──

なぜかこの時お信は、依然《いぜん》として不明な香盤時計の送り主について想いを馳《は》せていた。

──香盤時計に添えて届けられてきたお香は、格別な匂いのお香──

香には手頃な価格のもの以外に、白檀《びゃくだん》や伽羅《きゃら》といった高価な香木《こうぼく》使いの匂い香という拘《こだわ》りの特注品もあって、その値は天井《てんじょう》知らずであった。

──どちらも華麗《かれい》で優美な匂いのお香とトリカブトの花──

この時、お信は香盤時計とトリカブトの花がつながったような気がした。

——ああ、でも、死の因は毒が仕込まれた酒でも、気になるのは白い花のトリカブトの黄色い花粉まみれの丸花蜂の死骸だった。舟に僅《わず》かに香っていたこの匂いがお香に似た香り、ということは——

ここでお信はあえて考えるのを止《や》めた。

——これ以上は、最高の供養をわたしに届けてくださったお方のためにも突き止めたくなぞない——

昼四ツ（午前十時頃）の鐘《かね》が鳴った。

「さあ、仕事、仕事、仕事」

お信は薬籠を背負い、日延《ひの》べしていた、日本橋本町の薬種問屋上田屋への往診に向かった。月のものが止まって、身籠った兆《きざ》しのあるお内儀《ないぎ》由紀乃《ゆきの》の診療である。

上田屋は広く数多《あまた》の家々へ置き薬を届けることで知られている、越中《えっちゅう》の薬売りの店から分かれた老舗《しにせ》で、薬種の数でもまた売り上げの多さでも江戸一を誇っていた。上田屋が一人勝ちしてきた理由の一つは越中の薬売りの心掛けの厳守であり、出すぎず偉《えら》ぶらない絶妙な世渡りの賜物《たまもの》にあった。

お信が辻《つじ》を曲がると上田屋が見えた。この辺《あた》りは大小の薬種問屋が立ち並ぶ通りである。常に薬を買いに訪れた人たちで賑《にぎ》わっている。上田屋以外の店はどこも〈あかぎれ、手荒れの新薬入荷〉、〈風邪に効《き》く極め付き金柑糖《きんかんとう》〉、〈卒中《そっちゅう》防止の煎《せん》じ薬あり〉等を謳《うた》った額縁《がくぶち》仕立ての木札を専用の屋根付き柱にかけ、呼び込みの声も大きく上がっていたが、上田屋は屋根に江戸開府以来続く古めかしい金看板を掲げているだけである。数人の客の姿があるだけで、喧噪《けんそう》とは無縁でしんと静まり返り、年齢《とし》の頃、四十代半ばの男が店先を行き来していた。身に着けているのが高価な大島紬《おおしまつむぎ》でさえなければ番頭《ばんとう》の一人と見紛う上田屋の主は、よく見れば端整な顔を青ざめるほど緊張させていて、

「充信堂様でいらっしゃいますね。上田屋の六代目文右衛門《ぶんえもん》でございます」

腰を折って挨拶《あいさつ》した。

「充信堂信です」

「どうぞ、こちらへ」

案内されたのは離れの茶室であった。切られた炉《ろ》に載っている茶釜《ちゃがま》がしゅんしゅんと音を立てていて、

「まずは一服《いっぷく》」

菓子と主が点《た》てた茶でもてなされた。

「家内の由紀乃が是非にと申しますのでお運びいただきましたが、由紀乃に会っていただくのはお話をさせていただいた後にお願いいたします」

文右衛門は言葉こそ丁寧ではあっても、お信に有無を言わせない。

「お話を伺いましょう」

お信は相手を見据えた。

「これはお願いです」

いきなり文右衛門は畳に両手をついて頭を下げた。

「どうか、家内の由紀乃に無事なお産をさせてやってください。由紀乃は三人目の妻で、今度こそ丈夫な我が子を得たいんです」

「そのためにわたしはここに居るのだと思っていますが――」

察しはついていたが、信はあえて探るような目を向けて、

「たしか、こちらの前のお内儀さん方は、お子さんともども亡くなられていますね」

核心《かくしん》を突いた。

「最初の家内は産後すぐの酷《ひど》い熱で亡くなり、生まれた男の子は後を追うように十日後に。二番目は気性が強く、何としても上田屋の跡継ぎを産むのだと意気込んで、難産に耐え抜こうとしました。生まれる兆しのないまま苦しみ抜き、お医者様に鉗子をお願いして家内だけでも助けようとしましたが間に合いませんでした。鉗子で取り出された赤子は女の子で、へその緒が首に巻き付いて死んでいました」

一言一言嚙みしめるように話す、文右衛門の表情は苦《にが》く暗かった。

「産後すぐの高熱はこちらが常に触れる手の清めに気をつけ、産前から母親が偏り

のない滋養を摂《と》るようにすれば避けられます。また、難産のほとんどは助産の腕で乗り越えることができます。死産もその多くは助かる命です」

お信はきっぱりと言い切った。

「そうでしょうね」

頷いた文右衛門の顔色はまだ少しも晴れていない。

「今までお内儀さんたちのお産を頼まれたお医者様というのはどなたです？」

お信は訊かずにはいられなかった。

「最高の産医と言われている宮田先生です。若い産婆はその都度替わっていました。今回はおくめという者でした」

「宮田先生とおくめさんが亡くなったことはご存じないのですか？」

――知らないはずはない――

「知っています。けれども、金創医を束ねる加藤潤海先生から宮田先生の後の医者が決まるまでの間、お産術の奥医師が特別に往診してくださるとのお話がありました。でも、わたしはもうこんなことには耐えられません。とはいえ、ご先祖様から受け継いできた家訓や商いのやり方もあって――ですからこの通り――」

文右衛門は畳の上にまた平たくなった。

「ようは表向きは従来通りの医者に診てもらうことにしつつ、いざとなったら、わたしに任せたいとのことですね」

お信は念を押した。

「申し訳ございません」

まだ文右衛門は伏したままでいる。

「承知しました」

「本当ですか。本当ですね。ああよかった」

相手はやっと顔を上げて、安堵《あんど》のため息を洩らした。

「時に正反対の指示を受ける妊婦さんはご苦労なことですけど」

お信は保温も兼ねてゆったりと巻かれた腹帯と、小さな腹の方が安産だなどという、荒唐無稽《こうとうむけい》な理由で妊婦の腹部がきつく締めあげられた様子を交互に思い描いた。

10

これだけは言っておいた方がいいと判断したお信は、

「毛筋《けすじ》ほども、わたしがお内儀さんのお産に関わっていないふりはいたしますが、陣痛が来た時はこの限りではありません。たとえぐるりと周りを加藤先生とお親しい産医の先生方に取り囲まれていようと、わたしはわたしのやり方でお産を助けます。よろしいですね」

　単刀直入《たんとうちょくにゅう》に念を押した。

　一瞬怯《ひる》んだ文右衛門だったが、

「もちろんです。由紀乃のため、生まれてくる赤子のため、その時は如何様《いかよう》にもいたします。お信先生以外の医者は由紀乃の傍《そば》には寄せません。ご安心ください」

　きっぱりと言い切ると、

「それでは由紀乃を呼んでまいります」

　控え目に笑みを洩らして立ち上がりかけ、

「実は由紀乃はまだ十八歳。そのうち五十歳に手が届いてしまうわたしとは大した年の差です。これでも若い頃は堅く重い家風を嫌い、いなせを気取っておちゃっぴいたちに追いかけられもしたんですが、正直、この年齢《とし》になると若い娘に好かれる自信などありませんでした。跡継ぎは親戚筋から養子をとればいいぐらいに気楽に思っていましたし。ところがそんなある時、由紀乃に出会ってしまいまして――」

　はにかんだ笑いで顔を崩すと一度言葉を切ったが、すぐに、

「お屋敷で顔を合わせているうちに、なんと由紀乃から想いを寄せられました。由紀乃はお旗本《はたもと》のお嬢様でした。先代の奥方様が、是非、娘をもらってほしいとおっしゃったのです。こちらは驚くやら、恐れ多いやらで――。先代の奥方様は殿様が

亡くなられて、御嫡男《ごちゃくなん》が跡を継がれたのでお嬢様も早く落ち着かせたいとお考えになられていたようです。好いた相手が商家の者であっても年上でもかまわない、上田屋ならば暮らしに困ることもなかろうという、お武家様にしては珍しくさばけたお考えでした」

やや自慢げに言い添えた。

「よろしくお願いいたします」

襖《ふすま》を引き、入ってきた由紀乃は下座《しもざ》に座り、上気した赤らんだ顔でしとやかに挨拶をした。縁組を焦《あせ》る必要などない申し分のない容貌《ようぼう》であり、文右衛門が枯《か》れ芒《すすき》ならこちらは咲いたばかりの白百合《しらゆり》のような初々《ういうい》しさであった。

「身体に気をつけて元気な子を産みましょう。できる限りのことをいたします。ところで、どうやってわたしのことをお知りになられたのでしょうか」

お信が尋ねると、

「実家《さと》の母から、是非、充信堂のお信先生をお頼りするようにと勧められまして」

由紀乃は微笑んだ。

「お母様はなぜわたしのことを？」

「さあ、そこまでは――」

由紀乃は小首を傾げた。

帰路、

――家系を誇る加藤家や上田屋等、誉《ほまれ》やお金に恵まれたところのお産がこんなに難しいものだったとは。そして犠牲になるのは決まって産婦さんとお腹の子たち。体裁《ていさい》に拘るあまり、助かる命が見捨てられることさえある。おと喜さん、浩太さん夫婦は、案じる長屋の人たちに助けられて幸せそのものなのかもしれない――

お信は複雑な思いであった。

何日かが過ぎて、

「いやはや――」

意気消沈《いきしょうちん》した様子の田巻が訪れた。

「立派な室の調べはつきましたか？」

お信は訊かずにはいられなかった。知りたくない気持ちもあったが、このまま自分が下手人扱いされるのは困る。

「まあ、何とか途中までは――」

言葉を濁《にご》しかけた田巻だったが、じっと見据えているお信の目からは逃《のが》れ難いと観念して先を続けた。

「実は、この一件は〝相対死でも殺しでもない、石見銀山《いわみぎんざん》鼠捕りを白砂糖と間違って食した挙句である〟と、上から言い渡されました」

「あらまあ――。亜《あ》ヒ酸《さん》と白砂糖、たしかに白い色は同じね。でもお酒にお砂糖？　そんな飲み方、白酒《しろざけ》代わりなのね」

お信は茶化《ちゃか》した。

「しかし、これで今後一切あなたに罪科が及ばないことになりました。公儀《こうぎ》は市中で医療に携《たずさ》わる者たちの間での諍《いさか》いや相対死の不名誉を避けようとしたのでしょう。わたしはこれでよかったと思います」

田巻は安堵のため息を洩らした。

――それも一理ある――

お信もほっとする一方、

「田巻様がなさった室の調べを見せてください」

やはりまだ気になっていた。

「もういいのでは？」

田巻は困惑した様子だったが、

「今回はそれで収まったけれど、同じようなことでまた、禍《わざわい》に見舞われるのはご免《めん》です。だからお願いします」

お信の懇願《こんがん》に負けて、懐から紙を渋々《しぶしぶ》取り出して開いた。大店と言われている数軒の商家の名と二、三の大身《たいしん》旗本家の名が記されている。そして大身旗本家の中に〝飯村《いいむら》家、関ヶ原《せきがはら》より続く名家、直参《じきさん》三千石《ごく》〟に続いて、〝室は女隠居《おんないんきょ》が使用〟とあったのをお信は見逃さなかった。

「この調べた室の持ち主のうち、大店については出向いて検分《けんぶん》しました。大きくて立派なものでしたが、さまざまな食べ物を保存するただの氷室《ひむろ》でした。どこにもトリカブトの花は見当たりませんでした。本当です、間違いありません。残るは大身旗本家ですが、ご存じのように町奉行所役人は武家屋敷に立ち入ることができません。たとえ、罪を犯《おか》しかねない奴が野放《のばな》しになってしまうとしても――」

田巻は悔《くや》しそうに唇を噛み、お信は、

「なるほど。見せていただいて得心がいきました。今後このようなことは起きないような気もしてきました」

その紙を畳んで田巻に返した。

それからまた何日かして、お信の元に香盤時計から醸し出される香りが焚《た》き込められた典雅な文《ふみ》が届いた。差出人の名は飯村家の女隠居　八千代《やちよ》とあった。

　初めてお便《たよ》り差し上げます。あなた様がこの文をお読みになる頃、わたくしはもうこの世にはおりません。

あなた様はわたくしのことを知る由《よし》もないでしょうが、わたくしの方は従兄弟《いとこ》の松川善周を通じてあなた様をよく存じあげております。それで善周亡き後、香盤時計を届けさせていただきました。

——先生の従姉妹《いとこ》？　先生は元は武家だった——

お信は善周の出自《しゅつじ》を思いがけず知った。

病臥《びょうが》の身のわたくしは長い間、座敷牢にも似た暗い離れでひっそりと暮らしてまいりました。楽しみといえば、花室の世話をすることでした。死ぬまでのほとんどの時を独りで過ごすはずでしたが、思うところあって屋敷の外へ出ました。人二人を殺すためです。そしてわたくしは今、自分の犯した罪を償《つぐな》おうとしております。

11

文面のあまりの重さに耐えかねたお信は、文を読むのを一時止めた。

――どんなに重くたまらないものでも、このお方の想いを人として医者として受け止めなければならない――

お信は自分を励まして読み進んだ。

長く引き籠っていた者が他者《ひと》を手に掛けたというと、まるで憑き物《つきもの》がついているようですが、そうではありません。憑き物がついていると、無理やり閉じ込められて、世間と隔《へだ》てられていることに憤怒《ふんぬ》しているわけですが、わたくしは同じような病の女たち同様、自《みずか》らの意志で籠る道を選んだのです。籠らなくても済む手段があったのではないかとお思いでしょうが。

従兄弟の善周は希望を与えてくれましたが。そのような医術は、なかなか難しいそうです。

話を戻します。まずは娘　由紀乃についてお話ししなければなりません。由紀乃は父娘《おやこ》ほども年齢《とし》の違う相手に想いを寄せ、嫁しました。娘の想いを察したわたくしが嫡男に話して、先方に話を持ちかけたからです。先方は高齢なので、由紀乃との間に子は生《な》さないだろうと安心していたからです。由紀乃が身籠ることを想うと、不安で不安でたまらなかったのです。それでいて、年頃の娘がいつまでも嫁さないのは憚られます。

わたくしは由紀乃に子を生さずに済む相手と縁組してほしかったのです。これほど勝手な期待はありません。ところが、上田屋の内儀になった由紀乃は一年と経たないうちに身籠りました。これは何とかしなければ、と日夜悩み続け、調べさせた上田屋出入りの医者と産婆の名に戦慄《せんりつ》しました。

なんと、わたくしが由紀乃を産んだ時の医者 宮田源瑞だったのです。産婆は違いましたがわたくしの時の産婆と同じく、若く知識も技も未熟な者に違いありません。念のため、おくめというその産婆が立ち会ったお産の様子も調べさせました。半数以上が死産で、母親たちはわたくしのように引き籠ったり、死産後の気鬱《きうつ》がたたって自害《じがい》したりしていました。この中にはもちろん、上田屋の先妻たち、赤子たちも入っていました。

薬種問屋である上田屋は江戸一の商いをしてきたがゆえに、宮田や徒党を組んでいる市中の医者たちを疎遠《そえん》にはできないのです。このままでは身籠った我が娘は商いの犠牲になってしまう、何とか止めなければと思い詰め、充信堂のあなた様を頼るように娘に勧めました。そして、宮田とおくめを手に掛けることにしました。

わたくしは上田屋の内儀 由紀乃の母親で、夫の文右衛門にも増して安産を願っている、ついては是非、娘のお産に関わるお医者様とお産婆さんに会って御礼とお願いをしたいという文を宮田に出しました。できれば人目を避けたいとも。わたくしは文に身分を記しましたので、宮田は二つ返事で自慢の持ち舟で会うことを誘ってきました。

　わたくしは石見銀山鼠捕りを入れた新酒を携え、宮田の舟に乗って膳につき、二人の死に様を見届けて帰りました。後悔などありはしませんでした。宮田はわたくしのことを覚えていませんでしたから。産婆のおくめに恨みはありませんでしたが、今のままでは、この先、何人もの母子の命を奪うことになるのは間違いありません。その中の一人が由紀乃であってもおかしくはないのです。ですので悪いことをしたとはその時は思いませんでした。

　人の命を奪った罪の深さを思い知らされたのは、宮田たちさえ亡き者にすれば由紀乃は安産だという、自分の思い込みの愚《おろ》かさに気がつかされてのことでした。その後も上田屋を見張らせていたのですが、何と市中の金創医を束ねていて、宮田とも親しい加藤潤海が産医や産婆と一緒に訪ねてきていたというのです。市中の医者たちが利で動いている以上、第二、第三の宮田やおくめは何人でも湧いて出てくるのだと悟りました。わたくしがやったことは由紀乃を守ることにはつながらなかったのです。

　そんな折、宮田の舟を検分した北町奉行所の与力が、時季外れの丸花蜂の死骸とトリカブトの花粉に不審を抱いて、当家の室についても調べていると、奉行所内の然《しか》る者が伝えてきたのです。その者は〝今回の調べは打ち切るが今後、不審に思われるようなことは決してなさらぬように〟と現当主である息子に釘を刺してきました。当家の花室は親戚中に知られていましたし、わたくしがトリカブトの花集めをしていることもその者は知っているはずです。

その者は息子に〝その与力は、医者とは、ということにうるさく口をはさんでいた松川善周の診療所の患者でもあり、善周亡き後は善周の弟子で産婆上がりの女医者に役宅の敷地の一部を貸している。面倒なことにならぬよう〟とも申したそうです。

これを聞いたわたくしは実はうれしくなりました。あなた様がわたくしのやむにやまれぬ想いに近づいてきているのが、何とも温かく喜ばしかったのです。あなた様を頼るよう由紀乃に勧めたことは正しかったのです。

――このお方は、上田屋さんが由紀乃さんのお産を、加藤潤海の息のかかった産医や産婆に頼むのは表向きにすぎないことを知らなかったのね。けれども、今となっては人殺しの罪は消えない――

お信は複雑な気持ちになった。八千代の文は以下のようにまだ続き、締め括《くく》られていた。

これから、わたくしは冬でも花を咲かせているトリカブトの花室にまいります。そしてほんの一瞬花粉に鼻を寄せれば済むのです。今感じているのはえも言われぬ僥倖《ぎようこう》です。女にとって最も晴れがましい時を経て、生き地獄《じごく》に堕《お》ちたまま時が止まっていたわたくしは、思えばずっとこうなる時を待っていたような気がします。これでやっと、家族にさえも近づいてほしくない、自身でも耐え難い臭気や臭《くさ》み消し代わりの香盤時計とも別れることができるのです。わたくしは二度目のお産の折、産婆と医者の不注意で大きな裂傷ができてしまい、その痕《あと》が酷い膣瘻になりました。由紀乃をこんな目にだけは遭わせたくない、いや、由紀乃だけではなく、どなたにも遭ってほしくありません。

最後になりました。善周が申していたように膣瘻を完治させる治療ができる日が来ることを祈ります。お信先生、どうかよろしくお願いいたします。さようなら。

八千代

お信先生

読み終えたお信は、
——八千代様の想い、いつかきっと——
香盤時計に向かって静かに瞑目《めいもく》した。

第二話　産《うぶ》屋《や》泥《どろ》棒《ぼう》

1

その日、お信《のぶ》は五件続けて出産の後産《あとざん》に立ち会った。訪れる先々に出産後の母親の身内や使いの者がお信を探しにきて、

「子は元気で生まれましたが、母親の方がこのままでは危ないんです。お願いします、お願いします」

必死に頼まれると見捨ててはおけず、駆《か》け付けることになった。

赤子《あかご》が生まれて、出産は終わりではない。胎盤《たいばん》、臍帯《さいたい》を含む胞衣《えな》は、子宮《しきゅう》の底

に着床《ちゃくしょう》して身籠《みごも》った時から作られていく。この胞衣によって胎児《たいじ》は滋養《じよう》を得、尿《にょう》や便を難なく排出できてすくすくと育つのである。胞衣の果たす役割は大きく、分娩《ぶんべん》時に臍帯への圧迫が長く続くと、血流が妨げられて胎児は死んでしまう。この日、お信が呼ばれた先は後産始末なので、赤子の生死を分ける心配は無かったが、不要になった胞衣がなかなか娩出《べんしゅつ》されないという緊急事態に陥《おちい》っていた。危ないのは母体であった。

お信が訪れた先では、五件それぞれが異なる理由で後産を滞《とどこお》らせていた。一件目の綿屋《わたや》の嫁は子宮口から胞衣が下りてこないことであった。赤子を娩出した後の子宮は急速に収縮《しゅうしゅく》していく。そのせいで、子宮口が塞《ふさ》がれてしまうと、臍帯を引いても胞衣は下りてこない。無理やり引っ張ると付け根のところで臍帯が引き千切れ、出血のみならず、月経不順、腹痛等の因《もと》になる。

布にくるまれた無邪気《むじゃき》な顔の赤子を笑顔で覗《のぞ》き込んでいる、元気な若い母親が後々、慢性的な持病に苦しむことになる。

幸い、産婆《さんば》が臍帯を強く引いていなかったので、

「ああ、よかった」

お信は安堵《あんど》して手技《しゅぎ》にとりかかった。臍帯に沿って差し入れた指先で、子宮口に隙間《すきま》を作り、溜《た》まっている血をその指を伝って下りるようにした。子宮の中に溜ま

っている血がほぼ出尽くしたところで、胞衣を二本の指先で挟《はさ》んで引き出すと、この産婦の後産は完了した。

二件目は自身の経験を過信する年嵩《としかさ》の産婆　おみねの失敗で、臍帯が強く引かれすぎて付け根から切れていた。お信が、さっぱりと清められた呉服屋《ごふくや》の産屋に駆け付けた時、痩《や》せぎすで白髪頭《しらがあたま》のおみねは、

「あんたが来たからにはあたしはもういいよね、帰らせてもらうよ」

不機嫌な様子で、ぎょろりと目を剝《む》いて帰ってしまった。

「先ほどのお産婆さんには悪かったとは思うけど、後産をちゃんと済ませないと後々、身体《からだ》に障《さわ》りがあると聞いたことがあるものですから。お信先生、よろしくお願いいたします」

二人目の子を産んだばかりの母親は、余裕の様子で頭を下げた。

「おっしゃる通り、後産はとても大事ですから気になさることはありません」

大きく頷《うなず》いたお信は薬籠《やくろう》からきめが細かく折れにくく、角のある胞衣挟みを取り出した。それを右の人差し指に添えて膣《ちつ》から子宮口へと深く差し入れ、臍帯の付け根を挟み、角と指の腹で胞衣をしっかりと押さえ、胞衣が抜けないように握りしめると、左手も添えて子宮口から引き出した。

「これで後は何の心配もありません」

お信は笑顔を向けた。

三件目は四半刻《しはんとき》（約三十分）もかからずに処置できた。

「とにかく後産が出ないんです。こんなの診《み》たことありません。理由《わけ》がわかりません」

若い産婆は今にも泣き出しそうな顔をしていたが、お信が下腹に触れると膀胱《ぼうこう》に尿が溜まっていて、これが圧迫しているために後産が下りないのだとすぐにわかった。

続いた痛みと緊張とで、初産《ういざん》の母親は尿意《にょうい》を忘れていたのであった。こんな時のために用意してきた深めの膿盆《のうぼん》で尿を受けると、ほどなく自然に後産が下りた。

「問題はもう何もありません」

帰り支度《じたく》を始めたお信に、

「ご苦労様でした。今、茶と菓子をご用意いたします」

心配そうに内儀《ないぎ》に付添っていた菓子屋の若旦那《わかだんな》は勧めてくれたが、

「ありがとうございます。お気持ちだけで」

充信堂《じゅうしんどう》から、綿屋、呉服屋、菓子屋まで追ってきて、治療が終わるのを待っていた本両替屋《ほんりようがえや》の小女《こおんな》に、

「さあ、行きますよ」

お信は声を掛けて早足で歩き出した。

「赤子が生まれたというのに、お内儀さんの脈が速いままなんです」

と聞いていたからである。

本両替屋では離れが産屋に充《あ》てられていて、産後の母親がふかふかと心地よさそうな上等な夜具《やぐ》にくるまれていた。ただし、上気したように顔が赤い。

「嫁は三度目のお産です。立ち会った医者はいずれ落ち着く、そのうち後産も出ると言い、産婆を残して帰ってしまいました。とはいえ、女の命定めのお産はその都度《つ》様子が違うもの。お信先生はとりあげにぬかりなしと聞いていましたが、倅《せがれ》が今《ど》までお世話になってきた先生方に悪いと申しますのでお頼みしませんでした。今回はわたしが悪者になる覚悟でお呼びしたんです。若い産婆も気が気ではないようです」

付添っていた、半白《はんぱく》の髷《まげ》に一糸《いっし》の乱れもない姑《しゅうとめ》は、青い顔の産婆よりよほどしっかりしていた。

お信はすぐに出産後の母親の脈と産道《さんどう》になっていた膣を確かめた。すでに脈はそれほど速くはなく、膣には胞衣が触れた。赤子の分娩後、子宮の収縮に応じて急速に膣幅が元の狭《せま》さに戻るので、それより大きな胞衣は膣まで引き出しておく必要があった。

た。

「胞衣の処置はお手柄《てがら》よ」

お信が囁《ささや》いて褒《ほ》めると、若い産婆の歯の音がやっと止まった。

「胸のどきどきやめまい、頭痛は？」

お信に訊《き》かれた三人の子の母親は、ややまだ赤い顔でゆっくりと頭を横に振った。

「わたしが来たからにはもう大丈夫」

その言葉に母親は安堵の笑《え》みを浮かべた。

「もうすぐ脈もいつものようになって後産が下ります」

お信は脈が落ち着くのを待って臍帯を引いて膣から胞衣を取り出すと、綿《わた》を素早く大量に詰めて出血を止めた。

この本両替屋にもお信を追いかけてきた者がいた。老爺《ろうや》である。

「お連れしねえと叱《しか》られます」

お信は老爺に懇願《こんがん》されるままに米問屋《こめどんや》へと向かった。夕闇《ゆうやみ》が迫っていて、この日最後の仕事場は米問屋の別棟《べつむね》に新築された豪勢な産屋になった。三十路《みそじ》を過ぎての初産とあって、出産後の母親は難産の末の分娩を経て衰弱《すいじゃく》しきっている。

お信が脈や膣を診ようとすると、

「脈は微弱です。胞衣はすでに膣に引いてあります」

何度か見かけたことのある小出桐庵《こいでとうあん》が、すっと衝立《ついたて》の向こうから姿を見せた。

2

小出桐庵は加藤潤海《かとうじゅんかい》のところで起きたことを知っているはずであった。息子真《しん》海《かい》の妻の難産をお信が助産して、事無きを得ていたのである。そのことについては噯《おくび》にも出さず、

「ご活躍ですな。羨《うらや》ましいほどです。こちらは鳶《とび》に油揚《あぶらあ》げをさらわれ続けです」

皮肉混じりに高すぎる鼻でふんと笑った。

お信は桐庵の言葉を無視して、臥《ふ》している米問屋の内儀の脈をとった。たしかに脈は弱まっている。

桐庵の後ろに控えていた産婆が、お信の脇に手を清めるための水桶《みずおけ》を置いた。身形《みなり》こそ産婆らしい藍色木綿《あいいろもめん》の無地の小袖《こそで》姿ではあったが、髪を大島田《おおしまだ》に結《ゆ》い上げ、化粧した顔からは脂粉《しふん》の匂《にお》いがした。年増《としま》ではあったが、えも言われぬ色香《いろか》を漂《ただよ》わせている。

「小出桐庵先生の下《もと》で働かせていただくことになった志津《しづ》です。以後、お見知りおきを」

お志津はやっと名乗った。

「近頃は忙しい、忙しいと大変な勢いで、駆け付けるなり、手をろくに清めもしないでいきなり産道に手を突っ込むやり方もあるのだとか――。これは穢《けが》れを呼び込みますので患者のためによろしくない。困りますな、お信先生、そうは思いませんか？」

重ねて桐庵は皮肉を浴《あ》びせかけてきたが、お信は怯《ひる》まずに、

「ご用意ありがとうございます」

水桶で充分に手を清めた後、縮《ちぢ》まりかけている産道の中を探ろうとして、はっと息を呑《の》んだ。

――会陰《えいん》の酷《ひど》い裂傷《れっしょう》――

産道の縁《ふち》から生じた傷が肛門《こうもん》にまで達していた。

正直、今までお信が診た裂傷の中でも酷い部類に入る。

――このままにするしかないのだろうけれど。駄目《だめ》、今は差し迫ったことがある
――

お信は取り出さずにそのままになっている胞衣に触れた。この間、桐庵とお志津は見守っているというよりもお信を監視しているのがわかった。

――この二人はわたしが臍帯を誤って引き千切るのを期待している。これはわた

しを試しているというよりも、わたしが失敗することを望んでいる。呼びに来たあの老爺は小出家の者で、ようはわたしを嵌《は》めようとしているのね。この人たちは胞衣が出た後、母体に大出血が起こって亡くなってしまってもかまわないと思っている——

お信は猛然《もうぜん》と怒りがこみ上げてきたが、そこは抑《おさ》えて、

「さすが小出先生でいらっしゃいます。お産婆さんと先生のお二人で手厚く分娩をお助けなさった上、母体を案じてこのわたしまでお呼びくださったのですから。充信堂信こんなに感銘《かんめい》を受けたことはございません」

にこにこと微笑《ほほえ》むと、胞衣はそのままにしておいて手を清め、

「わたしが来たからには大丈夫ですよ」

まずは弱りきっている産婦に声を掛けて、傍《そば》にあった腹帯を取り上げると産婦の腹部をごく緩《ゆる》やかに巻き、高枕《たかまくら》にして右側を下にして寝かせた。

「いいんですか？　だってまだ——」

後産はまだだと言いかけたお志津の口を、お信は空《あ》いた手で塞いだ。

「まあ、知らぬ間に出たんですね、わたしの後産」

ぬいという名の母親は初めて声を発した。腹帯は必ず後産が終わると巻かれる。

「よかったですね。これからは赤子のためにお乳をたっぷり出さなければね。です

から何か食べましょう」

　お信は、優しくおぬいに微笑み、

「襖《ふすま》の向こうでここの皆様が案じて様子を窺《うかが》っておいでです。旦那様《だんなさま》か番頭《ばんとう》さんに言って、力はついていても負担にならない、白湯《さゆ》と薄粥《うすがゆ》を拵《こしら》えてもらってください」

　お志津に言うと、

「産後に精をつけるとっておきの朝鮮人参《ちょうせんにんじん》は用意してあるぞ、早く出せ、ぼやぼやするな」

　桐庵は自身の薬籠を担《かつ》がせてきた弟子《でし》に向かって怒鳴《どな》った。

「待ってください。このような時に効《き》き目が強すぎる朝鮮人参などの薬は不要です。白湯や薄粥はまずは胃の腑《ふ》から興奮や不安を鎮《しず》めて眠りを誘うためのものですから。お産を終えた母親に大事なのはとにかくぐっすり眠って休み、心身の疲れを取ることとです。ごく少量の食べ物が眠りへの誘いとなるのです。わたしはご高名《こうめい》な小出先生にご指名いただき、後産のことを全《すべ》てお任せいただいているのだと思っております」

　お信が淡々《たんたん》と話すと、

「ふん、もういいっ」

　弟子が差し出した朝鮮人参の煎《せん》じ薬を桐庵は手で払いのけ、憤怒《ふんぬ》の面持《おもも》ちでお信

を睨《にら》み付け、

「勝手にしろっ」

弟子とお志津を従えて産屋を出ていった。

この後、お信は肩、背中、腰、脚等を優しくさすって、

「さあ、今一番したいことを言って」

相手を促《うなが》すと、

「それはもう――」

「そうよね」

お信は眠っている赤子を抱《だ》き上げて、母親おぬいに見せた。

「元気で可愛《かわい》い女の子ですよ」

「目元が旦那様にそっくり」

おぬいの目から大粒の涙が溢《あふ》れた。

「これからはずっと一緒にいられるんですから、今は少し休みましょうね。あ、赤ちゃん、今、欠伸《あくび》をした。では赤ちゃんとおっかさん、それぞれ別に休みましょう」

おぬいは白湯から薄粥に進んだところで、うとうとし始め、ほどなくぐっすりと眠ってしまった。

お信はおぬいの傍に一刻半《いっときはん》（約三時間）ほど付添って見守り続け、四半刻（約三十分）毎《ごと》に脈を確かめた。微弱だった脈が、眠りという、最も効果のある滋養によって、普段の力強さを取り戻していく。一刻（約二時間）が過ぎたところで、お信はそっと産道に手を入れると臍帯をそろそろと引き出した。出血は後産に見られる普通の量で、綿を詰める必要もなかった。

目覚《めざ》めたおぬいは、

「何もかも終わったせいかしら、今、とってもすがすがしくて、幸せ」

明るい目をお信に向けた。

「それはよかった、何よりですね」

お信は静かに微笑み、帰り支度をした。

その米問屋を出てから充信堂までの間、ややもするとお信の足取りは重くなった。一日五件も飛び回って疲れたせいばかりではなかった。

――母子は離れずにいられるのが常だけれど、おぬいさんのあそこまで酷い裂傷は十中八九、自然治癒《ちゆ》せず、肛門とつながった膣から便汁が出る膣瘻《ちつろう》になってしまう。そしてその悪臭《あくしゅう》が成長する子どもまで遠ざける――

帰り着いたお信は何とも辛《つら》い気持ちで八千代《やちよ》を思い出し、香盤《こうばん》時計を見た。

3

お信は労咳《ろうがい》（結核《けっかく》）患者の往診《おうしん》に芝神明《しばしんめい》まで出かけた。患者のお紺《こん》は奥州《おうしゅう》のさる大名に見初《みそ》められて、男子を生《な》したものの産後、衰弱したのを機に、若君《わかぎみ》は大名家が引き取り、お紺は実家《さと》に帰された。分娩の際の会陰裂傷が酷く、膣瘻になっている。その上、お紺は身籠る前にすでに労咳を患《わずら》っていて、妊娠、分娩、そして会陰裂傷がこの病《やまい》を悪化させていた。

「まあ、うちみたいなところの娘にはそぐわない縁だったんですよ。玉の輿《こし》だなんて大騒ぎして喜んだのが罰当たりでした。あの時、妾奉公《めかけぼうこう》を断っていたらこんなことにならなかったのかもしれません」

お紺の実家は草紙屋《そうしや》で、お紺の母お真沙《まさ》が一人で切り盛りしている。元は芸妓《げいぎ》だったお真沙は旅役者にのぼせてお紺を産んだ後、女手一つで小商《こあきな》いをしつつ娘の成長だけを楽しみに必死で生きてきた。

「どうぞ、お一つ、お熱いうちに」

甘酒《あまざけ》を振る舞うお真沙は着ているものこそ木綿であったが、すっきりと着付けている姿は垢抜《あかぬ》けていた。四十代半ばではあったが、臥している娘のお紺よりもよほど若く艶《つや》めかしく見える。

「錦絵《にしきえ》に描かれたお紺を見たことがおありですか？　そりゃあ、もう非の打ち所のない綺麗《きれい》な娘だったんですよ。あたしよりも男親の方に似たんでしょうね。何せ、贔屓《ひいき》の女たちがあの男が捨てた鼻紙まで奪い合って、一悶着《ひともんちゃく》も二悶着もあったんですから。ですから、錦絵のお紺をご覧になった殿様《とのさま》が是非にって――、ああ、もう、今となってはこんな話、愚痴《ぐち》です。面白くもおかしくもありゃしません。すみません」

お信に詫《わ》びたお真沙は、涙の筋が見える娘お紺を見つめて、

「この娘《こ》、何の夢を見て泣いてるんでしょうか？　赤子と別れさせられた時のことでしょうか？　いくらお殿様だって、こんな仕打ちは酷すぎます。だからあたし、病《や》み衰《おとろ》えたお紺がお屋敷から帰された時、側用人《そばようにん》って人から渡された見舞金をよほど叩《たた》き返したかったんですよ。でも、先々のことを考えるとそうもできなくて――」

悔《くや》しそうに唇《くちびる》を嚙《か》んだ。

労咳は全身倦怠感《けんたいかん》、食欲不振、体重減少、微熱が長期間に渉《わた》って続いて、ついには命を落とす。

虚弱《きよじやく》な質《たち》の者が罹《かか》りやすく、特に女は出産を契機に罹るか、もともと罹患《りかん》して

いたのが悪化して死に至る場合が少なくなかった。初めてお紺を診た時、お信が、

「身籠る前から相当悪かったはずですよ」

言い当てると、お紺はぽつりぽつりと屋敷に上がってからの筆舌《ひつぜつ》に尽くし難《がた》い苦しみを語った。正室に仕える女中たちから凄惨《せいさん》な虐《いじ》めを受けていたのだった。

「厠《かわや》にまで放たれていた毒蛇《どくへび》は笛で操《あやつ》られていて、わたしを狙《ねら》ってしゅーっという音を立てるんです。枕元《まくらもと》で鎌首《かまくび》をもたげていたこともありました。三度の御膳《ごぜん》の下に潜《もぐ》り込んでいたことまで――。打ち掛けの袖にも潜《ひそ》んでいるかもしれないと思うと、どんな高価なお支度も晴れがましさとは無縁でした。わたしには恐怖の毎日だったんです。日に日に元気を失っていくわたしを、皆様は気鬱《きうつ》と決めつけたんです」

労咳に罹った患者はとかく憂鬱《ゆううつ》そうで暗い印象を与えるせいか、初期には生まれつき無愛想《ぶあいそう》な我《わ》が儘《まま》者が罹る心の病と診立てられがちであった。

「あんな様子で赤子を産めるのかとも言われましたが、お腹《なか》の中で育っていく我が子だけがわたしの寄《よ》る辺《べ》でした。ですから、あそこが裂けて赤子が生まれたとわかった時も、取り返しがつかないことになったとは思えませんでした。たとえ労咳に罹っていなくてもいずれ、わたしはあの傷が因《もと》で実家に帰されていたと思います、こんな身体になってはもう殿様のお相手はできませんから。今はこの命が尽きる前

に、一目《ひとめ》我が子に会いたい――」

お紺はさめざめと泣いた。

お信がお紺の泣き顔を見たのは、初めてお紺を診た時以来であった。末期《まつご》の証《あかし》である血痰《けつたん》は三月《みつき》前から頻繁《ひんぱん》に出ている。

――もしかしたら夢の中でお紺さんは我が子を抱きしめているのかもしれない
――

お信は胸が詰まった。

「先生、ちょっと折り入ってお話が」

お真沙に座敷へと呼ばれた。

薬の話だろうとお信は直感した。お紺の場合、咳込《せきこ》みによる不眠がもたらす体力の低下が死につながる。お信はそんなお紺のために咳込みを抑える煎じ薬を工夫してきた。今のお紺にはもう小青竜湯《しょうせいりゅうとう》や麻杏甘石湯《まきょうかんせきとう》、五虎湯《ごことう》、神秘湯《しんぴとう》等は使えない。麻黄《まおう》という強い生薬《しょうやく》が含まれるゆえである。麦門冬湯《ばくもんどうとう》、柴朴湯《さいぼくとう》、苓甘姜味辛夏仁湯《りょうかんきょうみしんげにんとう》、清肺湯《せいはいとう》、滋陰至宝湯《じいんしほうとう》を順繰《じゅんぐ》りに試してきて、残るは滋陰降火湯《じいんこうかとう》だけであった。これなら弱りきった身体に障《さわ》りはないが、効き目は大して期待できない。

二人は向かい合って座った。

「先生は患者に知らせちゃいけない薬というのをご存じですか?」

お真沙はお信を見据《みす》えるかのような真剣な目をしている。

「労咳の特効薬ですよ」

「薬食いですか?」

特に冬場の寒さ対策、風邪《かぜ》予防に欠かせないのが、表向き食することを禁じられている獣肉食いであった。

「猪《いのしし》に鹿《しか》、牛や豚、狐《きつね》や狸《たぬき》、猿《さる》、熊《くま》、鶴《つる》までも、お紺の病が治るもんならって伝《つ》手《て》を辿《たど》って、食べさせましたよ。何の肉かなんてことまでは知らせちゃいませんでしたけどね。でも、ここまできたら、知らせないいんじゃなくて、絶対知らせちゃならない薬を使ってやりたいんです。先生なら絶対ご存じのはずですよ。お金なら何とかなります。どうか手に入れてください」

お真沙はお信によく光る目を向けた。

――人体由来薬のことだろうけれど――

人体由来薬には人胆《にんたん》、陰嚢《いんのう》、人油《じんゆ》、木乃伊《みいら》等があった。最も高価な薬と見做《みな》されているが、秘薬である。入手する方法とて、一部の富裕層や高位の者たちしか知る由《よし》もなかった。

「お望みの朝鮮人参なら、すでに咳止めと一緒に差し上げています」

お信は躱《かわ》した。

労咳の進行を遅らせるためには、薬用人参による滋養強壮薬《きょうそう》が通常は用いられる。

「あれなら薬食いと同じですよ、先生がくださる薬も同じです。あたしはね、お紺をこんな目に遭《あ》わせたのは、見栄《みえ》も手伝って、玉の輿に大喜びしたあたしのせいだって、ずっと自分の愚《おろ》かさを責めてきたんです。だから、だからね、お紺の病が治る見込みだけは捨てたくないんです。この店も何もかも売って物乞《ものご》いになって野垂《のた》れ死《じ》にしてもいいから、元気で生まれてきてくれた日のあの娘《こ》に戻してやりたいんです」

4

「人胆丸のことですか？」

お信は仕方なく話を続けている。

人体由来薬で特に有名なのは、公儀《こうぎ》の命による試《ため》し斬《ぎ》りを兼ねた処刑人である山《やま》田浅右衛門《だあさえもん》家の人胆丸であった。代々、処刑後の罪人たちの骸《むくろ》から肝《かん》の臓などを取り出し、乾かし、粉状にし、油分を加えて丸薬にしてきた。これが万病に効き目があるとされている人胆丸である。常に山田家の肝蔵《きもぐら》に貯蔵されているので、高価だが、伝手があれば入手できないことはない。

「もう試しましたが、効くような効かぬような――」

お真沙は顔を歪《ゆが》めた。

――人胆丸の労咳への効き目は不明。労咳には不眠に陥《おちい》らないための去痰《きょたん》、鎮咳《ちんがい》と滋養強壮しかなく、特効薬はないのだから――

「手に入れてほしいのは木乃伊丸《みいらがん》です」

お真沙はお信の顔に目を据えて、きっぱりと告げた。

「木乃伊丸なぞ聞いたこともありません」

「でも木乃伊ならあるはずです」

「ええ、まあ、でも――」

長崎から入ってくる、完全に乾かされた人の骸は木乃伊という名であることはお信も知っていた。八代将軍だった吉宗《よしむね》が一体丸ごともとめて薬に定めて以来、効き目が大きい万能秘薬の一つとされている。大きな薬種問屋の蔵には天井《てんじょう》知らずの高値をつけてくれる富裕層のために、常に何体か貯《たくわ》えられていると言われてもいた。庶民の手が届く代物《しろもの》ではなかった。

「木乃伊は木乃伊でも、お山の木乃伊が欲しいんです」

「お山の木乃伊？」

「修験道《しゅげんどう》の方々の骸のことです」

出羽三山《でわさんざん》等険《けわ》しい山に籠《こも》って断食《だんじき》や荒行《あらぎょう》の修行《しゅぎょう》を積む修験者たちの中には、民の救済のために、土中の穴に正座して飲まず食わずで自死し、生きながらにして仏となる即身仏《そくしんぶつ》を目指している者がいた。即身仏になれば、崇《あが》められ、寺に祀《まつ》られるのだが、その成就《じょうじゅ》は難しく、数も多くない。

「このところ市中で即身仏の木乃伊が密《ひそ》かに売られるようになったと聞いています。即身仏ほど有り難いものはこの世にありません。その身にこの世の苦しみ悲しみを一身に背負われて仏になられるのですから。これなら虐めや病に苦しんで死にかけているお紺を死なせずに済む、絶対の効き目があるんです。是非ともお願いします」

深々と頭を下げたお真沙に、

「そんな話、どこで聞かれました?」

お信がさりげなく訊いてみると、

「お客さんの酒問屋《さかどんや》さんからです。一人しかいない可愛いお孫さんの身体が弱く、疱瘡《ほうそう》に罹ってもう助からないと医者に匙《さじ》を投げられた時に、人づてに聞いて手に入れたのだとか——。人油使いの極上《ごくじょう》の木乃伊丸だったので、上方《かみがた》から運ばれてきた新酒の樽《たる》一蔵分とまるまる引き換えたのだとか——、人油は傷という傷をたちどころに治すそうですからこれほどの値打ちがあるんでしょう。そしてこれで木乃伊粉を練《ね》ったのが木乃伊丸、これさえあればお紺だって元気になります。お金のことは心配ご無用。役者だったお紺の父親がたった一つ遺《のこ》してくれた、結構大きな金の仏像をもう金子《きんす》に換えてあるんです。心配は要《い》りません」

お真沙は淀《よど》みなく応《こた》えた。

「その話はわたしのほかにはしない方がいいです。せっかくの用意が狙われては元も子も無いでしょうから」

そのように忠告してお信はこの母娘の店を出た。人はこれほど希望の無い状態に置かれても、なお諦《あきら》めずにあがくものだとわかってはいたが、お真沙のそれには尋《じん》常《じょう》ではない怨念《おんねん》のようなものが感じられた。

お信は常から人体由来薬には懐疑《かいぎ》的であった。効き目がないとは言い切れないものの、対価に見合う効き目とは到底思えない。おぞましさを希少《きしょう》性と同化させて、秘密めかして商いに利用しているふしがある。こうしたところが、安易な産医や産婆の跋扈《ばっこ》と似ている。根は同じ貪欲《どんよく》な金儲《かねもう》けで、大事な人の命が粗末《そまつ》にされているような気がしてならないのだった。

この夜、お信は夢を見た。

烏帽子《えぼし》を被《かぶ》って京の公家《くげ》を気取った、赤ら顔の男が立っている。その前に若かりし頃の善周《ぜんしゅう》が平伏《へいふく》している。〝この親不孝者、親不孝者め〟と赤ら顔の男は怒鳴り続けていて、善周はひたすら〝それればかりはお許しを〟と繰り返している。

そこへ女が男二人に両腕を摑《つか》まれて引き出されてきた。一目で臨月《りんげつ》とわかる腹をしているお信だった、

〝お許しを。お願いです〟

お信は泣き叫《さけ》んだが無駄《むだ》だった。背中を押されて地面に叩きつけられるように転《ころ》がされた。

〝お腹の子が死んでしまいます〟

お信は咄嗟《とっさ》に腹を庇《かば》った。

〝ふん〟

赤ら顔は鼻で笑い、

〝どうせ腹をかっさばいて子の命は俺《おれ》が食うのだ。死んでいてもまだ新しければかまわない、やれっ〟

男たちに向かって顎《あご》をしゃくった。

男の一人が手にしていた槍《やり》でお信の腹に狙いをつけた時、

〝そんなことは決してさせない〟

善周がお信の前に両手を広げて進み出た。

槍が善周の腹を貫《つらぬ》くと血が流れ出した。

〝つくづく馬鹿《ばか》な息子よな〟

赤ら顔は罵《ののし》った。

〝先生、善周先生〟

〝ここはわたしにかまわず――〟

善周は気を失った。そして、善周の流す血がお信の視界を覆《おお》い尽くすと、どこからか、〝んぎゃあ、んぎゃあ〟という赤子の声が聞こえたような気がした。〝助けて、助けて〟と聞こえる。

〝この子も善周先生も死なせるものか〟

お信は相手の槍を奪い取り、襲いかかってくる男たちを突き倒す。逃げようとした赤ら顔の男に、

〝覚悟せよ〟

迫ったところで夢から覚めた。

その日は幸い往診がなく、悪夢のせいで何となくけだるく過ごしていると、しばらく顔を見せなかった田巻《たまき》が訪ねてきた。

「どうかされましたか？」

田巻はすぐにお信の顔色に気がついた。

「気鬱ですよ」

「まさか、あなたに限って気鬱なんぞ」

田巻は笑い飛ばそうとしたが、しかめ面《つら》になってしまった。

「田巻様こそ晴れないお顔ですよ。市中でよほどのことがおありでしたか？」

お信も察した。

「わかりましたか。実はその通りで――。厠《かわや》を拝借《はいしゃく》したい」

お信は用を足した田巻と座敷で向かい合った。

5

「どうぞ」

お信は福茶《ふくちゃ》でもてなした。

福茶は黒豆《くろまめ》、玄米《げんまい》、昆布《こんぶ》、梅干《うめぼ》し、山椒《さんしょう》といった具に煎茶《せんちゃ》を注《そそ》いだものである。祝いの茶である大福茶として元日に淹《い》れる場合は、若水《わかみず》を沸《わ》かした湯を用いる。充信堂では無病息災《むびょうそくさい》のための薬茶として常時用いていた。

「これを飲むと、いつもほっとします」

田巻は押しいただくように湯呑《ゆの》みを手にして、福茶を啜《すす》った。

田巻は役者とあだ名されるほどの美丈夫《びじょうふ》だが、腹が弱い質《たち》で、善周とお信の診療所の患者であった。奉行所《ぶぎょうしょ》内の人間関係には関心はないが、他人《ひと》に迷惑をかけること、弱者をいたぶること、暴利を貪《むさぼ》り私腹を肥やすことは許せない正義感の持ち主であるので、定町廻《じょうまちまわ》り同心《どうしん》に嫌がられながらも市中を回っている。佐内町《さないちょう》にあった診療所でも必ず厠を遣《つか》っていたが、八丁堀《はっちょうぼり》にお信が引っ越してきてからの厠借りは腹のせいだけではないかもしれない。

本当は手習《てなら》いの師匠《ししょう》にもなれるほど田巻は博識《はくしき》である。それでお信はこのような時、その博識ぶりを披露《ひろう》させて田巻に癒《いや》しをもたらすようにしているが、

「識《し》っていることを話しすぎると、相手にとってはそんなことも識らないのかという誹《そし》りにもなりかねません。とかく誹りと説教は他人に好まれません」

などとぼやいていたことがあった。

鬱憤《うっぷん》を発散《はっさん》できない田巻のためにこの日、お信はどういうわけか、身近すぎて今まで話題にしていなかった福茶に的《まと》を絞《しぼ》った。

「わたしたちはこうして当たり前みたいに飲んでいますけれど、この福茶にも謂《いわ》れがきっとあるんでしょうね」

尋ねられた田巻は、

「公家が政《まつりごと》をしていた頃からのものだそうです。何でも疱瘡で京が死屍累々《ししるいるい》となった折、空也上人《くうやしょうにん》様が観音《かんのん》様に献上《けんじょう》した茶で人々を救うことができるとの夢のお告《つ》げを得て、その茶を万民に勧めたところ、皆たちまち快癒《かいゆ》したとのことです。時の天子様がその功績《こうせき》を讃《たた》えて皇服茶《おうぶくちゃ》と名付け、疫病《えきびょう》だけではなく、万病払いに用いられるようになりました。そのうちに〝服〟が〝福〟となり、新年の祝い茶になり、さらにこうして常時薬茶として飲まれるようになったわけです。もっとも空也上人が夢で見た茶は煎茶でも雑穀《ざっこく》等を淹れたものでもなく、蒸し緑茶の一つで玉露《ろ》に近い碾茶《てんちゃ》だったようです」

なかなかの蘊蓄《うんちく》を語って満足そうに微笑んだ後、

「お信先生に話すのは憚《はばか》られるのですが、身寄りがおらずその日暮らしの婆さんを、盗みの咎《とが》で番屋《ばんや》に引き立てて取り調べるのも少々心が痛みました」

やっと鬱憤の因を口にした。

「何を盗んだというのでしょう?」

「産屋から死んだ赤子や胞衣《えな》を盗み出していた疑いです」

「引き立てられたのは産婆さんですね」

奉行所役人への付け届けを欠かさない産医たちであろうはずもなかった。

「ええ。小網町《こあみちょう》のおみねという産婆です」

「おみねさん――」

一日に五件回って後産を助けた際、臍帯を強く引っ張りすぎて千切ってしまった老産婆がおみねだった。

――以前のおみねさんは腕のいい産婆だった。あんな風にお酒に溺《おぼ》れるようになったのは、親一人、子一人で生きてきて、屋根大工《だいく》の息子さんが屋根から落ちて頭を打って亡くなってから――。助けられなかったわたしを恨《うら》んでいるのか、日々の暮らしにも事欠くようになっているからなのか、産医たちの雇《やと》われ産婆になってしまった。その上、盗みまでしていたなんて――

「おみねさんが盗《ぬす》っ人《と》だという、確たる証はあるんですか？」

お信はやや気色《けしき》ばんだ。

「あります。おみねの家から乾いた臍帯の一部が見つかりましたから」

「それはおみねさんの産婆の技《わざ》が至らずに引き千切ってしまったものが、紛《まぎ》れて家に持って帰ってしまったということなのでは？」

「臍帯一本ならそう言えるでしょうが、おみねは簀《す》の子《こ》の上で臍帯を幾《いく》つも乾かしていたそうです。どうにも臭《にお》いがたまらないと隣近所が番屋に訴《うった》えてきたので、調べたんです。これではどう考えても、産婆としてお産に立ち会うたびに盗んでいたということになります」

「まさか死んだ赤子まで——」

「いや、さすがにそれは見つかりませんでした。しかし、かなりの高額で売れる秘薬でしょうから、盗んですぐどこぞへ売り飛ばしたのではないかと思います。〝赤子の血肉、肝は新しければ新しいほどいい〟なぞと、闇市では言われているとのことなので。いずれ、おみねも責め詮議《せんぎ》を恐れて口を割るはずです。昨今、産屋を狙ったこの手の盗みが続いています。赤子の死骸の売り買いなどとんでもない悪行《あくぎょう》ですし、おみねの後ろにいる、神も仏も恐れない奴《やつ》らもお縄《なわ》にしなければなりません。厳しく取り締《し》まらなければならないのです。実は昨日、奉行所に〝誰も太古《たいこ》から続く万能妙薬《みょうやく》作りを止めることなどできはしない　京の昔薬語りより〟という文《ふみ》が投げ込まれました。〝よりによって、京の昔薬語りを持ち出すなどご公儀を愚《ぐ》弄《ろう》するにもほどがある〟と皆烈火《れっか》のごとく怒っているのです」

「京の昔薬語りというのは？」

「薬作りに熱心だった大権現《だいごんげん》（徳川家康《とくがわいえやす》）様が集められた薬にまつわる本の一つです。もともとは口伝《くでん》だったのが書き留《と》められて本になったものです。日光東照宮《にっこうとうしょうぐう》の奥深くに納《おさ》められているとのことですので、奉行所役人風情《ふぜい》が目にできるものではありません。聞くところによれば、京の昔薬語りは隣国から伝わった漢方の基礎である『本草綱目《ほんぞうこうもく》』に、京の薬事情を加筆したものだそうです。そもそも『本草綱目』には草木だけではなく、人体由来の妙薬が挙《あ》げられているとのことで、人の頭の骨を天霊蓋《てんれいがい》と称し、人尿、人血、人胆が記されているのだとか。これらに陰茎《いんけい》、精液、胞衣等が加えられたのが京の昔薬語りのようです」

田巻の相変わらずの博識に耳を傾けていたお信は、

「なるほど。実はわたしはとんでもない夢を見たのよ」

昨夜の夢の話をした。

「最後に相手に立ち向かったのは如何《いか》にもお信先生らしいですが、これはもしかすると――」

田巻は眉《まゆ》をひそめた。

「まさか、正夢《まさゆめ》だなんて言わないでくださいよ」

お信はあれほど夢見の悪い思いをしたことは未《いま》だなかった。

6

「いや、正夢ではなく、先生はきっと『今昔物語《こんじゃくものがたり》』の〝丹波守平貞盛《たんばのかみたいらのさだもり》、児干《じかん》を取る語《こと》〟を読んだことがあるのですね。平貞盛が重い病に罹り、息子の嫁の腹から取り出した胎児を薬にしようとしたという話です。まあ、京の昔薬語りがあるのですから、こんなことが行われていても不思議はないのでしょうが、昨今、これほどではなくても、近い話は聞いています」

田巻は知らずと声を落とした。

「死産だと産婆に聞かされたが、母親はたしかに赤子の泣き声を聞いたというのです。駆け付けた医者も死産に間違いないと言い、難産で疲れ切っていた母親は心が虚《うつ》ろだったのだと言い聞かされました。死児と見做されて鉗子《かんし》が使われた例も入れると、一件ではなく数件。弔《とむら》おうとした死児が見当たらなくなったとも。盗まれたのです」

——何という非道——

産医の鉗子の使用が必ずしも死児に限ったことではなく、苦しみつつも必死に生まれ出ようとしている胎児にも用いられて、死児扱いされた結果、葬《ほうむ》られる事実をお信は知っている。

——まさか売り買いが狙いで死児にされて盗まれる？——

「百歩譲《ゆず》って、おみねさんが心ならずも千切ってしまった臍帯を、暮らしに困っていたせいで、乾かして売ろうとしていたとしても、死んだ赤子の売り買いとは全く関わりがないと思います」

強く言うと、

「先生がそのように思いたい気持ちはわかりますが、死産した時、赤子の最も近くにいるのは産婆で――」

　田巻は冷静に反論した。

「それはそうですが、赤子の声を真っ先に聞くのも命の誕生を喜ぶのも産婆です。この得難い思いが産婆たちの支えになり続けているのです。後産の臍帯を含む胞衣は赤子にとって不要のものですが、赤子自身をたとえ死産であっても売り渡すことなんぞできはしないはずです」

「しかし、胞衣とて酒で清めて晒《さらし》に包み、男の子なら筆墨《ひっぼく》等、女の子なら針や布と一緒に小壺《こつぼ》に入れておくしきたりの家が多いではありませんか。赤子にとっては不要でも、母親や成長を見守る家族にとっては大事なものです。これは胞衣も生まれた子どもの一部という考えの表れですし、くれぐれも産婆が自由にしていいものではないのです。断りもなく持ち出せばやはり盗みです。現におみねが臍帯を紙に包んで袖に入れたのを見たという話も聞いています。胞衣泥棒が死児泥棒であっても少しもおかしくはないです」

　田巻は淡々と自身の理を通した後、

「ただ、このままですと、おみねは全ての罪を押しつけられて重い仕置《しお》きに処されます。それで一件落着にされるのは俺には合点《がてん》がいかない」

おみねの背後に居る黒幕を睨み据えるかのように、

「何度も言うようですけど、おみねさんは赤子の一件とは関わってなんぞいませんよ」

「その証はどこに？」

田巻は厳しい物言いで迫った。

「それは――」

口籠ったお信に、

「どうです？　そこまでおみねへの想いがあるのなら俺に力を貸してくれませんか？　お信先生しか、おみねが赤子盗みなぞしていないという証を立てられる人はいません」

田巻は言い切った。

「わたしが何の役に立つというのです？」

お信は苦笑した。

「人の木乃伊《みいら》が労咳の一番の特効薬というのは先生なら知っていますよね。ただし、長崎から入ってくる木乃伊はそう多く出回るものではありません。ところがこの特効薬がこのところ、前よりも数多く出回っているのです。もちろん、安くはありません。むしろ値が上がったきらいもあります。長崎以外からのものは御定法《ごじょうほう》に触れます。頼まれたり、聞かれたりしたことはありませんか？」

——お真沙さんは即身成仏の木乃伊に人油を加えて作る木乃伊丸の話もしていた。これぞ最高の特効薬なのだと——

「いいえ。ですが、藪《やぶ》から棒に何をおっしゃるんです？　おみねさんと木乃伊にどんな関わりがあるのです？　多忙のあまり、お腹だけでなく頭の調子までどうかされたのではありませんか？　福茶をもっと飲みますか？」

お信はふふっと笑って話を逸《そ》らそうとした。お真沙からの依頼を口にするわけにはいかない。田巻は好人物ではあったが奉行所役人である。禁制品を欲しいと望んだだけで罪に問われることもあり得た。

「いや、結構。大丈夫です」

そう言って、田巻は俯《うつむ》いてしまった。

「田巻様は何をおっしゃりたいのですか」

お信は焦《じ》れた。

「今日ここへ来たのには幾つか理由《わけ》があるのですが、一番は是非とも往診をお願いしたい先があるのです」

田巻は意を決し、話し始めた。

「何人かの男児が立て続けに亡くなり、残った跡取《あとと》りも謎の病で死にかけている大名家があるのです。是非ともすぐに頼りになる医者を寄越《よこ》してほしいとのことでした。その藩の勘定方《かんじようがた》小野田一平《おのだいっぺい》とは湯屋《ゆや》の二階で出会った仲で、参勤交代《さんきんこうたい》で国元へ戻ってからも文のやりとりをしているのです。実直で生真面目《きまじめ》な小野田は藩の行く末を深く案じて、俺に相談してきているのです。ですから是非ともお信先生、あなたに往診を頼みたい」

「もっと深い魂胆《こんたん》がおありかと思われますが——」

お信は相手を見据え、田巻も目を見開き続けてしばし二人は睨み合った。しばらくすると田巻は涙目になってぱちぱちと目を瞬《しばた》き、

「まいりました、先生には敵《かな》いませんな」

ふうとため息をついて冷や汗を拭《ぬぐ》った。

「小野田が仕えているのは奥州の小藩の大沼《おおぬま》藩三万石です。寒い夏には多くの餓死《がし》者《しゃ》を出すことで知られています。死者を味噌《みそ》漬けにして食することまであるのだそうです。今も民たちは貧しいのですが、最近、藩主の村井摂津守成正《むらいせつつのかみなりまさ》様をはじめ、江戸家老たちまで結構派手に遊蕩三昧《ゆうとうざんまい》に暮らしているというのです。小野田はこのことがどうにも解《げ》せないと言っています。俺は当初、町奉行所が仕切りを任されている江戸町会所《かいしょ》の、災害や疫病時に備えての囲米《かこいまい》からの大名貸しを疑いました」

7

田巻はさらに先を続けた。

「江戸町会所の囲米を調べたところ、おかしな流用はされていないことがわかりました。江戸町会所の囲米は江戸の町民から集めた金で備蓄されているものなので、悪い噂《うわさ》が立ってはいけませんから、厳しく統制しているようです。大沼藩の藩主や江戸家老の豪勢な遊蕩三昧はこれとは無縁です」

「それはよかった。ではなぜ、その藩主や江戸家老は国元の心ある家臣が憂《うれ》えるほどの贅沢《ぜいたく》を続けることができるのでしょう？」

お信には皆目《かいもく》見当がつかなかった。

「小野田の言うには、大沼藩の御用商人　志良川屋《しらかわや》が、江戸と国元を頻繁に行き来していることが気になりました」

「商いで財を得るのなら良いのでは？」

「まあ、そうでしょう。けれども、商人《あきんど》が分《ぶ》をわきまえずに藩政にまで口出しをするようになっては一大事です。さらに今、一人を残して何人もいた男子が亡くなり、藩主の血筋が途絶《とだ》えかけています」

「それが志良川屋の仕業《しわざ》だとでも？」

「江戸家老には娘が、志良川屋には何人か倅《せがれ》がいます。小野田はこの両者が結んで藩主をも亡き者にして、その座を狙おうとしているのではないかと案じています。藩主が江戸家老や志良川屋を信じきっているのだとしたら、志良川屋の倅の一人が相応の養家《ようか》を経て藩主の養子となり、家老の娘を正室にして万々歳《ばんばんざい》、お家騒動さえ起きずに大沼藩乗っ取り成就《じょうじゅ》となりましょう。金が全てとなった藩政では、弱者である民からの年貢《ねんぐ》の取り立ては今以上に厳しさを増すはず」

「そうなれば大沼藩の人たちの暮らしも身体もますます細っていきますね。寒い夏でなくとも飢える人は増えるでしょう」

お信は唇を噛んだ。常日頃から、貧しさは、最も重篤《じゅうとく》で医者としては悔しさ以外の何ものでもない病だと思っている。食べる物があって、弱ってさえいなければたとえ病に罹ってても救える命は数多いのだ。

「何とかしたい」

お信が思わず呟《つぶや》くと、

「先生ならできます。一人しかいない跡継《あとつ》ぎの病を治すことができれば、大沼藩の行く末を変えられるかもしれません」

すかさず田巻は言った。

この時、お信の頭の中に助けられなかった病人たち、とりわけ何日か前に往診したお紺の泣き濡《ぬ》れた寝顔が大きく浮かんだ。

「引き受けるとしたら、もう少しいろいろ知っておきたいものです。藩主と江戸家老の遊興《ゆうきょう》の元手はどうやら志良川屋のようですが、どのような商いで財を得ているのか気にかかります」

田巻に訊いた。

「さすがお信先生、鋭《するど》いですな」

田巻は満更世辞《まんざらせじ》でもない様子で感心して、

「それが小野田も皆目見当がつかないというのです」

首を傾《かし》げた。

「大沼藩にだって特産物はあるはずです」

「はい。その昔、力自慢で大きな石をも持ち上げたという大男傳五郎《でんごろう》にちなんだ菓子があります。蒸した糯米《もちごめ》を煉《ね》り、男の親指ほどの太さにして小指の長さの筒型《つつがた》にまとめ、そこそこ遠火《とおび》で焦《こ》げ目がつかないように炙《あぶ》った後、白砂糖入りの黄粉《きなこ》をまぶして一本一本寒風《かんぷう》でよくよく乾かしたものです。大沼藩ならではの冬場の凍《い》てつくような寒風あってのものです。時々、小野田が送ってくれます。しかし、これでは江戸市中でもてはやされる菓子にはなり得ません。公方様《くぼうさま》に献上《けんじょう》してもお言葉は特に無いとのことですし」

　相変わらず田巻は朗《ほが》らかな説明好きだった。

「どうやら〝傳五郎〟では足元にも及ばないような特産物をご存じのようですね」

　お信は思い切って切り込んだ。

「ええ、実は――」

　田巻の切れ長の目が細い筋になった。誰もいないのに声はまた一段と低くなる。

「これを聞いたからには後には引けませんぞ。覚悟はよろしいですね」

「もちろんですとも」

　お信は胸を張った。

「この何年間か、商用で大沼藩へ出向いた市中の古着屋の何人かが帰ってきていません。また小野田の話では、死罪を言い渡された罪人たちが牢からいなくなったとか。おかしなことに、そいつらを見たという村の者たちがなぜか川に落ちたり、崖《がけ》から落ちて死んでいるそうです。さらに不思議なのは大沼山麓《さんろく》で荒行《あらぎょう》に励んでいたはずの修行僧たちも行《ゆ》き方《かた》知れずになっているのだそうです。どうにもわからないことだらけだと小野田は不審に思っているのです。旅人に罪人、修行僧、つながりはないものの、行方《ゆくえ》が知れなくなっているというのは同じです。今、市中では人体由来の薬である木乃伊《みいら》売りが密かにですが、盛んです。掠《さら》ったり、匿《かくま》ったふりをして手に入れた人の身体で、木乃伊を作って江戸で売る商いに大沼藩が関わっているのではないか、市中の薬種問屋の蔵へと運ばれているのではないかと俺たちは疑いを持っています。ご存じのように町方《まちかた》は武家屋敷を調べることはできません。大名家ともなればなおさらです。とはいえ、証があれば、少なくとも今の大目付《おおめつけ》様は商人と大名家の談合によって生まれる暴利を、民の生き血を絞り取るに等しいとして取り締まろうとされています。ですから――」

――狙いをつけた人たちだけではなく、行方知れずの罪人を見た人たちまでもが不慮の死に見せかけて命を奪われていたのだとしたら、断じて許せない――

「大沼藩江戸屋敷にわたしが出向く段取りをつけてください」

「すぐに。大沼藩の江戸屋敷は今、かつてないほどの人の出入りで賑《にぎ》わっているという噂です。しかもたいていは夜の闇《やみ》に紛れて。百鬼夜行《ひやっきやこう》がどんな連中なのか、手掛かりだけでも摑んできていただきたい」

田巻はさらなる謎を投げかけてきた。

こうしてお信は、大沼藩江戸屋敷へと足を向けることになった。

――弱っている若様の往診とはいえ、命懸けの仕事のようです。わたしはもう少しこの世に留《とど》まって医者として働きたい、何とかわたしに切り抜ける力を授《さず》けてください――

お信は香盤時計に手を合わせた。なぜか、会ったことのない善周の従姉妹《いとこ》、八千代の顔が浮かんだ。もちろん善周に似て端整《たんせい》で優しい目鼻立ちをしている。隣に善周が並んで見えた。

――八千代様、あなた様もきっと善周先生のことを好いておいでだったのでしょうね。それゆえ、関わりのあったこのわたしにも想いをかけてくださったのでしょう。これからはお二人のお力添えをお願いいたします――

8

大沼藩の江戸屋敷は三田《みた》にある。大名屋敷としてはやや手狭《てぜま》ではあったが、庭木の手入れは行き届き、枯れ葉一枚落ちてはいなかった。石畳《いしだたみ》の脇《わき》には箒《ほうき》を手にした老爺が立っている。お信を本両替屋で待っていた、見覚えのある下働きであった。枝ぶりのいい五葉松《ごようまつ》にはすでに冬越しのための菰巻《こもまき》が施《ほどこ》されている。たとえ大名家であっても、財政が逼迫《ひっぱく》してくると庭の手入れがおざなりになるのが常であったが、大沼藩の庭の様子は窮《きゅう》していないことの表れであった。

出向いたお信は、待っていた江戸家老の浦田栄之輔《うらたえいのすけ》の元へと案内された。

「充信堂信と申します」

平伏して名乗った。

「そなたの評判は聞いている。たいそう腕のいい産婆だそうだな」

浦田は横柄《おうへい》な物言いをした。妊婦やお産に関わることの多いお信は、とかく産婆扱いされる。それには慣れていた。もとより世の医者たちは女であるというだけで、お信を医者とは認めていなかった。ちなみに浦田はやや太り気味の猪首《いくび》、赤ら顔で唇の分厚さが獰猛《どうもう》、貪欲に見える四十代半ばの小男である。

「医者ではない産婆ゆえ、若君の治療は得手《えて》ではないかもしれぬが、精一杯励むがよい」

この一言でお信は全てを悟った。

――小藩とはいえこの大名家が並み居る名の知れた医者たちではなく、わざわざ女医者のわたしに往診させたのは、産婆に等しい仕事ぶりでは若君の病は治せないと踏んだからだわ。田巻様たち北町《きたまち》奉行所の方々も大沼藩の江戸家老がそう見做すと承知していて、わたしを選んだ。これは心してかからねば――

お信は改めて気を引き締めつつ、

「有り難きお言葉でございます。精一杯努めさせていただきます」

一度上げた頭《こうべ》をまた垂《た》れた。

「ところでそなた、家族は？　夫は？」

濃桃色の唇を舐《な》めた浦田は、好色そうな視線を投げてきた。

「天涯孤独《てんがいこどく》でございます。夫はおりません」

相手の詮索《せんさく》に拍車がかかる面倒な応えはしないと決めている。

「独り身か。それは勿体《もったい》ない――」

浦田の唇から舌先が出た。

「お産術一筋でございますので」

きっぱりと言い切ると、

「臥せっておられる若君のお部屋はどちらでしょうか?」

挨拶を切り上げにかかった。

「まあ、そう急《せ》いたものでもあるまい。若君を診《み》てもらう前に殿《との》に挨拶じゃ。若君の父上であられるからな」

浦田に促されたお信は、藩主村井摂津守成正が待つ部屋へと案内された。

ひょろりとした痩せ型中背で、まだ三十歳ほどのはずの成正は、血色も悪く浦田よりも年上に見える。長きに渉《わた》る酒色《しゆしよく》や美食、不摂生《ふせっせい》がすぎて身体の中からじわじわと乱れが進んでいる証だった。若い頃はかなりの好男子だっただろうと見受けられるものの、今はその残骸《ざんがい》そのものといった印象であった。そんな藩主を綺麗に着飾った女たちが取り囲んでいる。

――若様だけではなく、このお殿様の容態《ようだい》も案じられる――

挨拶もそこそこにお信は、

「喉《のど》が渇《かわ》いて水ばかりお飲みになり、お身体がだるくはありませんか？」

つい消渇《しょうかち》（糖尿病）を案じる言葉が口をついて出た。

「まあそうだが、食は進むゆえ息災《そくさい》だ。さすが浦田は目利《めき》きだ、女の趣味がいい」

お信をまじまじと見つめて、

「ちょうど若い女も中年増《ちゅうどしま》にも飽《あ》いていたところだった。どうせなら、南蛮渡来《なんばんとらい》の赤葡萄酒《あかぶどうしゅ》のような大年増かそれ以上がいい。熟《じゅく》しきって滴《したた》る汁と化しながらも、甘さとは別の不思議な酸味と香り、そして酔いをもたらしてくれるような女――、まさに、そなただ」

お信のきめの細かい肌と、ややつり上がっている理知の光を宿した凜《りん》とした目元に見惚《みと》れた成正は、

「おまえたちにはもう用はない」

邪険《じゃけん》に女たちを追い払った。

「わたしは若君の病を診察、治療させていただくために呼ばれました。どうか若君にお目通りさせてください」

慌《あわ》ててお信は強く言った。

「そうであったな。それではいずれ――。近頃はわしの方が早く仕舞《しま》いになるので、初物《はつもの》の味わいは浦田と分かち合っておる。そなたも楽しみにしておれ」

成正は好色ぶりを発揮していたが、目の下の隈《くま》が際立《きわだ》って見えた。消渇が進むと男ならではの機能も衰える。

ともあれ、ここへ来てやっとお信は、五歳になる大沼藩の唯一の跡継ぎである萩《はぎ》丸《まる》の病臥《びょうが》している部屋へと案内された。萩丸は綿がたっぷり入った重ね布団《ぶとん》の上で、絹《きぬ》の夜着《よぎ》（掛布団）にくるまれていた。うとうとまどろみつつも、眠りが浅く、お信が横に座った気配を察して目を覚ました。お信に向けてやや大きな目を向けて何か言おうと形のいい口を動かしかけたが、ううっと苦しげな嗄声《させい》が洩《も》れただけで言葉にはならなかった。その後、苦悶《くもん》の表情のまま再び眠りの中へと落ちていった。

――この面差《おもざ》し、どこかで見かけたような気がする、誰かに似ている――

なぜかお信はふとそう思った。

「いつからこのようなご様子になられたのか、くわしくお話しください」

お信は、傍で看《み》ている四十歳ほどの乳人《めのと》に訊いた。

「三月ほど前からお腹が痛い、おそらく胸やけのことだと思いますが、胸がひりひりするとおっしゃって、しばしば下されたり、吐《は》かれていました」

「吐かれたものの様子は？」

「血が混じっていたことも――」

お信は萩丸を診るために夜着を捲《めく》って、寝巻《ねまき》を脱がせようとして、この乳人に見咎められた。

「お風邪を召されてしまいます。それと若君でいらっしゃるゆえ、お医者様は皆様お顔とお脈をご覧になるだけで――。亡くなられたほかの若君たちも同様でございました」

「そんな診察の仕方だから亡くなってしまったんですよ」

お信はやや蓮《はす》っ葉《ぱ》な物言いの後、素早く夜着を剝《は》ぎ、寝巻を脱がせて全身を診た。

「粘《ねば》り気のある汗に四肢《しし》の紫斑《しはん》、目の充血、下痢《げり》がすぎての肛門の表皮剝脱《はくだつ》後の炎症、手足の爪の白斑《はくはん》、これは間違いなく、石見銀山鼠捕《いわみぎんざんねずみと》り、亜《あ》ヒ酸《さん》によるものです。若君のお母上様は、さぞご心配なさっていることでしょう？」

「身罷《みまか》られていますから」

乳人は素《そ》っ気《け》なく応えた。

「そうですか。若君はさぞお寂しいことでございましょうね」

「ですから、わたしがそれはそれは大切にお世話しているのです。先生のお力で若君を治して差し上げてください」

もうそれくらいでいいだろうと言わんばかりに言い切った。

9

お信は、萩丸が恢復《かいふく》するまで屋敷内に留まることと決められた。

——亜ヒ酸が盛られ続ける以上、若君は恢復なんぞなさらない。亡くなった末はわたしの手当てが悪かったという噂を流すつもりなのね——

お信はここにも巧《たく》みに医者たちの奸計《かんけい》が張り巡らされているのだと思った。

——そして、大沼藩江戸屋敷と市中の医者たちは結んでいる——

屋敷に足を踏み入れた時、見かけた老爺のことが気にかかった。

——あの下働きは小出家に雇われている者とばかり思っていたけど、ここで働いているからには大沼藩の者なのかしら？——

「屋敷に泊まり込んでの治療は気の張るものでしょうから、入り用の物があったらなんなりとおっしゃってください」

如才《じょさい》なく親切を装う乳人に、お信は下働きの老爺について訊いてみた。

「庄助《しょうすけ》のことですね。あの者は十日ぐらい前からこちらで働いています。労を惜しまず、庭仕事だけではなく、薪割《まきわ》りや風呂焚《ふろた》き、お使い等と何でも嫌な顔一つせずこなすので皆に重宝《ちょうほう》がられています。ただし、お屋敷の中では畏《おそ》れ多いからと、庭の裏手にある道具小屋で寝起きしているのはさすがに変わっていると思いますけどね」

乳人は萩丸の病状を話すのとは天と地ほども違う、気楽な饒舌《じょうぜつ》ぶりであった。

「お殿様と江戸家老様は？」

お信はカマをかけたが、

「お二方とも雲の上のお方です、お姿を拝見するだけです」

用心深く巧みに躱《かわ》されてしまった。この後、乳人はお信を寝泊まりする部屋へと案内した。廊下を挟んだ向かい側が乳人の部屋で、お信の部屋の左隣は下働きの女たちの大部屋である。部屋に入ったお信はほどなく廊下に足音を聞いた。部屋から出てそっと足音を忍ばせて、向かいの部屋の襖に耳を当てた。情を交わし合う男女の声がしばらく続いた後、

「充信堂のお信とは会ったたか」

紛れもない浦田の声だった。

「ええ」

「医者とは言っているが所詮《しょせん》産婆上がりだ、何もわからぬはずだ」

「でも――」

「まさか、おまえ、萩丸様に情が移っているようなことはあるまいな」

「ございません」

「そもそも、おまえは萩丸様に乳を与えたわけではない。情が移っている乳人はとっくに暇《ひま》を出した。おまえは世話役にすぎぬ。乳人と呼んでいるのは表向きのことだ」

「心得ております」

「ここまでやり遂《と》げてきたのだからもう後戻りはできぬ。何かあればおまえの命はない。わかっておろうな」

「はい」

「なにゆえか、今回は遅い」

「わかっております」

乳人の声は泣き声に近かった。

――やはり思った通り――

部屋に戻ったお信は縁側《えんがわ》の障子《しょうじ》を開け放った。そこからは裏庭が見渡せる。庄助の姿が見えた。鉈《なた》を振り上げて黙々と薪割りを続けている。できあがった薪を束《たば》ね終えて薪置場に収めた庄助が足を進めていく。なぜか、お信は気になって、目でその後を追った。見えていた庄助の姿が突然消える。慌てたお信は縁側に立った。依然として庄助は見えない。沓脱石《くつぬぎいし》の上の庭下駄《にわげた》をひっかけて後を追うと、建物の端《はし》を曲がったところで庄助が寝泊まりしているという道具小屋が見えた。

――道具小屋はわたしの部屋からは死角になっている――

お信は道具小屋へと近づいてみた。中では布が擦《す》れる音がしている。ほどなく先ほどの乳人とほぼ同年配の女が出てきた。姉さん被《かぶ》りの俯き加減で、何かを両袖を合わせて隠すように持っている。お信が隠れて見ていると、女は厨《くりや》へと入っていった。厨は夕餉《ゆうげ》の支度で大わらわであった。ざっと二十人ほどの女たちが働いていて、

「まいりました」

「今夜もよろしくお願いいたします」

厨の勝手口からさらに十人ほどの臨時雇いが入ってきた。ちなみに厨で働く女たちは皆、姉さん被りをしている。

「さあ、今夜の宴《うたげ》料理もできあがった。ほどなくお客様も大勢おいでだ。くれぐれも粗相《そそう》のないよう気をつけるんだぞ」

厨頭《くりやがしら》らしき料理人が声を張った。

宴料理は鯛《たい》の薄作り煎酒《いりざけ》添え、ハゼのすり流し汁、ウズラと笹《ささ》がき牛蒡《ごぼう》の椀盛《わんも》

り、おろし身ガレイ塩焼きの焼き物、干松茸《ほしまつたけ》の吸い物、ボラ、サワラ、サバ三種とカラスミの口取り、新沢庵《しんたくわん》の香の物《こうのもの》、むしり鯛、鯛かまぼこ、穴子《あなご》かまぼこ、アワビのやわらか煮、焼きハマグリ、黒クワイのきんとん、柚子《ゆず》の甘露煮《かんろに》の肴《さかな》、鯛飯《たい》または鯛湯漬《ゆづ》けという豪華さであった。

――萩丸様のお膳《ぜん》はどこだろう？――

お信は懐《ふところ》から手拭《てぬぐい》を出して姉さん被りをした。臨時雇いと一緒に厨へと入り、萩丸のための膳を探した。

――当然、重湯《おもゆ》のはず――

萩丸の病人膳は厨の片隅《かたすみ》にぽつんと置かれていた。

そこへ先ほど道具小屋から出てきた女が、影のようにさっと歩み寄った。気がついているのはお信だけであった。誰もお信のこともこの不審な女のことも、臨時雇いとしか見ていないようだった。お信は女を見張り続けている。女は重湯が入った椀を空《から》にして洗った後、持参した椀の重湯を入れ直すと、そそくさと勝手口を出ていった。しばらくして乳人が姿を見せた。

「お役目ご苦労様です」

おざなりの労《ねぎら》いの言葉に見送られて、乳人は萩丸の部屋へと向かう。お信は姉さん被りを取って後を追った。乳人が立ち止まって障子を開けたところで、

「お役目ご苦労様です」

お信は先ほどと同じ言葉を繰り返して、

「医者として見定めなければならないことがございまして」

乳人が捧《ささ》げ持っている膳を見据えた。

「これが何か？」

相手の声が震《ふる》えた。

「試していただきたいのです」

お信は部屋の中のギヤマンの大ぶりの金魚鉢《きんぎょばち》を指差した。

「毒なんてそんなもの――」

乳人の声が上ずった。

「とはいえ若君の御容態は、食べ物を通して身体に入った亜ヒ酸によるものに近いんです。ですから真偽《しんぎ》のほどは確かめなければなりません」

言うなり、お信は膳から粥椀を取り上げると、添えてあった匙で重湯を掬《すく》いあげて金魚鉢へと落とした。

10

臥している萩丸を前に息詰まる時が流れる。白濁《はくだく》した重湯は金魚鉢の水を巡ってやがて底に溜まった。その間、白と赤のまだら模様が何とも華麗な琉金《りゅうきん》の雅《みやび》やかな舞いは少しも止まらなかった。

「この重湯に毒は入れられていないようです」

呟いたお信は、

「そのようですね」

乳人の安堵の声に失意が混じったのを聞き逃《のが》さなかった。

——となると、あの道具小屋から出てきた女は、厨で支度される若君の食べ物には毒が入っているとわかっていて、自前の無毒なものと中身をすり替えていた？　命じたのは藩主成正様？　次々に後継ぎの我が子の命が失われていって、最後の一人は何としても守り抜こうとしておられる？　ああ、でもお会いした成正様は荒淫《こういん》地獄《じごく》に堕《お》ちているようで、父親としての思いは薄く、とてものようなご意志は伝わってこなかった——

お信はそんな思いを抱《いだ》きつつ、乳人から目を離さずにいた。

――浦田様は〝遅い〟とおっしゃっていた。あれは毒を盛っているのになかなか死なないという意味に違いない。急かされた乳人がここに毒を持ってきていて、改めて盛ろうとすることだってあり得る――

うーんと呻《うめ》いて、萩丸が眠りから覚めた。

「夕餉でございますよ」

乳人は膳から重湯の入った椀を手に取ったが、病み疲れた幼子は力無く首を横に振って、

「喉が渇いた、水」

弱々しい声で告げた。

「かしこまりました」

乳人は湯冷ましが入った急須《きゅうす》を取り上げると、

「これが先生のお望みでございましょうから」

まずは金魚鉢へと急須を傾けた。中の琉金の雅やかな舞いは今度も止まらなかった。

「よろしゅうございますか？」

乳人はわざと畏《かしこ》まって念を押した。

「結構ですよ。食が摂《と》れなくなってくると五臓六腑《ごぞうろっぷ》の働きが衰えて弱るので、是非

とも水は絶やさずに差し上げてください。水には身体の中の悪いものを追い出す役目もあるのですから」

お信は解毒《げどく》の道理を口にして、

「萩丸様はお小水が常のように出ていますか？」

訊かずにはいられなかった。

「下される方が多いのでそちらばかり気になって――、たぶん常より少なめです」

「厠へはあなたが付添われているのですね」

「ええ」

「ここで夜もほとんど寝ずに付添われている？」

「もちろん。お役目でございますから」

「そのお役目にわたしも加わらせてください。このままではあなたの身体にも障《さわ》りが出ます。交替で眠りを取りましょう」

「いいえ、いいえ」

乳人は大慌てで、

「市中に名の聞こえた先生に、お役目の幾分かを代わっていただいたりしては、どんなお叱りを受けるかわかりません。結構です、結構です」

頑固に断り続けているところへ、

「夕餉の膳をお持ちしました」

女中が二人分の膳を運んできた。

「わたしと違って先生はお部屋の方へ。わたしなどと一緒では失礼です」

乳人は必死でお信を萩丸の病床《びょうしょう》から遠ざけようとしたが、

「膳は一人より、二人で仲良く囲む方が食も進み、身体にもよろしいのです」

お信は畳の上に二人分の膳を並べさせた。

こうなるともう仕方なく、渋々《しぶしぶ》、乳人は皿小鉢《さらこばち》の少ない方の膳についた。唐芋《からいも》の芋粥に菜は葱《ねぎ》と焼き豆腐の煮物、胡瓜《きゅうり》、茄子《なす》、高菜《たかな》の古漬《ふるづ》けが添えられている。もう一方は煮物二種、鴨《かも》とセリの煮物とゼンマイと油揚げの煮物、水菜《みずな》のごま浸《びた》し、若布《わかめ》と干し大根の汁に白飯がついている。

「わたしは家人《けにん》ですからともかく、先生のお膳は饗応《きょうおう》とまではいかないにしても、そこそこの客膳です。先生とわたしでは立場が違うんです。それを仲良くだなんて馬鹿馬鹿しいっ――」

乳人は吐き出すような物言いをして箸《はし》を取り、お信も倣《なら》った。

二人はお信が言い出したように交替で萩丸に付添いつつ、交替で仮眠を取った。

しかし、段取りまでは決めていない。もとよりお信に眠る心算《つもり》はなかった。

――どんな油断も禁物――

寝ずの番に疲れている乳人の方が先に壁にもたれて眠り込んだ。離れているところに大広間があるのだろう、微《かす》かに宴の華《はな》やぎや嬌声《きょうせい》が聞こえてくる。どんな話をしているのかまではわからない。お信は萩丸に毒が盛られていることを知っていて、厨の膳を無毒なものとすり替えている者について考えてみた。

——庄助さんが道具小屋に入った後、出てきたのは女。その女が萩丸様を案じて日々、あんな危ないことを続けているのだとしたら、よほどの情愛を萩丸様に抱いているということになる。萩丸様とどのような関わりがあるのだろう？　庄助さんは知っていて力を貸しているのだろうけど、それは何のため？　誰のため？——

うーんと考え詰めていくうちに、ふっと一瞬意識が無くなった。

——いけないっ、しまった——

不覚《ふかく》にも眠気に襲われたのだった。咄嗟《とっさ》に壁を見遣《みや》ると、乳人の姿がなかった。

慌てて縁側に出てみると、月明りの下、庭を歩いていく乳人の後ろ姿が見える。聞こえてきていた宴の音も消えている。

——萩丸様——

後を尾行《つけ》ようとして、

萩丸の脈や呼吸を確かめるために枕元に戻った。どちらも変わりはなかった。

——そうであっても、お一人にはできない——

乳人を追うことを諦めかけていると、

「心配は要りませんよ」

縁先にひょいと老爺が立った。庄助である。ただし、本両替屋までお信を追ってきて待っていた時とは言葉遣いが違った。

「えっ？　あなた、どうして？」

「そんなことはどうでもいいから、ここのことは俺に任せてください。なあに、あの乳人ときたら夜遊びが盛んでここのことは上《うわ》の空《そら》なもんだから、こうして夜の間はずっとあっしが若様をお守りしてるんですよ。水も差し上げて厠にもお供《とも》してます。ですんで、どうか、先生、安心してお行きになってください。そしてどうか、奴らの非道を白日《はくじつ》の下に晒《さら》してください」

庄助に促され、お信は急ぎ乳人の後を追った。

11

乳人が向かっているのは裏手にある大きな蔵であった。錠《じょう》がおろされていて、見張りの者までいる。乳人は蔵の裏へと回り、裏扉《うらとびら》の前で立ち止まった。裏扉には錠がおりておらず、見張りの姿もない。

乳人が扉を開けると熱気が洩れ、張り上げた声が聞こえてきた。中で何かが行われているのは明白だった。乳人は中へと入った。お信も倣う。

――ここはただの蔵ではない――

ぱーっと明るい舞台のような畳敷きが見えた。その周りには今夜の客人たちと思われる、贅沢な身形《みなり》をした者たちの姿があった。乳人は壁際に身を寄せると、さっと身体を二つに折って屈《かが》み込んだ。お信は乳人の後ろに縮こまった。

――この女はこの場を隠れ見ることに慣れている――

そう思ったとたん、乳人が振り返って、

「先生がうとうとし始めたから出てきたのに、起きたなんて。だけど先生は後を尾行るの下手《へた》ね。でも、まあ、先生もお好きなんでしょ。これから滅多《めった》に見られない面白いものが見られるわよ」

ふふふと含み笑った。

畳敷きの舞台に、黒地に白い萩の花が描かれている羽織《はおり》を着た五十歳ほどの男が立った。

「皆様、今宵《こよい》これから、待ちに待たれました木乃伊の競《せ》りに入らせていただきます。本日の目玉は未来永劫《えいごう》生き仏として、わたくしたちをお護《まも》りくださる、有り難い上人《しょうにん》様の木乃伊でございます。祀られている寺の守りがたいそう固いので難儀《なんぎ》いたしましたが、このほど、志良川屋幹兵衛《かんべえ》、やっと手に入れることが叶《かな》いました。有り難すぎて何とも感無量です。今、倅たちに運ばせますので、どうか、とくとご覧くださいますよう──」

志良川屋は控えていた若い男たちに顎をしゃくった。若い男たちは輿《こし》に乗せていた木乃伊をしずしずと明るい場所へと運び上げた。その木乃伊は正座の上、両手を合わせた祈りの姿勢で骨と皮になっている。志良川屋は上人の木乃伊について説明を続けた。

「即身仏とも言われる木乃伊仏は、ただ荒行の末の断食だけで達成できるものではありません。土中に掘られた座ることしかできない狭い穴に自《みずか》ら入り、息が絶えるまで鉦《かね》を鳴らし続けるという、仏様に帰依《きえ》する大変強いご意志の賜物《たまもの》なのです。想像を絶するこのお力こそ、どんな病もたちどころに癒してくれるのです。これは奇跡を生む木乃伊です」

志良川屋の言葉にふーっとため息が洩れて、しんと静まり返っていた客たちの中から、

「幾らから始めるんだ？」

問いが発せられた。

「はて、どうしたものか、わたくしにも見当がつきません」

「それではいったい幾らで手に入れたのだ？」

別の問いが飛んできた。

「この上人様がおいでになった寺では、古くなって傷《いた》みが激しい建物を直し、民にも御仏《みほとけ》の御心《みこころ》に沿って施しをなさるためということでしたので、二千両ほどでお許し願いました」

「だとすると売値は二千両以上だな」

そこで客たちは一斉《いっせい》に唸《うな》った。

「二千両なんて、志良川屋も結構な商いをするものね」

乳人がふと洩らした。

「それではこの上人様の木乃伊は別に置くといたしまして、常の商いに移らせていただきましょう。まずは上人様見習の木乃伊から」

志良川屋の倅たちが長持《ながもち》を何棹《さお》か畳の上に置くと、人型をした黒ずんだ塊《かたまり》を並べ始めた。お信はその人型の形の違いに目を凝《こ》らした。どれも結跏趺坐《けっかふざ》（左右の足を互いに反対の太ももの上に組むこと）しているものの、前倒れになったり、横向きだったり、両手がばらばらに宙を摑んでいたり、結跏趺坐した足が崩れたりしている。

「初めておいでになった方々のためにお話ししておきます。即身成仏を目指して穴に入られても、息絶えるまでの苦しさを乗り越えられず、このような完全なお姿ではない木乃伊になられる方々もおられるのです。それでも上人様見習の木乃伊ですからもちろん、有り難いものではございます」

「この間は八百三十両で落札《らくさつ》だった。その値で三体買いたい」

客の一人の希望に、

「それでは三体まとめて二千四百両でお売りします。残りは八百両から始めます」

志良川屋はてきぱきと応えて、全て売れるまでこの競りは続けられた。

「さてさて、お医者の先生方にはこの最後をお楽しみにされていた方々もきっとおいででしょう。木乃伊を砕《くだ》いた木乃伊粉で作られる木乃伊丸、お加えになる薬次第で天井知らずの高値になるのですから。本日最後の最も熱い競りです」

志良川屋の声はさらに高く大きくなった。倅たちは粗末な木箱の中身を次々に畳の上にぶちまけた。乾いた黒さはほぼ同じだったが、結跏趺坐しているものは一体もない。それどころか、頭、胴体、引き千切られたように見える手、足がばらばらと転がった。

「はーい、いつも通り、五十匁《もんめ》（百八十七・五グラム）で五十両から始めます。皆さん、つけた、つけた、競った、競った、競ったあ」

志良川屋は名調子であった。

「浦田様のお話では、あそこまで姿形が違うのは、上人様見習の木乃伊のなり手が、掠われた旅人や山の修行僧だからだって。修行僧たちはもとより、旅人たちでもよくよく言い聞かせると、木乃伊になって人助けをしてもいいって気持ちになるんだそう。でもいざとなると覚悟が揺らいであの通り。ばらばらの方は酒池肉林《しゅちにくりん》を味わわせてやる代わりに末は木乃伊になれって、大沼藩の代官所《だいかんしょ》が因果《いんが》を含めた極悪人たちなんだそう。けど、結局は断食させると大暴れするんで、上人様見習の木乃伊にも仕上げられず始末が悪い。それで、頃合いを見計らって、煙でいぶして無理やり木乃伊にしていると聞いている」

乳人がお信に語りかけてきた。

——どうして、わたしにそんな話を——

その時であった。用意してあったらしい、大きな油壺《あぶらつぼ》が見えた。

「あたしにはもう浦田様しかいない」

呟いて立ち上がった乳人の右手には火の付いた蠟燭《ろうそく》が握られ、左手は油壺を抱《かか》えている。乳人は木乃伊で占められている明るい畳敷きの舞台へと進んでいく。競りに夢中で誰も気がつかない。

「止《や》めて」

お信は後を追った。

「大変です」

だが畳敷きの舞台の上の木乃伊の熱気が客たちの商魂《しょうこん》を煽《あお》り、危機感を皆無《かいむ》にしているのか、張り上げたお信の大声にさえも誰も耳を貸さない。そんな中、乳人が油壺の中身を畳の上にぶちまけて蠟燭を投じた。勢いよく火が燃え上がる、ぐあーっという音が響いた。

12

「火事だ」

客たちが表の扉へと突進した。

「開《あ》かないぞ」

いの一番に走り出して、確かめた客の一人が怒声《どせい》を上げた。

江戸家老の浦田栄之輔とお信は目が合ったが、もはや咎める言葉は浦田の口からは出ない。

「浦田様ぁ、御家老様ぁ」

甲高《かんだか》い声が響いて、舞台から降りた乳人は浦田にすがりついた。

「うるさいっ」

浦田はしがみつく乳人を邪険に払いのけようとするのだが、

「お願いです、どうか、どうかあたしと一緒にここで死んでくださいっ」

乳人の絶叫は止まない。燃え上がっている畳はすでに炎に包まれている。非力のはずの乳人が大の男の片腕をしっかり摑まえたまま、炎の中へとずるずると引きずっている。

「おのれ、こいつ」

とうとう浦田は自由になる方の手で脇差《わきざし》を抜いて、乳人の顔めがけて何度も斬りつけた。乳人の顔は血まみれになったものの、巧みに避《よ》けるので傷は浅く、浦田を引きずる力はいっこうに衰えない。

「なんだ、なんだ」

「巻き添えになるのはご免だ」

客たちが口々に叫んだ。

志良川屋の親子が裏扉に走り寄った。

「あそこだ、あそこだ」

誰かが志良川屋たちを指差した。

「こんな時に自分たちだけ逃げようとは、商人の風上《かざかみ》にもおけないっ」

「そうだ、そうだ」

客たちは罵りながらも、押し合いへし合いながら裏扉に押し寄せてきた。

お信は一足先に裏扉の外へ出て、逃げ出してくる人々を確かめるために、大木の陰に身を隠した。

「上人様が、木乃伊が灰になるぅ――、ああああ」

外へと逃げ出してきたとたん、そう叫んで腰を抜かした志良川屋幹兵衛は息子たちに抱えられ、駕籠《かご》に乗せられていった。

志良川屋たちから多少遅れて出てきた顔ぶれの中には、案《あん》の定《じょう》、小出桐庵、加藤潤海、真海親子とその仲間の医者たちが煤《すす》を被っていた。江戸一の薬種問屋で、由《ゆ》紀乃《きの》の夫上田屋文右衛門《うえだやぶんえもん》の顔もあった。

お信が萩丸の病室へ戻ってみると、すでに萩丸と庄助の姿はない。

「萩丸様、若君、若君い」

お信は声を限りに屋敷内を探したが、どこにも庄助と萩丸の姿はなかった。

――庄助さんが萩丸様をどこかへ避難させたに違いない。庄助さんは萩丸様をお守りするって言ってたから危害を加える心配はないと思うけど、でも――

萩丸を案じる気持ちは募《つの》ったが、とりあえずは充信堂に帰ることにした。

充信堂へと帰り着くと文が届いていた。文には以下のようにあった。

大沼藩の屋敷に奉公《ほうこう》にあがり、女に化《ば》けて萩丸様の毒入り膳をすり替え続けたのはわたしです。

こんな時に役者をしていたことが役立つとは思ってもみませんでした。

わたしは阪東万《ばんどうまん》之《の》丞《じょう》、しがない旅役者で、萩丸様はわたしとお真沙の間にできたお紺の子、わたしたちの孫です。わたしたちが身を隠す理由はすでにおわかりと思います。ですのでどうか、この文の中身を他に話さないでください。わたしも小出桐庵のところで下働きをしていましたからお信先生のお噂は耳にしておりましたし、お真沙の話でもお信先生は信じるに足るお方と思い定めております。

たとえ何日かでも萩丸様ともう長くないお紺に、母子の暮らしをさせてやりたいとわたしたちは思っています。若い頃は、身重だったお真沙に辛い思いをさせましたが、今は小間物商いで糊口《ここう》を凌《しの》いでおります。寄る年波《としなみ》で、どうしても棄《す》てた我が子のことが気になって、いろいろ調べてお真沙やお紺に会うことができました。萩丸様とは会えないとの話も聞き、小出のところを辞めて、大沼藩江戸屋敷に下働きとして潜り込みました。隙を見て萩丸様を連れ出そうと思っていたのです。

何としてもお紺と萩丸様を会わせてやりたい、その一念でしたが、萩丸様があのような様子にされているとわかった時は、いっそ火でもつけてやろうかと憤怒《ふんぬ》に燃えたほどです。

けれども、わたしには血のつながった萩丸様を幸せにする務めがあると思い直し、準備万端《ばんたん》に隠れ家《が》を定めました。しばらくはそこで暮らすことになるでしょう。

お真沙が先生に木乃伊丸の話をしたのは、大沼藩や志良川屋に詮議の手が入ってもらわねばならないからです。でないと、このまま江戸家老と志良川屋に何のお咎めもなければ、奴らは藩主の血を引く萩丸様を殺しに来るでしょうから。

先生がこの屋敷に見えられた時には本当に驚きました。しかし、しばらく留まると聞いて、これは千載一遇《せんざいいちぐう》の好機と思いました。この屋敷の蔵の中で何が行われているのか知っていましたから。

ああ、でも、あろうことか、これを書いているうちに蔵から火の手が上がりました。炎がわたしたちの前途を祝っているように見えます。あの炎は神様の裁《さば》きでは――。

阪東万之丞

お信先生

大沼藩の蔵は、乳人が仕掛けた江戸家老 浦田栄之輔との無理心中《むりしんじゅう》による火事で一部外壁を残して焼け落ちた。焼け跡からは折り重なった二体の骸が見つかった。大名屋敷ゆえ、内部に町方の詮議は入らなかったが、その場に商いのために集《つど》った何人かの薬種問屋が田巻らの執拗《しつよう》な調べに負けて、真っ先に逃げ出した志良川屋についた口を開いた。志良川屋親子は捕らえられ、厳しい調べを経て主 幹兵衛は打ち首に処せられる前に、大沼藩との深い癒着《ゆちゃく》について白状した。江戸家老の浦田と志良川屋とで企《たくら》んでいた藩の乗っ取りや、非道な木乃伊作りが明らかにされたのである。これを聞いた幕府は大沼藩を取り潰《つぶ》すことに決めて、藩主 村井摂津守成正に切腹《せっぷく》が言い渡された。

こうして大名家の蔵の火事は、市中の医者や薬種問屋たちの貪欲にすぎる商いをあぶり出した。礼も兼ねてか、時季《じき》の脂《あぶら》の乗った鴨を手にして訪れた田巻に、

「そもそもこの話は、産屋狙いの盗っ人を見つけるためだったはずでは？　胞衣だけではなく、赤子まで盗んでいたと疑われたおみねさんはどうなりましたか？」

お信は気にかかっていたことを訊いた。

「胞衣を盗んだ罪は明らかですので、おみねは八丈《はちじょう》へ遠島《えんとう》と決まりました」

「あの年齢《とし》で？　お裁きが少し厳しすぎやしませんか？」

「お奉行も罪一等を減じて江戸 所払《ところばら》いとしたのですが、おみねは御定法通り遠島

に処されたいと言いました。八丈には腕の良い産婆はいないと聞いたので、自分も酒を断って八丈の産婦たちや赤子のために尽くしたいと言うのです。赤子盗みの嫌疑が晴れたのもとりあげ名人のお信先生のおかげで、八丈行きは先生の大恩に報《むく》いるせめてもの道だとも言っていました」

「あら、赤子盗みの一件がどうなったのかはまだ聞いていませんよ」

お信は田巻を見据えた。しまった、口が滑《すべ》ったという顔の田巻は、

「実はそっちの方はまだ。おみねの件は家に赤子が干してあったわけではないので、木乃伊丸騒動ほどあこぎではないということにもなり、赤子盗みについては証無し、咎無しとなっただけなのです。引き続き調べます」

上目遣いをしながら何度も頭を掻《か》いた。

第三話　万病癒《いや》し菓子

1

この日、充信堂《じゅうしんどう》をお久美《くみ》が訪れた。

お久美は薬草学者の夫設楽元真《したらげんしん》と、八丁堀《はっちょうぼり》で小さな薬草畑の世話をしながら細々《ほそぼそ》と薬種屋《やくしゅや》を営《いとな》んでいる。亡き善周《ぜんしゅう》もお信《のぶ》も、元真の育てている薬草を贔屓《ひいき》にしていた。その縁もあったので、お信は善周亡き後、八丁堀に居を移したのである。

善周やお信から、多くの病人たちのさまざまな症状と事情を聞いた元真は、

「貧しく、薬を買えない患者でも、等しく医術や投薬が受けられるようにしたい」という信念に基づいて、古くから伝わる効験《こうけん》ある薬草を用いての治療を目指していた。

「山《やま》の根《ね》（奥多摩《おくたま》）の朝鮮人参《ちょうせんにんじん》の出来はどうですか？」

本題に入る前にお信は訊《き》いた。朝鮮人参は滋養強壮薬《じようきょうそう》である。地下に伸びる根茎《こんけい》を薬とするこの薬用人参は、その名が示す通り、朝鮮からの輸入物で、高価だった。それならばと、朝鮮物の根茎を植え付けて、手厚く育てると根株は増えるものの、薬効は薄い。そこで元真は何とか自分たちの手で朝鮮物に近い国産物を育てたいと研究を続けていた。結果、幸運にも山の根で見つけた野生種に、朝鮮物と変わらぬ薬効が認められた。元真は薬効の違いは土と気候にあると見抜き、需要を満たす分を育てるためには、山の根での栽培しかないと決意した。元真はこの地での栽培を代官所に願い出たが、山の根は幕領《ばくりょう》であり、許しが下りるまでには時がかかった。

「本場物にも引けを取らない、なかなかの出来です。ただ、土が変わるので一度にたくさん植え付けができないこと、収穫までに五、六年かかるだけではなく、収穫後は土地を二年も休ませなければならないのが頭の痛いところのようです。元真さんが願うように、貧富の分け隔《へだ》てなく使えるほど育てるのはきっと難しいのでしょうね」

ため息を洩《も》らしたお久美は、

「それで、あたしたち、誰にでも喜んでもらえるものをって、ずっと考えてて、とうとうこれを——」

風呂敷《ふろしき》包みを解《ほど》いた。重箱《じゆうばこ》の蓋《ふた》が開けられると、茶褐色《ちやかつしよく》で長四角の平たい煎餅《せんべい》に似た菓子が並んでいた。

「お信先生にも召し上がってほしくて今日伺ったのです」

「それなら、今、お茶を淹《い》れましょう」

「お茶ならあたしが。これに合うお茶も持ってきたんです」

こうしてお信はお久美と、たんぽぽ茶と不可思議な菓子を味わうことになった。たんぽぽ茶は、干して炒《い》ったたんぽぽの根を茶葉の代わりにしたものであった。苦《にが》みはあるが、えも言われぬ独特の風味があり、健胃《けんい》に役立つとされている。一方の茶褐色で長四角の平たい菓子はとにかく硬かった。噛《か》み砕《くだ》くと、肉桂《ニッキ》の香りに加えてうっすらと黒砂糖の甘みが感じられ、刻んだ干し柿《ほしがき》の濃厚な甘みと歯応《はごた》えに行き当たった。そこでたんぽぽ茶を啜《すす》ると、苦みまで旨《うま》みのように相俟《あいま》った。

「こうしてもいいんですよ」

お久美は手にした茶褐色で長四角の平たい菓子をたんぽぽ茶に浸《つ》け、引き上げるとそっと嚙んだ。お信が食べた時のようなガリッという音はしなかった。

「さっきのとは違う歯応えは何ですか？」

　お信は訊かずにはいられなかった。

「炒った米糠《こめぬか》です。亀島川《かめじまがわ》の向こう、霊岸島《れいがんじま》は富島町《とみしまちょう》の舂米屋《つきごめや》さんから格別な値で売ってもらっています。胡瓜《きゅうり》や茄子《なす》、大根なんかの糠味噌《ぬかみそ》漬けや秋刀魚《さんま》の糠漬けなんかもいいけど、こういう使い方もあるんですよ。薬草類の中には自然に乾かすんじゃ薬効がじわじわ出ていっちゃうものがあって、元真さんが思い切って質流《しちなが》れの石窯《いしがま》を買ったんです。薬草の乾かしのためだけじゃ勿体《もったい》ないからって、お金をかけずに、滋味《じみ》滋養《じよう》が詰まってて美味《おい》しいものをって考えて作ってみたのがこれ。糠って、お米の一部ですよね。滋味豊かだって思ったんですよ。元真さんも飢えかけて病《やまい》に罹《かか》った患者さんたちに配ることができるって、とっても喜んでくれたんですよ。万病癒し菓子と名付けました」

　お久美はなかなかの内助《ないじょ》の功《こう》ぶりを発揮している様子であった。ちなみに米糠とは、玄米《げんまい》の表面を削《けず》って精米する際に落ちて、白米食には不要となる粉である。

「万病癒し菓子、たんぽぽ茶に浸《ひた》して食べれば、出産後の女の人たちもきっと物凄《ものすご》く癒されるでしょうね。いつもいろいろ考えてくれてありがとう。ところで、お久美さん、ちょうどいいところに来てくれましたね」

「えっ？　何ですか」

「あのね、乳縁《ちべり》をね、任せられる人を探していたのです。薬草学者のご新造様《しんぞう》に頼むのはどうかと思うのだけど、信用が置けて、他人《ひと》とすぐに打ち解《と》けられるのはお久美さん、あなたしかいない――。是非ともお願いできませんか」

乳縁とは、貰《もら》い乳と関《かか》わっての人のつながりのことであった。無事に生まれても三日と経《た》たずに赤子《あかご》が亡くなるのは、胎児《たいじ》の頃から病を得ていて虚弱《きょじゃく》にすぎたという例もあるが、難産で弱った母親の乳が出ず、水や薄めた重湯《おもゆ》も受け付けず、結果餓死《がし》させてしまうことも多々あった。

「でも、市中の乳縁は自然に成り立っているものでは？」

お久美は当惑《とうわく》した。

母親の乳が出ない場合、生まれた子は貰い乳をするのが常であった。乳を貰う相手は同じ頃、先に子を産んでいて乳の出がいい親戚筋が多かった。

「自然とできた乳縁頼みでは、餓死する赤子の数は減りません。元気に生まれてきてもその後、疱瘡《ほうそう》等のさまざまな疫病《えきびょう》で亡くなることが多いのです。乳が得られず、薄めた重湯に馴染《なじ》めずに死んでしまう子だけはなくしたいのです。それには乳縁を増やしておく役目が要《い》るのですよ」

お信は〝充信堂出産帳〟と題された控帳《ひかえちょう》を取り出してお久美に渡した。

手渡されたお久美は、

「まあ、お信先生は各々《おのおの》の妊婦さんの一部始終について、こうして残されているんですね」

ただでさえ多忙なお信の綿密《めんみつ》な仕事ぶりに感動した。

2

〝充信堂出産帳〟を読んだお久美は、

「乳付《ちつけ》に名があるのはお武家様だけですね」

すぐに指摘した。

このところお信の絶妙なお産術が知れ渡って、武家の妊婦からの頼みも増えていた。

乳付というのは生まれたばかりの赤子を、出産経験豊かで乳のよく出る女性に抱《だ》かせてその乳を飲ませるという、昔からの風習であった。

この風習が連綿《れんめん》と続いてきたのは、出産したばかりの母親の中には衰弱や一種の興奮ですぐに乳が出ない者もいたからである。赤子は生まれてほとんどすぐ乳を飲みたがるので、乳付は貴重な役目であった。富裕であれば前もって雇われている乳人《めのと》が乳付もするが、そうでない者たちにも一時その役目を果たす乳付が要る。長屋住まいならば、たとえ近くに親戚縁者がいなくても、自分の子に授乳中のかみさんが、困った時はお互い様と、買って出てくれる。これがお久美が言った自然に成り立っている乳縁であった。

ところが、禄《ろく》が少なく常に内証《ないしょう》のやり繰りに腐心《ふしん》している下層武士の家では、長屋の住人たちのように気楽ではない。下層であっても武家の誇りと体面は保たねばならず、町人に頭は下げられない。結果、親戚縁者やせいぜいその知り合いに乳付の目星《めぼし》をつけて、くれぐれもと頼み込んでおくほかなかった。

「乳人を雇わないお武家様方の場合、親戚だけが乳縁だと、当てにしていた当人が風邪《かぜ》にでも罹ってしまった場合、貰い乳はできないでしょう。また、貰い乳が続くと親戚間がぎくしゃくしてくるようで。そのせいで赤子が亡くなったのを突然の病死と偽《いつわ》ることもある。乳さえ足りれば死ななくていい命が失われる。だから、もしもに備えて、乳付も兼ねる貰い乳の相手は親戚に限らず、二人、三人と決めておくべきなのです」

お信の主張に、

「たしかにその通りです。充信堂で先生が関わるお産の数は増え続けているので、あたしたちが仲立ちすれば乳付役も貰い乳の相手も広がりますよね。あたしたちの仲立ちで、町人とお武家様双方が安心できることでしょうし――。喜んでお手伝いします」

「ありがとう」

お信は深々と頭を下げた。

「まずは〝充信堂出産帳〟に町人たちの乳付ができる者を記さねば」

お久美は快諾《かいだく》した。

「乳付や貰い乳の相手をまとめるだけでも大変な仕事だから、元真さんのお手伝いもあるけれど大丈夫？　頼んだくせにこんなことを言うのも何だけど」

お信は声をくぐもらせた。

「薬を届けに行った先でも聞けばいいんですから、そう仕事が増えるわけではありません。それに、当初は慣れない薬草育てに追われていましたが、今は元真さんに入門を希望するお弟子《でし》さんもいて、薬草を育てて生薬《しょうやく》の状態にするのに人手が足りています。任せてください」

お久美は威勢よく言い切った。

おかげで、お信はほぼ乳縁探しで埋め尽くされそうだった日々からしばし逃《のが》れることができた。

そんな折、寒さへと時季《じき》は進んでいるというのに市中のあちこちで食傷《しょくしょう》（食中毒）が起きて、お信は立て続けに往診《おうしん》を頼まれた。食通を自負している富裕な患者たちは、時季の品々を堪能《たんのう》し尽くし続けた結果、食べすぎで胃の腑《ふ》がもたれ、よく眠れなくなる。そこで、主治医から勧められて常備している高価で副作用の強い吐《と》剤《ざい》や下剤《げざい》、眠り薬を飲みすぎて深刻な状態に陥《おちい》るのであった。

中にはこれらの薬を飲みつつも美酒、美味をもとめて料理屋へと通い、山海の珍味に取り囲まれつつ倒れて呻《うめ》き続けている者もいた。そんな不埒《ふらち》な輩《やから》に呼ばれると、

――粥《かゆ》さえ啜れずに飢え死にしたり、一家心中をする人たちもいるのだから、美食がすぎて死ぬ者など知ったことじゃない――

お信は内心そう思いつつも、

――人の命に上下、貴賤《きせん》はない――

やはり駆《か》け付けずにはいられなかった。

一昨日《おととい》は、同じような食傷患者が出て以来の縁である、京橋《きょうばし》の富士屋《ふじや》だった。大店《おおだな》の若旦那《わかだんな》である患者は美食の途中、胸やけと腹痛が治まらなくなり、持参していた吐酒石《としゅせき》（酒石酸《しゅせきさん》カリウムアンチモニウム）をいつもの二倍飲んだところ、吐《は》き気が止まらなくなっていた。若旦那はお信に、

「麝香《じゃこう》っ、早く麝香を」

と叫《さけ》んだが、お信は、

「はい、はい」

と応えつつ、麝香ではなく、この手の病に最もよく効く菜種油《なたねあぶら》を飲ませて治した。麝香はジャコウジカの麝香嚢《のう》から取った粉末の漢方薬で、強い芳香《ほうこう》が五臓六腑《ごぞうろっぷ》の変調に即効すると言われていた。高貴薬とも称されるほど高額である。残念ながらお信はこれを持ち合わせていなかった。麝香の薬効は、その芳香の強さから患者が効くと勘違《かんちが》いしているだけなのではないかという疑念を捨て切れずにいたからである。

リウマチ、神経痛に悩む大身旗本《たいしんはたもと》が回春《かいしゅん》の悦《よろこ》びを得たいと、商家の隠居《いんきょ》に扮《ふん》して吉原《よしわら》へ出向き、鎮痛《ちんつう》と興奮をもたらす附子《ぶし》（トリカブトの根を干したもの）の入った薬を使いすぎ、目がくらんで痺《しび》れ、両手足が氷のように冷えきり、脈が微弱になって倒れてお信が呼ばれたこともあった。

今もお信は夜道を走るように急いでいる。

使いの者が、充信堂に至急の往診の依頼をしてきたのである。行き先は日本橋《にほんばし》の和田屋《わだや》である。

和田屋は富士屋と双璧《そうへき》の市中で一、二を争う高級料理屋であった。五十歳近い主《あるじ》たちは共に京で修業《しゅぎょう》をした仲であり、この二人がいる限り、江戸の京料理は本場に引けを取らないとまで言われている。

「お信先生ですね」

主の姪《めい》のお宇乃《うの》が待っていた。お宇乃は二十歳《はたち》を幾《いく》つか出た年齢《とし》で、やや寂しげな狐顔《きつねがお》の美女であった。

「いかがです、病人の容態《ようだい》は？」

「それが――」

お宇乃は青ざめている。

「とにかく診《み》てください」

お信は膳《ぜん》が四、五十は並んでいる大広間に通された。紋付《もんつき》羽織《はおり》袴《はかま》姿の初老の男が、畳《たたみ》の上に座布団《ざぶとん》を枕《まくら》に横たわっている。眠っているのでなければ――。お信は屈《かが》み込んですぐに脈を診た。

3

男の脈はすでに触れなくなっている。

「この方は亡くなられています。すぐに番屋《ばんや》とこの方のご家族に知らせてください」

そう言いながら、お信は素早く着ているものを脱がして肌や手足を観察し始めた。

一方、お宇乃は、

「こちらは美作味右衛門《みまさかあじえもん》様です。人気本の『江戸食べ物案内』を書かれている大変な食通でいらっしゃいます。同時に〝江戸を食べる会〟も催《もよお》されています。材料を決めて月に一度、わたしどもで皆様と膳を囲んでいらっしゃるんです。美作様をはじめ、お仲間の方々が紋付羽織袴を召されているのは材料への敬意だと聞いていますす。今日は、皆様とご一緒にわたしどもの鰻尽《うなぎづ》くしを召し上がっていたのですが、美作様だけが、突然、ぱくぱくと口で息をされてばったり倒れられたのです」

死んでしまった男と催されていた会合について話すと、すぐに廊下《ろうか》へ出て、番屋と美作の家族に人を走らせる指示をした。

「わたしたちは――」

「どうしたら――」

「亡くなったとなれば、ほどなくお役人が来てお調べでしょう？」

「巻き込まれるのは嫌ですね」

「いつまでかかるかわからない」

「帰りましょう」

「そうですね」

当初、黙ったまま成り行きをじっと見守っていた〝江戸を食べる会〟の仲間たちがざわめき始めた。

「それは困ります」

お信はやや声を張り、

「今お帰りになられたらわたしどもがきつく叱《しか》られます。ただいまから別の部屋をご用意させていただきますので、皆様そちらでお寛《くつろ》ぎください。すぐに茶菓など運ばせますので」

お宇乃も客たちを引き留《と》めた。

こうして五十人近くの客たちが、仲居《なかい》の案内に従って、ぞろぞろと別の部屋に移った。

「あなたたち、ここはこのままに。触らないで」

お宇乃は、皿小鉢《さらこばち》の載った膳を片付けようと入ってきた仲居たちを制した。

しばらくして北町奉行所与力《きたまちぶぎょうしょよりき》の田巻高之進《たまきこうのしん》が、定町廻《じょうまちまわ》り同心《どうしん》の村山拓二郎《むらやまたくじろう》と共に、岡《おか》っ引《び》きの平八《へいはち》を引き連れて駆け付けた。二十歳そこそこの平八の常の仕事は季節寄せであった。岡っ引きというのは奉行所から給金を貰っているわけではなく、奉行所同心から、奉行所御用を務めているという手札《てふだ》と小遣《こづか》いを貰っているだけである。それだけでは暮らしていけないので、別に仕事をしているか、あるいは家族が何某《なにがし》かの店を開いている。平八は独り者なので、自分で稼がなくてはならない。市中の評判を聞くためにも、季節の行事に合わせて様々なものを売り歩く季節寄せの仕事は一石二鳥《いっせきにちょう》なのである。

「お信先生」

童顔の平八は、人なつこい性格であった。

「いやはやこんなところで、田巻様のところの充信堂のお信先生にお会いするとは奇遇《きぐう》ですな」

村山は田巻を肘《ひじ》で小突《こづ》いた。

「そうですな」

田巻は定町廻り同心たちから、市中を回ることをあまり快く思われていないのだが、村山は面白がっているようだった。

「何で死んだかは、お信先生さえここに居れば百人力だよね」

平八はぞんざいな物言いをした。村山は眉《まゆ》を寄せたが咎《とが》めるまでのことはしない。意見すれば、昨今の若者はぷっとふくれ、今後が思いやられるからであった。

「皆に話を訊く部屋を頼む」

田巻の指示で調べのための部屋が用意された。こうして〝江戸を食べる会〟の者たちと鰻を供《きょう》した料理人や仲居たち、主代わりのお宇乃を含む和田屋の奉公人《ほうこうにん》たちが調べを受けた。最初に美作味右衛門の死を断じたお信は最後に呼ばれた。

「美食三昧《ざんまい》の日々に飲みすぎた薬が禍《わざわい》しての、ありがちな食傷ですかな」

村山の言葉に、

「お宇乃さんや皆さんから、美作さんの最期の様子を聞かれたでしょう？　薬の飲みすぎでは、たとえそれが附子や阿芙蓉《あふよう》（芥子《けし》の別称。実から阿片《あへん》が作られる）入りであっても、あのようにあっさりとは亡くなりません。それより、ほかにどなたか鰻尽くしを召し上がっていて不調を訴《うった》えた人はいなかったのですか？」

お信は気になっていた問いを返した。

「一人もいなかった」

「念のため鰻尽くしの中身を教えてください」

お信は村山に訊《たず》ねたのだが、

「先付《さきづ》けが鰻の佃煮《つくだに》、椀《わん》は鰻のすり身椀、造りは鰻の刺身《さしみ》、焼き物が鰻の白焼き、強肴《しいざかな》が鰻の卵とじ、飯は鰻重《うなじゅう》だって。すごい御馳走《ごちそう》だよね」

涎《よだれ》をたらさんばかりの様子で応えたのは平八だった。村山は、この饒舌《じょうぜつ》で食い意地の張った若者をじっとねめつけたが当人は全く気づいていない。お信が村山の機嫌の良《よ》し悪《あ》しなど無視して、

「今日の〝江戸を食べる会〟では滅多《めった》に口にすることがない、鰻の刺身が目玉だったはずです」

と言い切ると、

「是が非でも鰻の刺身を、と注文をつけて玉川《たまがわ》から、清めの塩ならぬ清水《しみず》を運ばせたのはほかならぬ美作だったそうだ。捌《さば》いた鰻をよくよく洗い流すためだ。今回の美作は〝誰も食べたことのない鰻〟と題して仲間たちに案内を届けていたとわかった」

すかさず田巻が告げた。

「どういうことですかね？」

平八は首を傾《かし》げ、

「美味しい美味しい鰻ではあるが、刺身で出てくることがないのは血にわりに強い毒があるからだ。長く生きてくれば誰でも知っていることだ。そうなると今夜の鰻の刺身に、その毒が洗い流されずに残っていて、運悪く美作だけが中《あた》って死んでしまった。そう考えられますか？　先生」

田巻は相づちをもとめたが、

「いいえ、それは全く考えられません」

お信は首を横に大きく振った。

「なぜなら、鰻の血の毒は相当量飲まなければ死に至ることなんぞないからです。少量では嘔吐《おうと》、下《くだ》し、発疹《ほっしん》が起きるか起きないかぐらいですから」

「わかった、きっと仏さんの酒に鰻の血の毒がたくさん入っていたんだ」

平八が両手を打ち合わせると、

「鰻の血の毒は熱で効き目がなくなる。皆の話では仏さんは冷や酒は飲んでいなかった。それに殺すほどの血を混ぜたら酒は赤くなる。赤い色の葡萄酒《ぶどうしゅ》とやらは大食通の仏さんの好物だったそうだが、和田屋では葡萄酒なんぞ置いていないとのことだった。料理でなければ飲み物に毒を入れたに違いないとは、まさに若い奴《やつ》の浅知恵よな」

村山がやや意地悪く言い放った。

4

美作味右衛門の死は毒死と見做《みな》されたものの、毒の盛られ方は不明のままだった。『江戸食べ物案内』で知られた食通なだけにその毒死は瓦版屋《かわらばんや》の恰好《かっこう》の材料となり、調べが進まない田巻たちを悩ませた。充信堂にやってきた田巻は、

「美作味右衛門は無役《むやく》の直参《じきさん》旗本の三男坊でした。どこぞから入り婿《むこ》の話でもなけ

れば一生、いわゆる厄介叔父《やっかいおじ》だったわけです」

　殺された美作についての調べは尽くしていた。

「でもまあ、あの通りのいかつい武芸者顔なので婿が欲しい、娘ばかりの家でも好まれず、年齢《とし》ばかりくっていたのです。美作は、とにかく美味《うま》い物好きで、そこが食い物の引《ひ》き札《ふだ》（宣伝チラシ）を刷《す》っていた川村屋《かわむらや》に見込まれたとのことでした。川村屋は最初、市中の安くて美味いものばかり集めて美作の感想を添えた『江戸安いよ、美味いよ』を出して大儲《おおもう》けしました。それからは、あちこちの版元から声が掛かって、美作は何冊もの本を書き、あれよあれよという間に豪商や大名家の宴《うたげ》にも招かれるまでになったのです。そのうちに将軍家からもお招きがあるのではないかと噂《うわさ》され、まさに飛ぶ鳥を落とす勢いだったそうです」

「和田屋での、あの〝江戸を食べる会〟という会合もその一つですか？」

「顔ぶれは富裕な商人《あきんど》がほとんどでしたので、まあそうでしょうね」

「美作様が恨《うら》みを買っていた相手はいなかったのですか？」

「とかく、出る杭《くい》は打たれると言いますからな。考えられるのは同じ食通仲間でしょうが、皆、当日何をしていたかの証《あかし》を立てています。それに美作はさほど羨《うらや》ましがられてはいませんでした」

「それはまた、どうして？」

「博打《ばくち》です。美作は博打にのめり込んでいて、入ってくる金を全《すべ》てつぎ込んでいたのです。負け金を払えないことで、簀巻《すま》きにされて川に投げ込まれる話はよく聞きますが、美作は本を出したり、美食を堪能するその手の会合、宴さえ開けば金には困らないので、殺されたりはしないはずです。相手にとっては金のなる木ですから。もっとも食通仲間たちは何度か美作から借金を申し込まれています。美作が次の本を書いていなかったり、宴が日延《ひの》べになったような時です。返してはくれたものの、本の人気が衰えれば、宴の数も減り、金のなる木ではなくなるので、美作の悪癖《あくへき》につきあわなくて済むよう皆、深いつきあいはしていなかったようです」

「なるほど」

美作味右衛門の身辺には、殺される理由が見当たらなかった。

何日かが過ぎて、お信は富士屋へと往診を頼まれた。駕籠《かご》で訪れたのは富士屋の大番頭《おおばんとう》伝吉《でんきち》で、

「何やら、旦那様が体調を崩されたようなのでお願いいたします」

丁重《ていちょう》に頭を下げた。忠義が身体《からだ》になり顔に表れているかのような、典型的な白ねずみであった。白ねずみとは生涯《しょうがい》独り身のまま商家に住み込んで励む、忠義者にして相応の権限を持つ奉公人のことである。

「これは旦那様の様子を書き留めたものでございます」

伝吉は一枚の紙をお信に見せた。それには〝頭痛、肩凝《かたこ》り、胸や腋《わき》の下にしこりがあるとおっしゃっている。舌がもつれて、言葉にならず、飯粒が口からこぼれる〟とあった。

「こうした症状が出る前に汗をかきやすかったり、手足が痺《しび》れやすい、手が震《ふる》える、頻繁《ひんぱん》に物忘れをする、欠伸《あくび》が出る、不眠や多眠、悪夢、気鬱《きうつ》、怒ったかと思えば笑いが止まらない、便秘《べんぴ》などのいずれかに悩まされていたのではありませんか？」

「その通りです。旦那様は今、先生がおっしゃった症状全てに見舞われていました。いつもの医者が朝鮮人参を主に用いた薬を出してくれていました。それでも良くはならず、お客様に供する膳の全てを試するというお仕事が、お身体《からだ》に障《さわ》ると考え、根津《ねづ》の寮《りよう》でのお休みをお勧めして、やっとお聞き届けいただいたところでしたが――」

伝吉は心配そうに告げた。

「伺った限りでは、旦那様の病は中風《ちゆうぶう》でしょう」

言い当てたお信は朝鮮人参が用いられている薬は百害だと思ったが、口に出さず、

「料理屋のご主人ゆえの試しのお役目には、お酒も入ってのことでしょう？」

念を押した。

「ええ、もちろん。今は上方《かみがた》からの新酒の時季なので、料理を生かすも殺すも酒次第とおっしゃって、どの料理にどこの酒蔵の酒が合うのかを決めることに熱心でした。ちゃんと相応の薬をいただいて飲んでいるのだから大丈夫だと――」

「中風になる因《もと》の一つが贅沢《ぜいたく》な料理とお酒です。薬でどうにかできるものではありません。それに、朝鮮人参は滋養強壮薬ですから、この治療には不要です」

断じた。

「実はてまえも薄々――」

心から主を案じている伝吉は声を潜《ひそ》めた。

「それで是非ともお信先生にと――先生の指治療は間違いなしという評判ですので」

「わかりました」

お信は薬籠《やくろう》に中風治療のために必要なものを入れると、大番頭と共に駕籠で根津へと向かった。

富士屋の主富助《とみすけ》は背丈《せたけ》があるだけでなく、横幅もある体軀《たいく》の持ち主なのだろう、かなり大きな布団《ふとん》に横たわっている。

傍《そば》には番頭の新三郎《しんざぶろう》が心配そうに付添っていた。三十代半ばの新三郎はきびきびとしてはいなかったが、伝吉に仕込まれたせいか謹厳実直《きんげんじつちょく》そのものといった感じであった。

眠っている富士屋富助は、ごおごおと鼾《いびき》をかき続けている。お信は夜着《よぎ》を取りのけて寝巻《ねまき》の前を開き、胸や腹を診た。

「ご飯をこぼしたというのなら、喉《のど》につかえたようなことはありませんでしたか？」

お信の問いに、

「それならこれを」

新三郎は小盥《こだらい》に受けた、飯粒の混じった吐瀉物を見せた。

「吐かせたのは、お手柄《てがら》です」

お信が褒《ほ》めたのは、喉に詰まると死んでしまうことがあるからだった。

「それでは――」

お信は素早く襷《たすき》を掛けると手技《しゅぎ》に入った。まずは肩の一番高いところの肩井《けんせい》から、腕を上げる時に内側の縁が浮き上がる肩甲骨辺《けんこうこつあた》りと、左乳の裏側の背中の強張《こわば》りを確かめた。

5

肩甲骨辺りと、左乳の裏側の背中の強張りを両手で力を込めて摑《つか》みほぐす。次に股《もも》の内側と外側のツボを押すと主の顔が歪《ゆが》んだ。お信はここをも力一杯揉《も》んだ。お信が汗みずくになったところで、

「うーん」

富助は目を覚《さ》ました。

「旦那様」

伝吉がにじり寄り、主の顔を覗《のぞ》き込んだ。

「話せますか？」

お信が訊くと、

「夢を見ていた。川の向こう岸にとっくに死んだ両親《ふたおや》、何年か前に死んだ女房も居た。目の前にある舟に乗り込もうとすると、なぜか三人が首を横に振るんだ。こっちへ来るなという合図《あいず》だとわかった。そのうちに足と背中が酷《ひど》く痛くなった。痛みに耐えているうちに両親たちもいなくなって、おまえが居た。あれが三途《さんず》の川だったんだな」

伝吉は主の手を包み込むように握り、

「全てはここにおいでの、お信先生のおかげですよ」

泣きそうだった。

「ならば礼を言わねば――」

富助は起き上がろうとしたが、どうにも左半身に力が入らないようだ。

「駄目《だめ》ですよ、今は駄目。動いてはいけません」

お信が止めた。

「わしは患《わずら》ってたんだったたな。これは大変有り難い命拾いなんだ」

富助は気落ちして吐息《といき》をついた。

「次にわたしが参《まい》る時までは、どうかおとなしく寝ていてください。三度の膳は全粥に梅干し、玉子、豆腐ぐらいです」

そう告げてお信は寮を辞《じ》した。

何日かしてお信が往診すると、待ち構えていた富助は、

「厠《かわや》にだけは伝吉や新三郎の背中におぶさって行っています。これでは駄目だ、尿《しと》筒《づつ》を部屋に置けと先生がおっしゃったら、わしは首を括《くく》ります」

本気とも冗談ともつかないことを言った。

「あの時は軽度でしたが、立ちくらみやめまい、頭痛が起きてはいけないので、しばらくは寝床で安静にしていただくことにしたのです。ここまで落ち着いてくれば、手助けしてもらって、どんどん歩く練習をしてください。本気で頑張ればきっとまた歩けるようになります」

お信が励ますと、

「そうですとも、旦那様。てまえが我が身に代えてお助けいたします」

伝吉は声を震わせた。

「それでも左半分でよかった。右半分だったら庖丁《ほうちょう》も箸《はし》も握れまい。お信先生、本当に治りますか？」

富助はお信を見据《みす》えた。

「それはご本人のお覚悟次第です」

お信はぽんと撥《は》ねつけるような物言いをした。

「試しでも美味いとなるとついつい箸を進めてしまっていました。誘われると嫌とは言えない性分《しょうぶん》で仲間たちとの食べ歩きも多く――、今は反省しています。今後は一品一品の試しの量を減らします。誓います。そういえば喉が渇《かわ》いた。伝吉、冷たい井戸水《いどみず》を汲《く》んできてくれないか」

富助は殊勝《しゅしょう》な様子だったが、

「今後、冷たいものはたとえ水でもいけません。この部屋が少々寒いのも気になります。この病に冷えは禁物なのです。温かくしてください。ただし、汗をかくほど温めては駄目です。汗は引く時、身体から熱を奪い、結果、冷やしてしまうからです。それから、召し上がるものは消化の良いものを。そろそろぼたん鍋《なべ》（猪《いのしし》の肉を使った鍋料理）等の薬食いなどなさりたいでしょうが、脂《あぶら》の多いものは控えて、大食、美食は決してなさらないように」

お信はさらに厳しく諫《いさ》めた。

「それ、中風病《や》みは死ぬまで摂生《せっせい》しなきゃいけないってことですよね」

富助は神妙な顔になった。

「たしかに中風を患うのはお年寄りが多いです。ですので中風だから摂生しなければならないのではなく、寄る年波《としなみ》を乗り切るのに摂生が必要とお考えください」

「実は、あることを果たすまで、わしは生きていなくてはならないんです。生きているには摂生あるのみなんでしょうが、そうもいかない約束でもあり――」

富助は困惑《こんわく》気味に話を止めた。

「それは、試しを繰り返して美食中の美食を拵《こしら》えることですか？」

お信は思いついたままを口にした。

「さすが先生ですな」

「それで材料は何を？」

「ヤツメウナギです」

「滋養があって鳥目《とりめ》（夜盲症《やもうしょう》）の特効薬と言われているあのヤツメウナギですね。鰻屋さんの中には冬場だけこれを品書きに入れてるところもありますが、ヤツメウナギは、ももんじよりぐにゃっとして嚙み切りにくいし、腸《はらわた》と魚油の臭《にお》いが混じった独特の風味。わたしたちが好む鰻とは全然別種。面白いものが美食の材料になるんですね」

ヤツメウナギの名の由来は、目の後方に七つの鰓孔《えらあな》が並んでいて、本来の目と合わせて、目が八つあるように見え、細長い体が鰻に似ていることによる。

「そりゃあ、わしと和田屋の主 和助《わすけ》は水戸《みと》で育った乳兄弟《ちきょうだい》。川魚で育った者同士ですから」

「えっ。そんな話、初耳《はつみみ》です。世間では二軒は商売敵《がたき》と言われていますよ。わたしもそうだとばかり思っていました」

お信が言うと、

「互いに口にはしませんでしたから、知っている者はほとんどいないと思いますよ」

富助は幼き日に想いを寄せ、

「食うや食わずだった子どもの頃、ヤツメはやっぱり途方もない御馳走だったんですよ。硬いんで一口大に切っての串焼《くしや》きや蒲焼《かばや》きときたら、もう──」

富助はごくりと生唾《なまつば》を呑《の》んで先を続けた。

「その上、二人とも料理人になろうって京へ行って、血の滲《にじ》むような修業を支え合って耐えた仲です。修業中もヤツメは滅多に食べられなくて。故郷《くに》に帰ったらたらふく食べられるからと楽しみにしてたのに、江戸で店を開いて懸命に働いてきたら互いにこの年齢《とし》。そこで、江戸の食い道楽の連中が目を見張るようなヤツメ料理を競い合って拵えようという話になりました。ヤツメの試しを繰り返しては身体に悪いでしょうが、乳兄弟の約束は決して破ってはならない約束なんです」

富助は思い詰めた目になった。

「伝吉さんや新三郎さんに代わってもらっては？　富士屋さん、せっかく助かった命は大事にして」

お信の提案に、

「やはり駄目ですか」

富助はがっくりと肩を落として項垂《うなだ》れた。

傍《かたわ》らに控えていた新三郎は心持ち青ざめていた。ヤツメウナギは巨大な吸盤《きゅうばん》のように口が大きく、何でも呑み込んでしまう怪物を想わせるからだと、お信はヤツメウナギに馴染みのない新三郎に同情した。

6

富助からヤツメウナギの話を聞いたお信は、ある疑いを持った。

――ヤツメウナギにも鰻同様、その血等に毒がある。和田屋さんでの美作味右衛門様主催の宴が鰻尽くしだったこととは、ただの偶然か？　それとも、企《たくら》みでつながっているのだろうか？――

富士屋の主の部屋を辞す際、

「和田屋さんで宴を催した、美作味右衛門様が亡くなったことはご存じですよね」

お信は訊かずにはいられなかった。

「大変な食通で、ご本もたくさん出しておられるとか――」

富助は差し障りなく応えた。

「富士屋さんで、美作様が宴をなさったことはないのですか？」

さらに訊くと、

「実は和田屋さんにお願いして美作様にお目にかかることになっておりました。あのお方の推《お》しを得れば、さらなる繁盛《はんじょう》が見込めますので」

主に代わって伝吉が応えた。

「そんなことまでせずとも――」

富助は不快な表情になり、

「料理屋の客足は味で決まるもの、引き札まがいの宴などくだらないっ。そのようなことは、わしに相談してくれなくては困る」

「申し訳ございませんでした、申し訳ございませんでした」

伝吉はひたすら頭を下げ続けた。

――和田屋さんの主は、富士屋の主 富助さんの心意気《こころいき》を知っていたけれど、商《あきな》いは心意気だけでは成り立たないということもわかっているはず。富士屋さんはご主人が心意気を通し続けるせいで、苦しい内証になっているのね。それで大番頭の伝吉さんが客寄せの方法を考えて――

お信は何とも複雑な想いになった。

それからまた何日かして、お信は往診の帰り道、村山の下で働いている岡っ引きの平八を市中で見かけたので声を掛け、汁粉屋《しるこや》へと誘い、富士屋の繁盛具合を訊くと、甘党の平八は五杯目の汁粉を平らげた後、やっと話してくれた。

「富士屋富助は稀代《きだい》の庖丁人、料理名人と世間じゃ言われているけど、店の方は和田屋の半分ほどの客入りだよ。客あしらいが和田屋のお宇乃さんみたいにはいかないんで人気がないいんだ。主が料理は味で能書《のうが》きじゃないなんて言ってるけど、美作味右衛門が書いた『江戸食べ物案内』なんてえのを有り難く読んでる連中には、どうかね。俺は富士屋の言うことは、しごくまっとうだって思うけどね」

「富士屋さんと和田屋さん、本当はどっちが美味しいの？」

「そりゃあ、絶対富士屋だよ。俺なんかが食べられる料理じゃないんで、芸者屋の女将《おかみ》さんが言ってたことだけど、御膳を頼むと富士屋の届けてきたのは菜や肴、汁まで温かいんだと。比べて和田屋の方は、いくら張り込んだって――」

「じゃ、どうして和田屋さんの方にたくさんお客さんがつくの？」

「そんなの安いからに決まってるよ。ああいうところにお金を落とす客たちってさ、たいていがいろんな秘密にしたい話あってのことでしょ。だから料理は二の次、三の次。そうでない男はこれ目当てだよね」

平八は右小指を立てて見せて、

「仲居だって、年増《としま》ばかりの富士屋とは段違い、和田屋の仲居は若い娘ばかりって聞くぜ。仕切っているお宇乃さんだってあんなに別嬪《べっぴん》だしさ――。俺も一度でいいから行ってみたいよ。ま、それが夢のまた夢なら、今は食い気あるのみだな」

六杯目の汁粉を頼んだ。

別れ際《ぎわ》に平八は、

「そういやぁ、和田屋の〝お手頃京料理と江戸美人女将〟って引き札が長屋に入ってた」

と袖《そで》から出して、お信に渡した。微笑《ほほえ》んでいるお宇乃が京料理弁当を手にしているさまが描かれていた。

その和田屋和助から是非にとお信が往診を頼まれたのは、平八から話を聞いた十日後のことであった。

昼過ぎて出向くと、

「先日は本当にありがとうございました」

まずは応対に出たお宇乃が礼を言った。

「美作様が亡くなられた経緯《いきさつ》がわからず、何かと気が揉めることでしょう」

お信が返すと、

「亡くなった美作先生には申し訳ないのですが、あんなことがあったというのに、有り難いことにお客様は増えているんです。あの時の鰻尽くしまで人気です。それもこれも、お信先生が和田屋《うち》の料理人の不始末でも、当日のお客様とも関わりがない、という証を立ててくださったからです。とっておきの新酒への嫌疑も無くしていただけましたし、どんなに御礼を申し上げても過ぎるということはないと思います。この通りでございます」

お宇乃は深く頭を下げた後、
「そこで、このたびは主 和助がどうしても先生にお目にかかりたいと申してきき
ません。どうか年寄りの堪《こら》え性の無さと思《おぼ》し召《め》して会っていただければと——」

案内された部屋は広く、大きな丸火鉢《まるひばち》は伊万里《いまり》で朱色《しゆいろ》が華《はな》やかであった。そのほ
かにも紫檀《したん》の文机《ふづくえ》、李朝《りちよう》の白磁《はくじ》の花瓶《かびん》、狩野《かのう》派の絵師による夕焼け空を模《も》した襖《ふすま》
絵《え》や屛風《びようぶ》が飾られている。華やかで趣《おもむき》深い部屋であった。
「あの日は急な商用で留守《るす》にしておりまして、ご挨拶《あいさつ》が遅くなりました。改めて御
礼申し上げます。お世話になりました」

きちんと正座している和助は下座《しもざ》に座り、掛け軸《じく》の手前の座布団をお信に勧め
た。和助は富士屋の主 富助とそう変わらない年齢《とし》だったがずっと若く見える。中
肉中背の細身で髷《まげ》にちらつく白いものも少なく、年相応の皺《しわ》こそあったが整った顔
立ちの持ち主であった。お信が上座《かみざ》におさまったところで、
「まずは一服《いつぷく》」

部屋の隅《すみ》に切ってある炉へ立つと慣れた手つきで抹茶《まつちや》を点《た》て、お信の元へと運ん
だ。

お信は見様見真似《みようみまね》で覚えた作法で、白い山茶花《さざんか》に見立てた煉《ね》り切《き》りに菓子楊枝《ようじ》を

遣ってから、茶碗《ちゃわん》の茶を音を立てずに啜った。

「結構なお点前《てまえ》でございました」

作法《し》通りに締め括ると、

「折り入ってお話ししたいことがございまして」

和助は本題に入った。

——もしや、あれでは？——

お信は和助が立つ時に、目立つほどではなかったが、身体が揺れたのを見逃《みのが》さなかった。

中風の前兆《ぜんちょう》に当人も周囲も気がつかない、軽いめまいやよろけは付きものなのだ。

7

「実は厨《くりや》で難儀《なんぎ》していることがあるのです」

和助は切り出した。

「美作様のことがあった時、もしや厨で起きていることと関わりがあるのではないかと思いました」

「どんなことが起きているのですか？」

「厨に御器嚙《ごきかぶり》や鼠《ねずみ》が増え続けているのです。でも、これらと美作様がお亡くなりになったことと関わりはございませんでした」

御器嚙とはゴキブリのことであり、食物だけではなく椀をも嚙《かじ》るので御器嚙、と言われていた。

「こちらでは鼠を捕《と》るための猫は飼っていないのですか？」

「飼っていました。鼠が増えたのは飼っていた猫たちがここ三月《みつき》ばかりの間に、次々に死んで絶えてしまったからなのです。鼠は増えやすく、鼠捕りを仕掛けたり、石見銀山《いわみぎんざん》鼠捕り入りの毒餌《どくえ》をまくだけでは、増えるのを止めることはできません。美作様があのようなことになる前にも、天ぷらと一緒に御器嚙が揚がっていたり、鍋の中で鼠が死んだりしていました。お客様には知られずに済みましたが今後はわかりませんし、一番怖いのは、お客様の目に触れ、瓦版屋に書き立てられることです」

「また猫を飼ってはどうですか？」

「すでに一月《ひとつき》前に鼠捕りの名手だという大猫を譲《ゆず》り受けたのですが、十日と経たずに死んでしまいました」

「猫たちの死に方は？」

「どの猫ももだえ苦しみ血を吐いて死んでいました。傍には好物の鶏肉《とりにく》がありました。その一部を鼠捕りにかかった鼠に与えると同様な死に方をしました」

「鶏肉に仕込まれた毒によるものですね」

「ええ。猫を殺して御器噛や鼠の悪さを助長させようとする輩《やから》がいて、誰にも気づかれずに厨を跋扈《ばっこ》しているのです」

「番屋に届けは？」

「まさか。お上《かみ》に届ければあっという間に市中に知れ渡ってしまいます。瓦版屋たちは多かれ少なかれ奉行所に伝手《つて》があるのですから」

「わたしに何ができるというのでしょう？」

正直お信は見当もつかなかった。

「お宇乃の話では、北町の与力 田巻高之進様とお親しいようだとか――」

「ええ、まあ」

「このことをお信先生から田巻様だけにお耳うちいただきたいのです」

「誰がこのようなことを企てているのか、密《ひそ》かに調べてほしいということですね」

和助は黙ったまま大きく頷《うなず》くと、

「実はこのようなけしからん文《ふみ》も、店に投げ込まれているのです」

和田屋よ、奢《おご》るなかれ。

上手《うま》い商いで不味《まず》い物を食わせるのは言語道断《ごんごどうだん》。

富士屋の心意気に祝杯。

見倣《みなら》わぬなら地獄《じごく》へ行け。地獄の針山で血を流せ。


文は手跡《しゅせき》を隠すために、瓦版の文字を切り貼《ば》りするという凝った仕掛けであった。

「お役人様ならどこの瓦版屋の刷りかを突き止めて、文を寄越《よこ》した奴もわかるのではないかと思いまして――」

和助の切れ長の優しげな目が憤怒《ふんぬ》で燃えた。

――怒りも興奮のうち。過度の興奮も中風の前兆、何とか宥《なだ》めないと――

「わかりました。お渡しはしておきます。ところで富士屋富助さんとはお親しいそうですね。富士屋さんに聞きました」

「そうです」

和助は相好《そうごう》を崩《くず》しかけて、

「それもあって、わたしたちの仲を裂くようなこんな酷い文が許せないんです。先生、富助の病はどうなのでしょうか。庖丁は握れますか？　気になっているのです」

　心から案じる顔になった。

「富士屋さんの気性はご存じでしょう？　この先、日々身体を動かして鍛錬《たんれん》なさるでしょうから、いずれ、あの方ならではの味をお客様方に供することができるでしょう」

「それも命あってのことですよね、先生」

　和助の目が潤《うる》んだ。

　頷いたお信は、気になっていたヤツメウナギ料理競べの話をした。

「そうですか。富助はそんなことを言っていましたか」

　和助はやや浮かない顔になった。

「とても楽しみになさっていましたよ」

「本当に？」

　相手は念を押した。

「ええ。故郷《くに》の味だとおっしゃって、それはそれは自慢げにうれしそうでした」

「ならば忘れてくれているのかも。先生、中風で倒れた後、物忘れが出るということはありませんか？」

「誰もが、ではありませんが、ないとは言い切れません」

「なら、今の富助が喜んで挑《いど》もうとしているこの競べはやるべきでしょうね」

「えっ？　やらない方がいい理由《わけ》でもあるのですか？」

「わたしと富助が共に京へ修業に行っただけではなく、乳兄弟だったことはご存じなんですよね」

産みの母親の乳が出なかった場合、よく乳の出るほかの子どもの母親の乳で育てられることがある。こうして同じ母親の乳で育てられた者同士が乳兄弟であった。

「わたしの母はもともと身体が弱く、わたしを産んだ後、何日待っても乳が出ず、わたしは乳付だった富助の母親にずっと乳を飲ませてもらいました。わたしは産んでくれた母を〝おっかあ〟、富助の母を〝おっかさん〟と呼んでいました。そんなある日、元気だった富助のおっかさんが突然亡くなって、おかしな噂が立ちました。田んぼにいる家族におやつのふくれ饅頭《まんじゆう》を運ぼうとしていた富助のおっかさんに、身体が弱く臥《ふ》していることが多い、わたしのおっかあが何やら筒のようなものを渡して、赤い汁を飲ませていたというのです。富助のおっかさんはその場で亡くなりました。わたしのところでは、おっとうが川魚捕りの名人でその夜は忙しい田植えの景気づけに、しこたま捕ったヤツメウナギを串焼き、蒲焼きにして皆に振る舞うことになっていたんです。ですのでその日、厨にあったおっとうの魚籠《びく》の中はヤツメウナギが詰まっていたそうです。そして生食ができないヤツメウナギの血毒のことは村の誰もが知っていたことでした」

この上なく暗い顔の和助はそこで一度言葉を止めた。

8

まさかという言葉をお信が口に出しかけた時、

「それから一年としないで、わたしのおっかあも亡くなりました。おっとうは風邪をこじらせて死んだと皆に言っていたようですが、おっかあの枕元にあった竹筒には赤い汁が残っていて、血の匂いがしたという者がいて、村の人たちはそっちの話を信じました。死んで詫《わ》びを入れたというのです」

和助は先を続けた。

乳が出ずに貰い乳をせざる得なかった母親が負い目のあまり、あろうことか我が子に乳を与えてくれる相手を憎むという心持ちに駆り立てられることはあり得た。しかし、ここまでの惨事《さんじ》はお信も耳にしたことがない。

「わたしと富助が二人して村を出たのは十年後のことでした。二人とも末はお腹《なか》いっぱい飯が食える食物屋《くいものや》になりたいと思っていましたので、迷うことなく料理人の修業をしようと思いました。修業中わたしたちは一度も故郷《くに》には帰っていません。

各々《おのおの》の母親の亡くなった話をしたこともありません。ですから、どうして、今になって富助があの忌まわしい出来事につながる、ヤツメの料理競べをしようと言い出したのか、皆目《かいもく》見当がつかずにいたんです。それで中風に物忘れの症状はありますかとお尋ねしたのです」

「わたしの目には富士屋さんが忘れっぽくなっているようには見えませんでしたが、今のお話を伺って、今後は注意して様子を診ようと思います」

お信は曖昧《あいまい》に応えた。

――乳を貰った方の母親がたとえ不安定な心持ちだったとしても、乳を我が子に与えてくれた相手を殺すなどあまりに酷い。もし富士屋さんが長きに渉《わた》って忘れたふりをして、ヤツメウナギ料理競べを提案したのだとしたら？　今まで抑《おさ》えに抑えてきた恨みが一気に溢《あふ》れ出て、御器嚙や鼠の発生を企て、美作味右衛門様を毒死させ、和田屋の評判を地に落とそうとしたとしても不思議はない。けれど、そんなに長く人は恨みを秘しておくことができるのだろうか？――

お信は恨みとは無縁に見える、豪放磊落《ごうほうらいらく》にして無邪気《むじゃき》な富士屋富助の様子を思い浮かべた。

――それに和田屋さんのお母さんとて悔《く》いるあまり、自害《じがい》なさっているし――

何とも不可解な思いに陥ったお信は、和助のよろけについて問うのを忘れそうに

なり、慌てて、

「心配事がすぎているご様子、身体の具合に不調はありませんか？」

遠回しに訊いた。

「寄る年波か、立ち居振る舞いがややぞんざいになりましたかな。寄席《よせ》が好きでしたが近頃は動くのが億劫《おっくう》で――」

和助は自身の微妙なよろけに気がついていた。

「召し上がり物の方は？　食が落ちたようなことは？」

「わたしは茸《きのこ》の中でも特に椎茸《しいたけ》が大好きで、青魚やももんじ好きの富助とは好みが違うんです。幸いにもお宇乃の知り合いに椎茸のできるクヌギ林を持っている人がいるので、ほぼ年中、好物の椎茸が食べられます。お宇乃のおかげでとても幸せです。ですのでどうぞ、ご案じなく」

和助は目を細めた。

「それは何よりです」

お信が和田屋を辞する時、

「ありがとうございました」

見送りに出たお宇乃は丁重に頭《こうべ》を垂れた。

それから数日後のことであった。

「お信先生、お願いです、先生、先生」

夜更《よふ》けて充信堂の戸が叩《たた》かれた。

お産は時を待たずに訪れるものなので、慣れているお信はすぐに目が覚めた。

「どなた？」

「わたしです」

立っていたのは和田屋のお宇乃であった。

「旦那様の様子がおかしいんです、すぐ来てください」

お宇乃は蒼白《そうはく》の顔で震えている。二挺《ちょう》の駕籠が見えた。

「わかりました」

お信は身仕舞《みじまい》して駕籠に乗った。和田屋では和助が布団の上に横たわっていた。

その顔はすでに死相を呈している。

診るまでもないことだったが、脈を診たお信は、お宇乃に向かって首を横に振った。

「残念です」

「旦那様」

お宇乃は和助の亡骸《なきがら》に取りすがって、わっと泣き崩れた。しばらく泣き続けてい

たお宇乃は、

「中風でしょうか？　富士屋さんのようにならないよう、あんなに気をつけていたのに――」

涙にむせびながら呟《つぶや》いた。

お信は無言で和助の上半身に寝巻の上から触れ、さらに両目を指で開いて見入ると、

「背中のどこにも塊《かたまり》はありませんし、目に小さな出血の痕《あと》もありません。これは中風ではありません」

きっぱりと言い切った。

「それではいったい――」

お宇乃は不審そうに尋ねた。

お信は骸《むくろ》の口の中を診た。

「口の中が痛くて、食べるのが辛《つら》いとはおっしゃっていませんでしたか？」

和助の口の中は腫《は》れ物だらけであった。

「いいえ」

お宇乃は首を横に振った。

「富士屋さんからいただいた新酒を楽しみになさっていて、大切に来夏まで飲み延

ばしておいででした」

「お酒とて、これほど腫れ物が酷くては相当沁《し》みたはずです」

「そんなことわたしには一言も」

お宇乃の目からまた涙が溢れ出た。

「茶の湯がお好きな旦那様は一見、繊細な方に見えますが、富士屋さん同様、一代でここまでの身代《しんだい》を築き上げた方です。決して他人《ひと》に弱みはお見せになりませんでした。わたしは姪とはいえ、実の娘ではないので、弱みを見せる相手ではなかったんでしょうね。それがとても悔《くや》しいです」

「とはいえ、今までに腹痛や吐き気は訴えていたはずですよ。吐血、下血《げけつ》も――」

「旦那様だけが遣われる厠が裏庭にあります。そこにこのところよく籠《こも》られていました。わたしたちには決して立ち入らせず――」

「なるほど」

頷いたお信は以下の文を記すと、田巻の役宅《やくたく》に届けるようお宇乃に頼んだ。


和田屋にて毒死あり。至急、お運びお願いします。

信

田巻様

9

これを目にしたお宇乃は、驚きと恐怖の表情になり、

「でも、そんなこと」

首を横に振り続けた。

しばらくして田巻と岡っ引きの平八がやってきた。やっと空が白《しら》んできている。

「毒死とはいったいどういうことです？」

田巻は緊張の面《おも》持《も》ちでいる。平八は眠くてならない目をしきりにこすっていた。

「お宇乃さん」

お信はお宇乃の方を見た。

「でも、あれは――」

躊躇《ためら》うお宇乃に、

「いいんです、どうかお持ちください」

富士屋が届けた新酒の樽《たる》が厨から運ばれてきた。

「この中に毒が入れられているかどうかは、そちらでお調べをお願いします」

そう言い置いて、お信は和田屋を出た。裏木戸《うらきど》に回り、勝手口から厨に入ると、

三尺《じゃく》（約九十センチ）ばかりに切ってあるクヌギが載せてあった箱を開け、入っていたものを二つばかり片袖に入れると、走って裏木戸を抜けた。

七日後、お信は往診に出向く途中、人だかりの中ほどで瓦版屋がひときわ大声を上げて名調子でしゃべっているのに出くわした。

「さーあ、読んだ、読んだ。とっておきの瓦版だよ。何でもさるお大尽《だいじん》が仲間のこれまたお大尽を殺したってえんだからね。金が唸《うな》るほどあるってえのに、お大尽の考えてることはわからねえなあ。そのお大尽、どこの誰だか知りたかねえかい？どんな風に殺《や》られたかも知りたいもんだろ。誰だって隅から隅までまるっと知りたいよな、だったら、さーあ、買った、買った、読んだ、読んだ。知らねえとつまんねえぞ、面白いよ、面白い、さーあ――」

この繰り返しであった。

お信がしばし立ち止まっていると、この瓦版を買った二人組の若者が、

「えーっ、料理屋の主がよりによって商売敵を殺したんだって」

「富士屋の主が和田屋の主を――。たしかに富士屋も和田屋も一流店のお大尽だ」

「新酒の樽酒に毒が仕込まれてたんだってよ」

「どうしてわかったんだよ」

「奉行所で、腹の空《す》いた鼠と猫にこの酒を舐めさせたところ、鼠はころっと逝《い》って。そいつをしこたま飲んだ猫がふらふらくるくる回って、死ぬまで止まんなくなったって」

「せめても幸いは、そいつが客に振る舞われなかったことじゃねえのか」

「そんなの、わかったもんじゃねえぞ。人と鼠や猫は体の大きさが違うんだから、死んじまわない程度に入れられていたらわかるもんか」

「くわばら、くわばら」

やはり瓦版売り同様、口から泡《あわ》を飛ばして話に興《きょう》じていた。

和田屋は和助の通夜《つや》、弔《とむら》いの後も暖簾《のれん》を出していない。富士屋は下手人《げしゅにん》と見做されている主富助が捕縛《ほばく》されて囚《とら》われの身となり、店の存続が危《あや》ぶまれている。


往診を済ませたお信が充信堂に帰り着くと、岡っ引きの平八が待っていた。

「お腹が空いてるなら焼き芋《いも》買ってきたところよ。まだあつあつ」

ほうじ茶を淹れて、大きな菓子盆に袋の中身をあけた。

「好きなだけどうぞ」

平八ははぐはぐと焼き芋を堪能した後、

「田巻の旦那がね、預かった椎茸、先生に言われた通り、甘辛《あまから》く煮付けて鼠捕りにかかった鼠にやってみたんだよ。死にはしなかったけど吐いたり、下したり。空きっ腹だったから飛びついたんだろうけど、腹が空いてなきゃ、見向きもしなかったはずだよ。吐き下しが治まったところで、これも先生から預かってた万病癒し菓子をやったら、がつがつ食べてた。鼠は悪さをするからって嫌われているけど、人の都合に合わないだけで、あいつらだって賢明に生きてる。危ういところをせっかく存《なが》えた命だってことで放してやった」

なるほどと思いつつ、

「厄介なことを引き受けてくれてありがとう」

礼を言ってお信は、菓子盆に残っていた焼き芋を残らず持たせて帰そうとすると、

「先生んとこの万病癒し菓子、ちょいと摘《つま》んだだけだけど美味かったよ。でも俺は焼き芋の方がいいかな」

平八は照れくさそうに笑った。

それから三日が過ぎた早朝、田巻が訪れた。

「まずは厠をお借りします」

その間にお信は、ほうじ茶と残っていた万病癒し菓子の支度《したく》をした。

「このところ、これでご飯を済ますことがあるんです。おつきあいください」

お信は淹れたてのほうじ茶に万病癒し菓子を浸して食べ始めた。

「これね、歯のいい若い人たちにはこのままでいいんでしょうけど、年齢《とし》を取ると硬さがちょっとね――」

「そうですか」

田巻はお信を真似て食べ始めた。

「妙《みょう》に落ち着く味ですな。変わってはいるが美味い」

「そうでしょう。ところでお話は何？」

お信の方から田巻に訊いた。

「富士屋の大番頭の伝吉が昨日昼頃、北町奉行所に行くと言って店を出たものの、約束の刻限《こくげん》に来ないので、皆で手分けして探していたところ、本日早朝、斬《き》り殺されているのが見つかりました」

「奉行所は伝吉さんに何のご用があったのですか？　富士屋さんにかかっている疑いをさらに固めるためですか？」

「たしかに富士屋は、新酒に毒を入れたことも含めて和田屋殺しを認めていません。今回は伝吉が奉行所に聞いてほしいことがあると言ってきたんです。文には主は人殺しはしてはいないとも書かれていました」

「伝吉さんは、富士屋さんの身の潔白《けっぱく》を示す証を握っていたのかも」

「おそらくそうでしょう。奉行所は伝吉が来るのは、白ねずみの泣き落としだろうと決め込んでいたのですから、迂闊《うかつ》でした。そうとわかっていれば、守りの者を迎えにやらせたのに、と悔やまれてなりません」

田巻は項垂れたままでいた。

「伝吉さんに話されては困る何者かが、口封じをしたということかしら」

「その通りです。そして奉行所も俺たちもとことん、そやつにコケにされたことになります。ああ、情けない、悔しいっ」

田巻は思い切りぎりぎりと歯嚙みし、

「このまま富士屋さんが罪を着せられたまま首を打たれたら、もっと後悔なさるのでは？」

お信はきりりと眦《まなじり》を上げた。

10

「伝吉さんの骸を見せてください」

お信は身仕舞を始めた。

二人は番屋へと急ぎ、筵《むしろ》を掛けられている伝吉の骸に手を合わせた。土気色《つちけいろ》の伝吉の死に顔は無念の表情を宿していた。

「使われたのは刀ではなく匕首《あいくち》ですね」

そんなことはわかっているとばかりに、田巻は少々むっとしている。

お信は骸を裸にして傷の数を調べた。

「十箇所もあります。匕首を使った下手人はやみくもに斬りつけたのですね。傷は右半身に集まっています。この下手人は匕首使いに不慣れな左利きです」

「その通り」

「気になるのは――」

お信は伝吉の右掌《みぎて》が握りしめられているのを見逃さなかった。

「ごめんなさい。でも伝吉さん、あなたの伝えたかったこと、見つけたいの」

お信が拳《こぶし》をこじあけていくと、亀《かめ》の形をした象牙《ぞうげ》の根付《ねつ》けが見つかった。

「ありがとう、伝吉さん」

「この亀が何か――」

田巻は首を傾げた。

「これは、すっぽん。よく似ているけれど、亀の甲羅《こうら》は盛り上がっているのに比してすっぽんは平たいのよ、ほら――」

お信はすっぽんを模した根付けの甲羅を田巻にも撫《な》でさせた。

「しかし、すっぽんを模した根付けだとして、富士屋の無実の証になるのですかな」

訝《いぶか》しがる田巻に、

「すっぽん料理を供している店に行き、客にこの人たちがいなかったか、訊いてください。滋養強壮効果のあるすっぽんは高価なので、常連の名は控えてあるでしょうし、顔も覚えているでしょう」

お信は予《あらかじ》め名を記しておいた紙を渡した。

「ええっ」

驚いた田巻に、

「美作様はすっぽんの血だと信じて、鰻尽くしの席に着く前に鰻の血を飲んだのです。下手人は美作様がすっぽんの生き血を常時飲んでいると知っていました。なぜなら、自分たちの近くにも無病息災《むびょうそくさい》を信じて、すっぽんの生き血を飲んでいる者がいたからです」

「すっぽんの血の客を辿《たど》れば下手人に行き着くというわけですな。しかしこの中で生きているのは三人だけ。そのうち一人は入牢《じゅろう》中。この二人のうちの一人か――」

「先ほど自分たちの近くと言ったでしょう？　その者たちが伝吉さんを殺したんで

すよ。わたしの知っている一人は右利きなので違います。一人ではなく二人ともだと思います。二人の似顔絵も添えてください」

こうして市中のすっぽん屋が調べられて、和田屋のお宇乃と富士屋の番頭新三郎が下手人と見做され捕縛された。二人は恋仲で、主二人を葬《ほうむ》って二軒を一つにしたいと企んでいた。この企みを新三郎に持ちかけたのはお宇乃で、常々、主富助の料理人気質《かたぎ》が高じて客足が遠のき始めている富士屋の先行きを案じていた新三郎はそれに乗じた。もっとも大番頭の伝吉は、

「旦那様の心意気でここまできた店なのだから、一代限りであってもかまわない。旦那様には存分に料理道を極《きわ》めてほしい。てまえは終生お傍で忠義を尽くす」

常にそう言って憚《はばか》らなかった。

新三郎はこのままでは、いつ富士屋が店仕舞になるかわからないと危惧《きぐ》していたところに、お宇乃が近づいてきたのだと言い募《つの》った。首謀者《しゅぼう》のお宇乃は肝《きも》が据わっていた。

「新三郎がそう言うのならそうでしょう。美作に、すっぽんと偽って鰻の生き血を飲ませたのはわたしです。ヤツメウナギにも鰻同様生き血やぬめりに毒があることは知っていました。お上のお調べにはこのところ、お信先生が関わっていて、死の因が鰻の血だと発覚することも歓迎でした。だから、美作に、あの日の会の材料

に、鰻尽くしを勧めたのです。そうすればヤツメウナギ競べを持ちかけていた富士屋さんに罪を着せられますから。我ながらこれ以上はないという企みだったんですよ、途中までは――」

そこで一度お宇乃はふふふと含み笑いをした。

「美作には新三郎と会っていた出合茶屋《であいぢゃや》で出くわしてしまったんですよ。あいつ、博打だけではなく女にも目がなくてね。俺の女になれ、金を出せ、言うことを聞かなければ双方の主に言いつけるなんて脅《おど》してきたんだもの、殺すしかなかったんですよ」

けろりと言ってのけると、

「それでも和田屋の旦那様を殺すしかないと思い切るまでには時がかかりました。わたし、一生只働《ただばたら》き同然の姪のままなんじゃなく、お金の自由がきく女将にしてくれって何度も迫ったんですよ、でも、旦那様ときたら、あっちの方はさっぱりで。〝自分の子、跡継《あとつ》ぎがいないのは寂しくありませんか？〟って訊いたら、〝わしは富士屋の富助に恨みを持たれていてもおかしくないんだ。富助も内儀《ないぎ》を亡くしてからずっと独り身だし、だからわしも人並みの幸せとは関わりなく暮らすんだ。わしの料理に人を幸せにする力はないのさ〟と応えた時、これだと思いついたんですよ。理由は知らないけど、乳兄弟の間のどろどろ、これを利用すればこの店だけじゃなく、潰《つぶ》れかけてるとはいえ富士屋まで手に入るって――。仰せの通り、富士屋さんから毎冬届けられる新酒に毒を入れたのもわたしです。新三郎ときたら、わたしたちの企みに気づき始めた伝吉一人、丸め込めないであんなことを――。あの馬《ば》鹿《か》――。わたしは話を持ちかける相手を間違えたんですかね」

今まで見せたことのない酷薄《こくはく》な微笑《わら》いを浮かべた。最後にお宇乃は、

「そうそう、旦那様が好物だった椎茸を毒キノコにすり替えて召し上がっていただくようにしたのもわたしです。だって、クヌギ林でできるその毒キノコは椎茸によく似てるんですもの。でもまさか、お信先生に見破られるなんて思ってませんでした。不覚《ふかく》だったわ。いつか地獄で勝負したいもんだわねえ、あの女《ひと》とは――。ははははは」

ぞっとするような挑戦的な高笑いをした。

お解き放ちになった富助は、げっそりと面窶《おもやつ》れしていた。

「新三郎の間違いは料理人としての思いや誇りばかり先走って、店の苦しい内証を、受け止めようとしなかったわしのせいのような気がします。あの根付けはもう何年も前に伝吉の忠義に報《むく》いて、贈ったものです。わしがすっぽん料理に熱中していた頃でした。伝吉は極上《ごくじょう》のすっぽんを足を棒にして探してきてくれたんです」

そこで富士屋富助は言葉に詰まった。

11

再び語り始めた富助は、自身を励ますように先を続けた。

「和助の母親はわたしの母を手に掛けておりません。ヤツメ好きだった母は田植えの昼時に、こっそりヤツメを食べに家へ戻り、血洗いし、血抜きもしてあったヤツメの生胆《いきぎも》に醤油《しょうゆ》をかけて食べたのです。その肝の中に腹の子（卵巣）が紛《まぎ》れて入っていたのです。ヤツメの生の腹の子の毒は生き血にも増して強いのです。和助の母親の竹筒の中身はすっぽんの血だったと思います。全ては周囲の人たちの思い込みだったのですよ。ヤツメを使って料理競べをした後、この話をし、二人して故郷《くに》を訪ねてみようと考えていたんですよ。あれほど京で料理の才を認められていた和助が最近、庖丁を握らなくなったのが残念でした。母親たちの死が関わっているに違いないと思い、拘《こだわ》りをなくして、本来の腕を発揮してほしかったんです。なのに――」

しばらくして富士屋からヤツメウナギ料理が土鍋《どなべ》に入れられて、充信堂に届けられた。料理帖《ちょう》と文が添えてあった。

お役人様からお信先生がわたしの無実の証を立ててくださったと聞きました。ありがとうございました。辛すぎる結末でしたが、生きていることは素晴らしいことです。本当に感謝しております。
お届けしたヤツメウナギ料理は、せめてもの御礼の気持ちです。拵え方は料理帖に紙縒《こよ》りを挟《はさ》みました。
店は畳んで和助の遺骨と一緒に故郷《くに》へ戻ります。そして、ささやかな料理屋を開くつもりです。

そこまで読んで、お信は富士屋が届けてきた土鍋の蓋を取った。今までに出会ったことのない酸味と芳香《ほうこう》とが相乗《そうじょう》している独特の風味が広がった。思わず、紙縒りが挟まれている箇所を開けた。

ヤツメウナギの赤葡萄酒煮
一、筒切りに大ぶりに切る。血毒、ぬめり毒、腹の子毒があるので子どもには触らせない。
二、微塵《みじん》切りの葱《ねぎ》、大蒜《にんにく》、マンネンロウ（ローズマリー）、手に入ればイブキジャコウソウ（タイムの一種）、メボウキ（バジル）、好みでハッカ（ミント）を用意する。

三、これらを鍋に入れ赤葡萄酒をひたひたに注《そそ》いでヤツメの身が柔らかくなるまで煮込む。コクがあって極上の美味さである。

とあった。文は続いている。

わたしたちの故郷にもかやきという、濃い出汁《だし》でやはり赤葡萄酒煮同様、筒切りのヤツメを煮込む料理があるのですが、身は赤葡萄酒煮ほど柔らかにはなりません。蒲焼きよりも固いくらいです。和助が生きていてわたしの挑みを受けてくれていたなら、このかやきを素晴らしい美食に変える料理法を思いついていたのではないかと思います。もっともっと和助と料理で競いたかった。

わたしは料理を極めることに貪欲《とんよく》すぎました。余生は、それから離れるつもりですが、わたしの宝はやはり誰かに託《たく》していきたいのです。美味い料理は人を幸せにします。

それでこれは勝手すぎるお願いなのですが、わたしの料理帖を、日本橋は木原《きはら》店《だな》にある一膳飯屋塩梅屋《いちぜんめしやあんばいや》の主の季蔵《としぞう》さんまでお届けいただけないでしょうか。美味い料理を振る舞うだけではなく、拵え方を書いて配っているという季蔵さんなら、わたしの宝を大事にしてくれることと思います。特にわたしが歳月をかけて極めた、今回のヤツメの赤葡萄酒煮等のような異国の料理をも知っていただきたいと思っています。

どうかよろしくお願い申し上げます。

富士屋富助

お信先生

お信が読み終えた時、

「先生、お信先生」

戸口からお久美の声が聞こえた。

「先生、乳付と関わって凄い話があるんです」

息せき切ってやってきたお久美は、まずは湯呑《ゆの》みの水を飲み終えると、

「あるお武家様の家に下腹が生まれそうだって話はしましたよね」

二杯目の湯呑みを持ったまま話し始めた。

乳付の役をしてくれそうな女たちを探して、駆け回っていたお久美は、乳付のほかに、下級の武家を悩ましているさまざまな出来事に直面していた。下腹というの

は、ほんの遊び心で事に及んで身籠り、生まれた子を意味する。たいていが武家の主が下働きに手をつけた結果で、わりに多くあることであった。

そんな時には、体面を気にする武家の弱みにつけ込んだ市中の産医から、前もって鉗子分娩《かんしぶんべん》が提案されることもあった。この世に生まれ出《い》づる前に鉗子で頭が潰され命を絶たれてしまう赤子たち——。その事実を知ったお久美がどれだけ、怒り心頭《しんとう》に発していたかわからない。

「痛みが来たら、すぐに、やお源《げん》さんまで運ぶってことでやっと先方が許してくれたんですよ」

先方というのは、下働きを孕《はら》ませた武家の隠居《いんきょ》であった。やお源というのは市中でわりに手広く商いをしている青物屋《あおものや》であった。お久美が乳付を引き受けてもらった長屋のかみさんからの紹介である。青物屋夫婦は三年経っても子宝に恵まれずにいて、是非にと願ってのことだったが、当主《とうしゅ》が身分下の奉公人ごときの血が混じった子どもの出生を気にして、今までなかなか話が進まずにいた。もちろん、鉗子による赤子殺しの仕事も無くなるので、かかりつけの医者が反対したのは言うまでもない。

「あたし、これを言っても駄目ならもう仕方がないと思って言ったんですよ。〝そんなことしたらあの世の奥様が悲しまれますよ、お強い方だったら地獄の血の池に突き落とされちゃいますよ〟って。そうしたらやっと、ご隠居様が、今の当主の息子さんに〝わしのいいようにする〟って言ってくれて――」

「よかったわね」

「それともう一つ、やお源さんが万病癒し菓子をお店に置いてくれることにもなったんです。二人とも自分たちに子どもができるってことですっかり張り切っちゃって、これからはお菓子屋とも薬種屋とも一味違う、身体にいいものだけ使った、誰でも買えて食べられるものを売っていこうって、やる気に溢れていましたよ」

お久美はうれしそうに言い添えた。

第四話　白石宗祐《しらいしそうすけ》

1

市中は冬の夕闇《ゆうやみ》に包まれていた。この日、往診《おうしん》からの帰路、お信《のぶ》は何ともたまらない気持ちを抱《いだ》き続けていた。常にも増して、自分の医術の乏《とぼ》しさを思い知らされたのである。

往診先はすずめ長屋のお里《さと》のところだった。初産《ういざん》のお里は無事男の子を出産、母親になった喜びに包まれて日々育児に追われていた。

――けれども――ああいうことはまま起こる、不運だったとしか言いようがない

　疲れが出たお里は赤子《あかご》に乳を与えながら眠ってしまい、赤子は母の乳房《ちぶさ》に鼻をも覆《おお》われて息絶えてしまったのであった。

　お信は必死で蘇生《そせい》を試みた。肩の一番高いところで、必ず痛みを感じるはずの肩井《けんせい》を揉《も》みほぐし、背中を叩《たた》き、井戸水《いどみず》をかけた。だが、赤子が再び息をすることはなかった。息絶えてから時が経《た》ちすぎていたからであった。我が子が息をしていないことに気づいたお里が無我夢中《むがむちゅう》で、揺すったり、頬《ほお》を撫《な》でたりして、いたずらに時を過ごしてしまったからでもあった。お信が駆《か》け付けた時、赤子は冷たくなっていた。

　――それでなくとも、一度止まってしまった赤子の息が戻ることなど滅多《めった》にない

「わたしの力不足でした」

　お信は、お里や見守っていた長屋のかみさんたちの前で頭《こうべ》を垂《た》れた。

「へーえ、頼りにならないんだね。江戸一の医者じゃあなかったのかい？」

　年嵩《としかさ》のかみさんが口火を切ると、

「あんたの薬礼《やくれい》（診療費）、安かろう悪かろうじゃないの？」

　赤子を背負ったもう一人が怒声《どせい》を響《ひび》かせ、

「評判ほどでもないってことね」

「藪《やぶ》医者どころか、その下の筍《たけのこ》医者だよ」

「お里ちゃんが可哀想《かわいそう》」

お信に対して口々に非難を浴びせた。

「あのう、あれをやってください。お願いです。こんなことなら先生より先に、あれをお願いすればよかった」

お里は泣きながら年嵩のかみさんに懇願《こんがん》した。

「そうさね、でも、まだ間に合うかもしれない。やってみよう」

皆は長屋内の塵芥箱《じんかいばこ》に移動して、死んだ赤子を塵芥の中に埋《う》めた。埋葬《まいそう》されたのではなく、生き返らせるための民間信仰の一つである。授乳中に息絶えた赤子は、温かい灰の中で温めると蘇生するというのである。長屋では落ち葉等が集められている塵芥箱が用いられる。

――仮死に限ってはそのやり方で救われることもあるけれども、もう――

わかっていても、お信は奇跡を祈って塵芥箱に手を合わせずにはいられなかった。

「あんたなんかに用はないよ」

お信は追い払われた。

お信にとって初冬の夕闇の寒さは、心の芯《しん》まで凍《し》みとおってくるかのようだった。

——たまらない——

とぼとぼと進まない足で通旅籠町《とおりはたごちょう》まで歩いてきた時のことであった。

「どいた、どいた、どいた、どいたあ」

「邪魔《じゃま》だ、どきゃあがれ」

通りを大荷物を載せた大八車《だいはちぐるま》が立て続けに五台、疾走《しっそう》していく。

人々は慌《あわ》てて大八車に道を譲《ゆず》ろうとするが、紙屋、書物屋、菓子屋、煙草屋《たばこや》、袋物屋などが並ぶ店先には冷やかしの客も含めてかなりの老若男女《ろうにゃくなんにょ》がいて、たやすく道を空《あ》けられない。お信が押されて菓子屋に身体《からだ》半分が入ったところで、

助けて、止めてという声に続いて、

「わーっ」

「きゃあ」

「ぎゃーっ」

あちこちで悲鳴が上がった。

——大変、人が轢《ひ》かれた——

そこかしこに人が倒れ、呻《うめ》き声を上げている。

大八車といえば、一台だけがその場に止まり、一人の車力《しやりき》（車夫）が倒れている。

「おい、大丈夫か、おい」

別の車力が声を掛け、身体を揺すると、

「うーん」

と呻き声を上げた。

「ちくしょう、こんな時に」

「俺たちは急いでんだから、仕方ねえだろう。のろのろしてる奴《やつ》が悪いんだ」

と怒鳴《どな》りながら、荷の緩《ゆる》んだ荒縄《あらなわ》を締《し》め直している車力もいる。

集まってきた野次馬《やじうま》の一人が、跳《は》ね飛ばされた老婆に、

「大丈夫ですか？　立てますか」

と声を掛けているが、傍《かたわ》らで泣きじゃくる幼子《おさなご》の声で老婆の返事は聞こえない。

「誰か医者を。医者を呼べ」

その声に促《うなが》され、
自然とお信の身体は動き、倒れて動かなくなっている近くの若い女に歩み寄った。

すぐに脈をとったところ、確かであった。しかし、腹部が気になった。既婚の

証《あかし》に丸髷《まるまげ》に結《ゆ》っている。

「目を開いて」

お信はその女の頰を軽く叩いた。

「うーん」

一瞬気を取り戻した女は、

「お願い、助けて」

絞《しぼ》り出すような声で告げた。

「お腹《なか》に子が――」

「大丈夫、安心して」

お信が大きく頷《うなず》くと相手は再び気を失った。この時、

「あなたは医者ですね」

六尺《しゃく》（約百八十センチ）豊かな男が話しかけてきた。年齢《とし》の頃は三十歳近く、総《そう》髪《はつ》でやや鰓《えら》の張った意志の強い顔と大きな鼻、厚めの唇《くちびる》、そして何と言っても理知の光を放ちつつも濡《ぬ》れたように見える情味のある目が印象的であった。

「ええ。八丁堀《はっちょうぼり》は充信堂《じゅうしんどう》の信です」

お信は反射的に応《こた》えた。

「ならば力を貸してください。この女《ひと》だけではなく、何人もが大八車に轢かれて中

には大怪我《おおけが》をしている人たちもいます」

相手の言葉にお信は耳を澄《す》ました。あちらこちらで呻き声が上がっている。

「わたしは白石宗祐《しらいしそうすけ》、医者です。あそこの旅籠がたまたま患家《かんか》なのでお願いして、人を借り、怪我人たちのために部屋を貸していただくことにしました」

白石は、ともえ屋と書かれた看板がぶらさがっている建物を指差した。

「まずは、お腹に子を宿《やど》しているこの方を助けなければなりません。すぐに旅籠に運ばなければ――」

お信の言葉で、素早《すばや》く屈《かが》み込んだ白石は気を失っているこの若い女を診《み》た。脈や怪我の有無だけではなく、腹帯を解《ほど》いて慎重に診察すると、

「当人に怪我も出血もないのでまず赤子は大丈夫でしょう。ただし、頭を強く打っていたとしたら、たとえ表に傷が見当たらなくても頭の中が致命的に傷ついていることがあります。当人が一時気を戻してもやがてまたすぐ眠り込み、そのまま逝《い》ってしまうこともあります。この場合は赤子もろとも――。ですから、この容態《ようだい》はまさに運任せ、神頼みです。ここは動かさずこのままにしておくべきです」

きっぱりと言い切った。

「わたしにこの方を見殺しにしろと？」

まだ得心《とくしん》できないお信に、

「わたしはこのような時、医者は確実に医術で救える命を優先するべきだと思っています。まだまだ救える命の呻き声があなたには聞こえませんか？」

白石はやや声を張った。痛い、痛い、助けてくれという人々の声がだんだん小さくなっていた。

「わたしは何をしたらいいのです？」

お信は赤子を宿した若い女の傍《そば》を離れる覚悟を決めた。

「わたしの指図《さしず》に従って、治療をお願いします」

すでに白石は呻き声が絶えかけている方へと駆け出していた。

2

それからお信は何人もの傷の手当てを、阿鼻叫喚《あびきょうかん》の路上で休みなく続けた。今まで怪我人の手当てをした経験はあったが、一時にこれほどの人数を診たことはなかった。

多くの人たちは打ち身や骨折、傷の痛みで苦しんでいた。お信はてっきり、こうした人たちを戸板に載せて、仮の治療場であるともえ屋に運び込んで手当てするのだとばかり思っていたが、

「戸板を待っているばかりでは駄目《だめ》です。そんなことをしていては、助かる命も助からない。この場で手当てをするのです」

白石は、旅籠の奉公人《ほうこうにん》たちが運び続ける水桶《みずおけ》の井戸水を掬《すく》って、出血箇所を洗い流していく。

――的を射た処置――

傷の清めといえば焼酎《しょうちゅう》が用いられることが多いのだが、実はこれは激痛を伴うだけではなく時季《じき》や体質によっては化膿《かのう》を呼ぶこともある。理想は水に石灰《せっかい》を溶かして得た上澄《うわず》みを漉《こ》した石灰の水薬であったが、これが無い場合は井戸水で充分であった。石灰水の代わりに井戸水を使えば、必ず牙巻緊急《がかんきんきゅう》（口が開けられず歯を食いしばる）となり破傷風《はしょうふう》になるというのは、石灰水を特別な薬と見做《みな》して多額な金を得るための医者たちの言い分にすぎない。

「巻木綿《まきもめん》（包帯）はわたしが巻きます」

それほど深くない傷は縫《ぬ》わずに止血も兼ねて巻木綿で巻いておけば、いずれ治癒《ちゆ》する。巻木綿は胸、腹、手足等患部の違いによって布幅が異なる。中には二箇所以上離れた箇所に傷を負っている怪我人たちもいる。巻木綿の巻き方に熟練の腕があるお信は怪我人たち各々《おのおの》の患部を瞬時に目測し、怪我人たちの襦袢《じゅばん》の裾《すそ》を歯で嚙《か》み切って裂《さ》き、無駄《むだ》なく使い続けた。

「さすがですね」

その様子を白石は見ていた。お信も相手の技《わざ》が気になっている。

白石の方は、傷口から血が流れ出ている若い侍の手当てをしていた。ここまでとなると水での洗浄や巻木綿では治療にならない。まずは止血することであった。白石はまずは両手で傷口を押さえつつ、

「肉が膨《ふく》らんで血管がずれてしまっている。これでは血は止まらない。このままでは――。薬籠《やくろう》から止血棒を取ってくれ」

水桶を運んできた旅籠の奉公人の一人に叫《さけ》んだが、医療器具に疎《うと》い相手はおろおろするばかりなので、代わってお信が探し出した。

「これを真っ赤になるまで火鉢《ひばち》でよく焼いてきて。くれぐれもよーくね」

止血棒は鉄の火箸《ひばし》のようなもので、その先は小豆《あずき》大で丸い。

「間に合うかどうか――」

白石の額《ひたい》に脂汗《あぶらあせ》が滲《にじ》んでいる。

「ならば――」

お信はその若い侍の襦袢の裾を裂いた。切れているのは細い動脈であった。お信は躊躇《ためら》いなく大腿部《だいたいぶ》の太い動脈が脈打つ上に畳《たた》んだ襦袢を当てると、その上からやはり襦袢から作った巻木綿で固く縛《しば》った。これで傷口へと通う拍動が弱まるので、

とりあえずは若侍を出血死させないで済む。

止血棒が届けられた。

「よしっ」

白石は固く縛った巻木綿を切り裂き、当てた布を取り去り、この止血棒の先をすでに確かめてある血管の切れた箇所に当てた。ちりちりと肉が焼けて縮《ちぢ》む音と臭《にお》いがする。裂けた動脈の切り口を首尾《しゅび》よく塞《ふさ》ぐことができた。お信はすぐにこの焼き痕《あと》に急拵《きゅうごしら》えの巻木綿を再度巻いて保護した。

治療を待っている者たちの数は知れない。まずは、お信が脱臼《だっきゅう》を、白石が打ち身と骨折を分担した。脱臼で多かったのは肩関節の外《はず》れであった。そもそも脱臼の整復奥義《せいふくおうぎ》は引いて伸ばすことにある。とはいえ肩関節の外れの場合、世に伝えられている整復の施術《せじゅつ》となると術者が二人要《い》る。

助手を持たないお信は、術者一人での整復を編み出している。まずは相手を座らせてお信自身はごろりと仰向《あおむ》けになる。踵《かかと》を相手の腋《わき》の下にかけ、両手で肘《ひじ》を持って踵で腋の下を上へと押し上げた。次に両手で肘を下へ向かって持ち、力を込めて同じような力で引いて整復を終えた。引くにしても伸ばすにしても相当強い力が要る。お信にはその力があった。

その場に居合わせて興奮と驚きのあまりに叫びすぎ、顎《あご》を外した瓦版屋《かわらばんや》も怪我人の一人だった。外れた顎を整復するのに力は要らない。まずは相手と向かい合って、両手の親指を口の中に差し込み、一番奥の歯を押し、残りの四本の指で下顎を支える。少し引き出し気味にして口の奥へ差し入れた指先で、奥歯の上から顎を強く下の方、つまり喉《のど》の方へ向かって突き下げる。その弾《はず》みで顎は元通りにおさまる。ただし施術の際、口の中に入れた両手の親指を咬《か》まれることがあるので、手早く歯の外側へと外すのがコツであった。

脱臼の処置を終えたところで、お信は白石を見遣《みや》った。

「次は？　わたしでできること、お役に立つことを――」

「軽い打ち身は旅籠に運んだ後で処置することにします。ですので、そのまま。今すぐ手当てしたいのは打ち身だけではなく、骨折している人です。骨折の手当てに人手が足りない。あなたなら任せられる。どうかお願いします」

この時、お信は自分の医術が白石に認められていると感じた。

「わかりました」

骨折には皮膚の外に折れた骨が飛び出している状態のもの、折れた骨が飛び出さずに皮膚の下に留《とど》まり、炎症《えんしょう》を起こしている状態、骨折した部分の骨がばらばらに粉砕《ふんさい》されてしまったものの、ほぼ三種に分類される。どの状態の骨折でも当人は酷《ひど》い痛みを訴《うった》える。赤子のように泣き叫ぶ者たちも少なくない。ここで医者はその痛みに気後《きおく》れせず、落ち着いて折れた骨を元の位置に戻してから、骨折の症状に合わせてしっかりと的確に巻木綿を巻いて治療を終えなければならなかった。

「いっ、痛《いて》えじゃねえかよ。この野郎、何しやがるんだい」

一膳飯屋《いちぜんめしや》で一杯ひっかけようと急いでいたところを、猛進してきた大八車に跳ね飛ばされて骨折した大工《だいく》が叫んだ。お信が一見、何事も起きていないかのように見える脛骨《けいこつ》をぐいと元へ押し戻した時である。

「こちとら、仕事で屋根に上ってたわけでもねえのに酷すぎるぜ。どうせ、治んねえんだろ?」

三十代半ばの大工は痛さと絶望で目に涙を浮かべている。

「いいえ。あなたのは幸いぽきっと脚の骨の一部が折れただけですから、養生すれば必ず治って歩けるようになります。そのうちきっと屋根にも上れるようになります」

「ほ、本当かい?」

大工の目が輝いた。

3

一方、血まみれの肘の骨が飛び出していた浪人者《ろうにん》らしき四十絡《がら》みの男は、激痛を伴うお信の整復術に歯を食いしばって耐えながら、暗い目をお信に向けた。

「これで痛みは多少治まります」

おそらく右肘の骨は見えていない箇所も折れていて、そこまでの整復は不可能であった。骨折の後、時と共に骨の折れた隙間《すきま》は軟組織《なんそしき》で埋められるが、動かすたびに相当の痛みが伴う。

「そうか――そろそろ用心棒《ようじんぼう》の生業《なりわい》も潮時《しおどき》ということだな」

浪人者はふっと自嘲《じちょう》の笑《え》みを洩《も》らした。

この後、お信は、横たわったたまま、口から血を流している職人風の男の前で、手を合わせている白石の隣に屈んだ。

何人かの怪我人はすでに息絶えて骸《むくろ》になっている。胸の肋骨《ろっこつ》や腹部の腰骨《ようこつ》、恥骨《ちこつ》、頭蓋骨《ずがいこつ》を骨折すると心臓や肺等の五臓六腑《ごぞうろっぷ》、脳を損傷して、もはや、どんなことをしても命を救うことはできなかった。

「運、不運とは言いたくありません。けれども運命というのはあるものなのでしょうね」

ぽつりと白石は洩らした。

お信は赤子を宿して気を失っていた若い女が倒れていた場所をそっと窺《うかが》った。そこにはもう誰もおらず、あの女はまだ生きているのだと安堵《あんど》する一方、命を落とした人たちの冥福《めいふく》を心から祈った。

「さあ、これからは、ともえ屋でまた治療です」

白石は自身を励ますように声を張った。

「わかりました」

こうして二人は、ともえ屋で、急場凌《しの》ぎではないさらなる治療に入った。

お信は急場の手当てを受けずにそのまま運ばれた、打ち身だけの者の手当てを手際《てぎわ》よく済ませた。

白石の方はかろうじて息をしている、若い侍と対峙《たいじ》していた。先にお信が手当てを手伝った男である。近くにあった大きな動脈の拍動はもとより完全に止められるわけではないので、お信が巻いた巻木綿はすでに血まみれであった。傷口を完全に焼き塞ぐことはできなかったのである。

「どうしたものか――。すでに気は失ってはいるが――、やはりあれしかないな」

白石は自問自答していたが、すぐに薬籠から小さな毬《まり》が付いた器具を取り出した。お信には、それが患者を眠りに誘い、治療の際に患者に痛みを感じさせないための麻酔《ますい》だとわかった。善周《ぜんしゅう》に見せてもらったことがあったからである。その時、「患者の鼻腔《びこう》にその器具を近づけてこの毬を数回押すだけでいい。何でも海を越えた遠い遠い国の口中医が考えついた代物《しろもの》だそうだ。たしかに歯抜き等、とかく口中の病《やまい》の治療は痛いから。これがあれば、眠っている間に痛みとは無縁のうちに出来物等の切除ができる。これで医術は大きく変わる、前進するだろう」

善周は興奮気味に、麻酔薬がもたらす光明《こうみよう》を語っていた。

善周が、なぜそんな渡来品《とらいひん》を持っているのかお信は不思議ではあったが、その時は、

――さすが善周先生。善周先生に教えを乞《こ》うてよかった――

と思っただけであった。

白石が目の前の患者の鼻腔に器具を向けて毬を押すと、その顔から苦悶《くもん》の表情が消えた。今まで患部の止血にばかり気を取られていたお信は改めてこの患者を見た。苦悶が去った顔は何ともあどけなかった。

「今から傷を縫合《ほうごう》します。助けをお願いします」

「はい」

お信はすでに井戸水で丹念に両手を洗い清めている。針と絹糸を使っての縫合を正確に行うためには常に視野の確保が肝要《かんよう》である。しかも動脈の縫合ともなれば終始少なくない出血との闘いとなる。傷口からの続く出血で、縫合しなければならない動脈が見えなくなるからである。

止血棒による急場の焼き治療をしていなければ、ほぼ縫合は不可能だったろうと思いつつ、お信は薬籠に常に用意してある、水鉄砲《みずでっぽう》に似た鉄製の深傷洗浄のための器具（スポイト）を巧《たく》みな指使いで駆使《くし》した。

一針一針、息詰まる瞬間が続く。その最後の一針を縫い終えたところで、

「ああ終わった」

白石は安堵のため息をついた。

この先の皮膚と皮膚を縫い合わせる縫合は、あっという間に終わった。命拾いした若者は、いずれ麻酔から目覚《めざ》めることだろう。

こうして最大の難治療を終えたお信は、運び込まれているはずの身重の若い女を探すためにこの場を離れようとした。やはり気になってならない。

「あの赤子が腹にいる女なら、この先の奥の角部屋です。特に変わりはありません。戸板で運んだ時、指図していた奉行所役人が岡場所《おかばしょ》すみれ屋の女郎《じょろう》だと言ったので、店の主《あるじ》に知らせたそうですよ。もうすでに店の人が来ていると思いますよ」

察した白石が教えてくれた。

廊下《ろうか》を、教えられた奥の角部屋近くまで進むと、男女の話し声が聞こえた。

「堅気《かたぎ》の髪に結い直してまでして、子堕《こお》ろしに出かけた、おこうに間違いないけど、堕ろさずにうろうろしてて、こんなことに――。どうしたもんかね。見張りに

つけた良太《りようた》は死んじまったし」

「うーん」

「どうせ、このまま眠ってちゃ、いずれ赤ん坊もろとも死にますよ。けど、それまで稼《かせ》いじゃくれないし、投込寺《なげこみでら》に骸を放り込むだけの弔《とむら》いだって一手間《ひとてま》――」

「たしかに引き取って、死ぬまで世話をするのは間尺《ましやく》に合わない」

「ここは人違いってことで」

「そうだな、それがいい」

「おこう、良太、恨《うら》まないでおくれよ」

「そうとなれば、こんなところに用はない」

「あそこの縁側《えんがわ》から出ましょう」

「しかし、下駄《げた》が――」

「こんなこともあろうかと思って、ほら、こうして、持ってる――」

「さすが、おまえは頼りになる」

「あんた、あたしが何年、女郎屋の女将《おかみ》、やってると思ってるの?」

主夫婦の何とも赤裸々《せきらら》な会話であった。

その後、すみれ屋に何度か人をやったが、主夫婦は自分のところで抱《かか》えている女郎ではないと言い張り、結局はお信が充信堂に引き取った。

――何とか目を覚ましてほしい――

お信は必死に水を飲ませようとしたが叶《かな》わず、お信に「お腹に子が」と言って後《のち》、一度も目も開かず、おこうは大八車に轢かれてから七日後に胎児《たいじ》と共に息絶えた。身寄りの見つからないおこうの骸は田巻《たまき》のはからいで、行き倒れた旅人たちのための無縁塚《むえんづか》に葬《ほうむ》られた。

4

蛇行《だこう》しつつ人の群れの中を暴走した大八車による大事故では、軽傷十八人、重傷十人、死者五人の犠牲者《ぎせいしゃ》が出た。これを軽傷だった瓦版屋が臨場感溢《りんじょうかんあふ》れる筆で書き立てた。奉行所の動きの鈍《にぶ》さにもさりげなく触れていた。当初は、

「お信先生、いやはや、大した活躍ぶりでしたな。俺《おれ》も知り合いとして鼻が高い」

興奮気味で上機嫌だった田巻も、

「はなはだ面目《めんぼく》ない」

肩を落としてしょんぼりしてしまった。

「火事ならばこれこれという段取りがすぐつくのですが、このようなことは滅多に起きぬゆえ、さまざまな手続きを踏まぬと進まぬのが役所なのです」

とも言い訳した。

もとよりお信には田巻を責めるつもりはなく、

「白石宗祐先生と一緒に治療をさせていただき、大変勉強になりました」

あの惨事《さんじ》で出くわすまで、全く知らなかった白石のことが気になっていた。

「そうですか、それはよかった」

相づちを打った田巻の目が泳いでいる。話を逸《そ》らしたいのだと察したお信は、

「まだまだ白石先生からは学ぶところがあるように思うのですが、お住まいを聞きそびれてしまいました。市中を見廻《みまわ》っておられる田巻様ならお住まいをご存じなのではありませんか？　ご存じでしたら是非教えてくださいませんか？」

丁重《ていちょう》に頼んだ。

「これ以上、あの者と縁を深められるのはどのようなものかと――」

田巻は真顔《まがお》で言った。

「まあ、どうして？」

「漢方医、蘭方医《らんぽうい》、金創医《きんそうい》、本道《ほんどう》、外科医、産医、口中医、眼医者等、市中の医者はいずれかに属しておりましょう。ところがあの者は仲間を持たない一匹狼《いっぴきおおかみ》なのです。よって医者たちからの評判がすこぶる悪くて――」

「あら、一匹狼ならわたしも同じじよ」

からりと笑ったお信は、ますます白石に興味を引かれた。

「お信先生は、力の足りない産婆《さんば》たちの師匠《ししょう》のような存在です」

田巻は苦しい言い逃《のが》れをした。

「そうなのですか？　わたしは未《いま》だかつてどなたにも指南《しなん》を頼まれたことなんぞありませんけれど」

「で、でも、未熟な産婆たちの代わりにたくさんの命を救っておられる――。ですからもちろん産婆以上のお方です」

「それはそれはありがとうございます」

さらりと礼を言ったお信は、

「ならば白石先生も知識や技が未熟な医者たちに代わって、医療に精進《しょうじん》しておられるはず。実は、お頼みしたいことがあるのです。田巻様から聞いたとは口が裂けても申しませんので、どうか、白石先生のお住まいを教えてください。この通りです」

居住《いず》まいを正して頭を下げた。

「しかし、あの者には犬や猫、雀《すずめ》等の鳥を操《あやつ》って、患者に気を失わせているというおかしな噂《うわさ》も立っているのですよ。それでも頼み事をなさいますか？」

珍しく田巻はお信を見据えた。

——生きものとどう関《かか》わっているのかはわからないけれど、患者に気を失わせているというのはたぶん、麻酔薬のこと——

「ええ、かまいません」

お信は言い切り、

「それでは仕方ありませんな」

田巻は渋々《しぶしぶ》白石の住まいを口にした。

お信は白石宗祐の元へとその日のうちに押しかけた。白石が住んでいたのは瀬戸《せと》物町《ものちょう》の長屋であった。ここは数多《あまた》ある長屋のうちでも、今にも屋根が朽《く》ちて落ちそうな一つに数えられている。取《と》り柄《え》はもちろん店賃《たなちん》の安さであった。

「ごめんください」

油障子《あぶらしょうじ》の前で訪《おとな》いを入れたが、返答は無い。

「ごめんください」

再びお訪いを入れると、

「入って」

やっと白石の声がした。

油障子を引いたお信は驚いた。

——これは——

板敷《いたじき》に脚の長い古びた机が置かれていて、その上に顔は黒い毛並みなのに胴や脚が白い毛並みの仔犬《こいぬ》が横たえられている。ぴくりとも動かない。例の毬が見える。白石の手には麻酔薬同様、善周に見せてもらったことのある、剃刀《かみそり》に似て非なる切れ味のメスとやらが握られている。毛が丁寧《ていねい》に剃《そ》られた仔犬の右前脚が切開されていて、赤くぱっくりと開いている。

「いいところへ来てくれた、手伝ってください」

白石は手洗い用の水桶の方へと顎をしゃくった。お信は言われるままに両手を洗い清めた。

「この仔は今日の朝、野良《のら》の母犬とはぐれたのでしょう、通りかかった棒手振《ぼてふ》りに足を踏まれたのです。それで右の前脚の骨が折れ、今にも皮膚を破って飛び出すところでした。元に戻してやらないと——。その前に、折れた時に散らばった骨の破片を見つけなければなりません。これにはわたしの無骨な指よりも、小さく器用なあなたの指の方がふさわしい。骨片が一つでも足りないと痛みが続いて歩けません。お願いします」

やはり善周に見せられたことのある、医療器具の一つであるピンセッタ（ピンセット）をお信に渡した。白石は指とスポイトの水で術野《じゅつや》を保持し続けた。お信が爪《つめ》の先よりも小さな骨片《こっぺん》を八片まで数えて摘《つま》み取ったところで、

「いいでしょう、これで全部です」

白石は飛び出した骨を元の位置に戻して素早く縫合した。巻木綿を巻くのはお信が引き受けた。

「このような骨折の処置は初めてです」

お信が洩らすと、

「ほんの軽い骨折を除き、巻木綿での圧迫や添え木で骨を接《つ》ぐ手当てだけでは、元のように歩けるようにはなかなかなりません。それでも人は杖《つえ》にすがって歩くことができますし、よほどの事態でない限り、三度の飯《めし》にも何とかありつけます。けれども野良の犬や猫が歩けなくなったら、餌《えさ》にありつけず死ぬしかありません。それで犬猫の骨折には人と違うやり方を試みています。それにしてもあなたの手先は凄《すご》い、神業《かみわざ》です。治癒したら、この仔はこの先もう何の痛みもなく自在に走り回れるはずです」

白石はお信を讃《たた》えて、

「お疲れ様、さあ、どうぞ」

湯呑《ゆの》みに焼酎を注いで渡してくれた。自身も一気に呷《あお》る。釣《つ》られて一啜《ひとすす》りしたお信は緊張が緩んで、ふうと安堵のため息が出た。そして、この時になって初めて、板敷の奥に、柴犬《しばいぬ》に似た土色の犬が黄粉餅《きなこもち》のように平たくなっているのが見えた。

少しも動かず、もちろん吠《ほ》えもしなかったので全く気づかなかったのだった。

5

「きなこ」

白石が呼ぶと、その犬は立ち上がって尾を振りながら近づいてきた。柴犬より大きい体を白石にすり寄せてくる。しかし、その犬には左の後脚が無い。

「気がつきませんでしたか？　きなこはあの事故の折、轢かれた野良犬です。あの暴走は犬さえ躱《かわ》し切れないものでしたから。きなこの左後脚の骨はほとんど砕けていたので、切断しか手立てはありませんでした。あのままにしておくと軟組織が骨のあった場所を埋めはしますが、痛みは残ります。四本の脚で歩いたり走ったりする犬は、脚が一本無くても歩いて走れるのです」

――この方は犬まで助けていたとは――

そんなお信の心の声を察したのか、

「目の前の命に、人と生きものの違いはありません。だからどうしても助けてしまう」

白石はやや照れくさそうに言い、

「そろそろ仔犬が目を覚ます頃です。起き上がろうとして処置台から落ちでもしたら大変だ」

きなこの頭を撫でるのを止めて、処置台の上から仔犬を抱《だ》き上げた。

「こいつはこの国にもともといる狆《ちん》と他の珍しい犬との血が混じっているのかもしれない」

将軍家、大名家、富裕層の道楽《どうらく》で海の向こうから長崎を経て、さまざまな犬種が連れてこられていた。中には飼い主の元から逃げたり、飼い主が飼い続けられなくなって、市中に放つこともある。

白石の胸に抱かれた仔犬は寝ぼけ眼《まなこ》ではあったが、きゅーんと一鳴きした。するときなこが首を伸ばしてぺろりと仔犬の鼻先を舐《な》めた。きなこの尾は休みなく振られている。

白石は仔犬をきなこの近くにそっと置いた。今度は仔犬の方がきなこにすり寄って鼻と鼻を触れ合わせた。

「どうやらきなこはこいつを気に入ったようです。こいつもきなこを。きなこは野良なので怪我を治してやったら、さっさと出ていくものとばかり思っていましたが、人に飼われたことがあったのか、すっかり居着いてしまって。この仔犬まで――」

白石は困惑《こんわく》気味に鼻に皺《しわ》を寄せた。

「今日は先生にお願いがあってまいりました」

お信は切り出した。そして、

「お話をする前に、仔犬に名を付けさせてください。目が丸くて可愛《かわい》いのでくろまめというのはいかが？」

お信は見たままを口にした。

「きなことくろまめ、いいですね」

白石は無邪気に笑った。

「名付け親としてくろまめの餌代ぐらい、わたしに都合させてください」

お信の言葉に、

「それはあまりに高い名付け代です。といって、わたしにできることは、ご覧になっているような医術だけですし――」

白石は苦笑した。

「ですから、その医術でわたしの充信堂を助けていただきたいのです」

ここぞとばかりにお信は告げた。

「充信堂とはどのような治療をなさるところですか？」

お信と白石は、あの事故の時に、怪我の手当てについてしか話していなかった。

「わたしが女なのでお産やそれと関わっての病、赤子や小児を診るのが主ですが、中風《ちゅうぶう》や労咳《ろうがい》、市中に疫病《えきびょう》がはびこっている時はその治療も致します」

「あなたお一人で？」

「もともとは松川《まつかわ》善周先生と共に、といってもわたしは押しかけ弟子《でし》なのですが、佐内町《さないちょう》で診療をしていましたが、善周先生が亡くなったので、今は八丁堀で充信堂という看板を掲げて診療を続けています」

「ということは一人暮らしですか？」

「そうですね。でも隣は大家さんの北町奉行所与力《きたまちぶぎょうしょよりき》のお役宅《やくたく》ですから、ご心配にはおよびません」

「それは結構なところで。では通うということで」

「いいえ、通いでは急な患者さんに対応できないこともあります。広くはありませんが、先生のお部屋はご用意できますから」

「えっ？　だって住まわれているのはあなた一人ですよね。それは――」

「大丈夫です。先生を信用しています。どうしても医術をご指南していただきたいのです。お願いします」

お信は七重《ななえ》の膝《ひざ》を八重《やえ》に折って頼んだ。

「そこまでおっしゃっていただいてありがとうございます。では、わたしとこの犬たちが充信堂の片隅《かたすみ》に置いてもらえるのなら、お引き受けしたい」

「ありがとうございます。すぐに、きなことくろまめを連れて充信堂へ来てください」

こうして白石は充信堂へと引っ越すこととなった。

お信が急いで充信堂に戻ると、田巻がいつものように厠《かわや》を借りに来たので、白石が充信堂に加わることになったと告げると、

「えっ」

田巻は飲みかけの茶を噴き出したが、

「厠は借りに来ますよ」

と言い、残りの茶をぐいと飲み干した。

お信が夕餉《ゆうげ》の膳《ぜん》を用意していると、

「どうかお構いなく」

白石は遠慮したが、

「一人も二人も同じようなものですから」

お信が微笑《ほほえ》むと、

「では、掃除は庭も含めてわたしがいたします。もちろん薪割《まきわ》りも」

白石が応えた。

白石に診療を手伝ってもらうようになったお信は、〝充信堂〟の木札《きふだ》の隣に〝充信堂よろず相談処《どころ》、薬膳甘味《やくぜんかんみ》お出しします〟という木札を並べた。

「あれは何です？」

白石に訊《き》かれた。

「医者に救いをもとめない人たちがまだまだ多いのです。お金が無い人だけではなく、自身の病や関わる悩みを抱え込んでいる人たちもいます。深刻な状態のはずなのに、皆、世間体《せけんてい》を気にして隠しているのです。それで、薬膳甘味を食べることが目的と周囲に思わせて、実は——という所を設《もう》けたいと考えていました。先生のおかげでそれが叶いました。ありがとうございます」

「日々、美味《おい》しい膳をいただいている上に何とも厚かましいですが、是非ともそれもいただきたいです」

薬膳甘味は小豆と黒豆、小さめの白隠元豆《しろいんげんまめ》を用いた変わりぜんざいである。前夜から水に浸《ひた》した三種の豆に枸杞《くこ》の実、木耳《きくらげ》、すりおろした生姜《しょうが》、水を加えて煮る。食べる時には炒《い》った白胡麻《しろごま》、砕《くだ》いた胡桃《くるみ》、蜂蜜《はちみつ》または黒砂糖を煮詰めたものをかける。

蜂蜜をかけて味わった白石は、

「これからの厳しい寒さには打ってつけの甘味《かんみ》ですね。老若男女誰にでも喜ばれることでしょう。患《わずら》っている人たちは心身ともに弱っているので、身体が温まると心もほぐれやすく、相談しやすくなるような気がします。酒の肴《さかな》にもいけるかな？でも、酒の勢いで言いたい放題になって暴れては大変、これで酒を飲まれるのは困るか——」

頭を掻《か》いた。

「いいえ、お酒という向きにはそうします。たとえ大変なことになっても、病や悩みは吐《は》き出してほしいです。わたし一人でどうしようもない時は先生をお呼びしますから、お願いします」

お信は並々ならぬ決意を口にした。

6

お信は〝充信堂よろず相談処、薬膳甘味お出しします〟という木札に、〝治りにくい腫《は》れ物、長年の頭痛、めまい、肩や背中の張り、眼病、耳鳴りや聞こえづらさ、肘や足の痛みが続く方は是非相談してください〟と付け加えた。

これを見た白石は、

「あなたは主に、男女の交わりによって生じることが多い梅毒《ばいどく》に拘《こだわ》っているようですね。梅毒は進むと、全身が冒《おか》され、死に至る病です。岩《いわ》（癌《がん》）や中風、失明《しつめい》、難聴、関節痛、神経痛等の病を引き起こす因《もと》になりますからね」

ぴたりとお信の主旨《しゅし》を言い当てた。

「くわしいんですね」

「死をもたらす重篤《じゅうとく》な病を治せないのなら、〝避けることのできる病は徹《てつ》して避けよ〟と声を大にするのが医者の務めだと思っています。いつしか罹《かか》ってしまってい る労咳と異なり、梅毒の場合は伝染《うつ》らない、伝染さないが可能です。ただし、罹ってから死ぬまでの時が長く、症状に個人差があって軽いまま進行する人もいるので、この病に罹る患者は増えこそしても、一向に減りません。遊郭《ゆうかく》がその温床《おんしょう》になっているのも事実です」

「この病気の悲惨《ひさん》さを広く伝えるために、書いていただけませんか？　思い当たれば、以後、誰にも伝染さないよう、気をつけてくれることを期待できます」

お信が頼むと、

「わたしがですか？」

白石は照れた様子であったが、筆を手にすると、すらすらと書き綴《つづ》った。

一、どのように伝染るか
主に男女の交わりにより伝染る。罹っている者の血に触れても伝染る。口吸いにも注意が必要。身籠《みごも》っている母親から胎児に、授乳中の乳人《めのと》と赤子の間でも伝染る。

一、罹患《りかん》後の症状の変遷《へんせん》
・ごく初期
伝染ってから二十日または四十日ほどで、陰部や唇付近、口の中、肛門《こうもん》付近にしこりができて爛《ただ》れる。股《また》の付け根が腫れることもある。しばらくすると、これらはなくなるが、交わりをすると相手に伝染る。
・伝染ってから数箇月後
全身に、赤い斑点《はんてん》が拡がる。しばらくすると消える。心当たりがある者は男女の交わりを厳しく慎《つつし》むように。
・伝染ってから数年後
数年が経つと、肌、肉、骨、五臓六腑にしこりができる。鼻が欠けることがある。

・伝染ってから十年以上後
　身体が動かせなくなることもある。血の管が詰まったり、頭の中や背骨に障《さわ》りが出て死ぬ。

「お腹の子や赤子の罹る梅毒についてはお信先生に記していただきたい」
白石は手にしていた筆をお信に渡した。

一、生まれながらの梅毒児
　梅毒に罹っている母親から生まれた赤子は、お腹にいる間に伝染っている。早産や死産の因になることも多く、生まれても何らかの問題がある。

一、生後三月《みつき》の間に現れる症状
・大きな水疱《すいほう》や赤い斑点が掌《てのひら》と足の裏に現れ、鼻や唇の周り、襁褓《むつき》を当てる所に瘤《こぶ》ができる。
・乳の飲みが悪く発育が悪い。
・唇がひび割れて荒れ、鼻腔が爛れて粘液、膿《うみ》や血が流れてくる。
・足の付け根、耳の下、肝《かん》の臓等が腫れる。

・痙攣《けいれん》を起こすこともある。

一、生後八箇月以内
　骨が痛み、ほぼ動けなくなる。

一、生後二年より後に現れる症状
　早くに現れなかった症状がこのあたりで現れることもある。鼻や口に爛れができると同時に骨の成長がままならなくなる。失明することもある。歯が生えてこなかったり、顔の骨の発達にも異常がみられる。耳が聞こえないのはいつでも起こり得る。

お信が筆を置いたところで、

「それで、あなたが薬膳甘味まで振る舞って、梅毒患者を集める真の理由はいったい何なのです?」

白石はずばりと切り込んできた。

「先生もご存じでしょうが、梅毒に罹った母親の子は大半が死産か早産の後亡くなり、月満ちて生まれても生まれつき苦しい病に憑《と》りつかれて、三月以内にほとんどが亡くなってしまいます。ようは大人では何年もかかって進行する病を、一身に背負って生まれてくるのです。そしてこうした障りを持っていると、大人になるまでに生き存《なが》らえる子は僅《わず》かです。ですのでわたしは日頃から、先ほど先生がおっしゃったように皆が、〝伝染らない、伝染さない〟を心がけるべきだと思っています。それでも人の色欲はなかなか抑《おさ》え難《がた》いものがあります。そして、昨今、あえてその色欲を梅毒蔓延《まんえん》のために利用している者がいたとしたら、これはやはり当人に罪を問うべきだと思っているのです。証はここにあります」

お信は毅然《きぜん》として言い放つと、抽斗《ひきだし》の中から〝かげろう草〟と題した死児についての記録を取り出し、紙縒《こよ》りが挟《はさ》んである箇所を開いて白石に渡した。

「どうか、ここからお読みになってください。わたしの危惧《きぐ》をおわかりいただけると思います」

「なるほど、かげろうのようにあまりにもはかなかった命への供養帖《くようちょう》ですね」

そう言い置いて白石は熱心に先へと読み進んだ。

「〝かげろう草〟では死産や早産の理由が母親の子癇《しかん》（妊娠中毒症の一種）や骨盤の狭窄《きょうさく》によるものよりも、梅毒持ちの母親ゆえのものが多いとはっきり断じています。そして、その手の死児や障りの大きな赤子たちが、今から十年ほど前から増え続けている。しかも増え方が尋常ではない。十年前に比べて倍の数です。ああ、それになんと、こうした悲惨な出産に耐えかねた母親たちの自死も少なくない。やはり増えている。これをあなたは梅毒を病《や》む者がなんらかの意図をもって企《たくら》み、行っているというのですね」

「意図は明白にはわかりませんが、わたしが診ていない梅毒持ちの妊婦もおりましょうから、死児や自死した母親の数はもっと多いと思います」

さすがのお信も〝男女の交わりに時はそうかからないものでしょうから、その気になれば数を増やすのはたやすいのです〟とまでは言えなかった。

7

お信の〝充信堂よろず相談処、薬膳甘味お出しします〟には人が集まり始めた。店の名は言わないが、その佇《たたず》まいから明らかな大店《おおだな》の大番頭《おおばんとう》、長屋住まいや裏店《うらだな》での商《あきな》いをしている者、嫁《か》して病に冒された娘を案じる母親たちである。

大番頭たちは梅毒の末路を見せられると、

「それではすっかり治るということはないのでございますね」

意外そうに首を傾《かし》げた。

「三十五歳になる当店《うち》の旦那様《だんなさま》は、投込薬《なげこみぐすり》を蔵が建つほどお使いになってきました。これらを続ければ普段通りに暮らせる上、いずれ完治するとお医者様に勧められまして。けれども、このところめっきり弱られて昼寝が欠かせず、時に臥《ふ》したまま一日を過ごされることもあり、あの若さで隠居《いんきょ》したいなぞともおっしゃっています。お医者様に申し上げても、〝弱ったように見えるのは効《き》き目のある証です。高価な薬は相応《そうおう》の効き目があります。そのうち、二十歳《はたち》の頃に戻ったかのように元気におなりです〟とおっしゃるばかりなのですが、やはり気になって。充信堂は高い薬を勧めない稀《まれ》なる医療処と聞いていましたので、看板を見て飛んでまいりました。正直お医者様のお勧めの薬のことが心配になっていたのです」

投込薬とは昇汞《しょうこう》（塩化第二水銀）の白色粉末で、これを口中や喉に触れないように注意して飲み込むのでこの名がある。決定的な副作用は涎《よだれ》を流し続け、目や耳が不自由になることだったが、勧める医者たちはこれを浄化《じょうか》と称して治癒の証だと言いくるめるのが常であった。こんな毒性の強いものを高価な良薬として使わせられるのだからたまったものではなかった。

「梅毒は長く病む病なので、このような猛毒と紙一重《かみひとえ》の薬を、長く使い続けるのは危険極《きわ》まりないことです」

お信がそれらの毒性を告げると、

「何もしないでいた方が長生きできるということですか？」

真顔で訊いてくる手合《てあ》いもいた。

「そうです。けれども養生《ようじょう》は必要です。美食や酒色《しゅしょく》を慎んで身体に負担をかけないようにすること、特に胃の腑《ふ》や腸《ちょう》の具合には気をつけてください」

そのように応えるのは大店の大番頭相手にだった。一方、当人がもう罹っている上に貧《ひん》しているか、夫から伝染された病を苦にして食が細くなりすぎている娘を案じる母親には、

「少しは魚や鶏《とり》、鴨《かも》等の肉で元気をつけないと病に負けてしまいますよ。梅毒と同じくらい辛《つら》い労咳《ろうがい》にだって罹りかねません」

その逆の滋養摂取《じようせつしゅ》を勧めた。

こうした人たちの中には、初期の梅毒に膿の吸出し用膏薬《こうやく》を用いる者が多かったので、お信は以下のような注意も忘れなかった。

「油薬を患部に貼《は》ると腐って、患部が崩れ落ちかねません。そして膣瘻《ちつろう》、痔瘻《じろう》を招きます。大小の便が漏《も》れ続けるのは耐え難いものですよ。患部は忍冬《すいかずら》の花を煮出した薬液で洗い、常に清らかに保ってください」

また、於血《おけつ》だと言い切る、医者の診立てに不安を感じている母親もいた。於血とは血の巡《めぐ》りの悪くなった状態で、不定愁訴《ふていしゅうそ》が続いてただの風邪にしても治りづらくなる。お信は玉の輿《こし》と言われて嫁したその娘の夫の遊郭通いが絶えないと聞く

と、

「消渇《しょうかち》（糖尿病）と間違えられるかもしれませんが、おそらくご亭主《ていしゅ》から伝染された梅毒でしょう。母親に心配をかけたくなくて言わないだけで、大事なところが膿《う》み爛れていたはずです。それにしても何でもかんでも女の病は於血だと見做されては困りますね。どうか娘さんの長い闘いを見守って差し上げてください。この病は気持ちに支えがあるだけで随分闘いやすくなり、良好を保てるものなのですから」

泣き伏している母親を優しく励ました。

そんなある日、田巻が訪れた。

「ここへ相談に来れば、薬膳甘味でもてなすとは大した大盤振《おおばんぶ》る舞《ま》いですね。俺だって肩や背中、首まで常に凝《こ》っていますから相談者にはなります」

何もかも事情はわかっている目で戯言《ざれごと》を言った。

「どうぞ、存分に召し上がってください」

田巻には黒砂糖を煮詰めてかけた方を勧めた。田巻は蜂蜜が好みではなかった。満面の笑みで食べ終えたところで、

「どうやらこれは、白石宗祐を住まわせてまでなさりたいお仕事のようですな」

じわりと切り出した。

「白石先生のこととは別件です。わたし犬が好きですし」

「あいつらになら先ほど吠えられました。俺は子どもの頃、犬に噛まれたことがあって、どうも犬は苦手で」

「犬たちにとっても田巻様は苦手なのかもしれませんね」

他愛ない会話を交わして逃げ切るつもりだったが、

「それにしても水臭いじゃないですか。俺ではなく白石なんかと組むなんて――」

田巻は悲しげな目になった。

「それともまさか、お信先生ともあろうお方があの白石と――」

「冗談にもほどがありますよ」

お信は眦《まなじり》を上げた。

「しかし、周囲はもっぱらそう噂しています」

「どうせ、そんなことを言っているのは高くて害のある薬ばかり勧めている医者たちや、そんな薬の買い付けに忙しい薬種屋たちでしょう」

お信は大八車が暴走して多くの人たちが犠牲になったあの時、急ぎ運ばれていた荷箱に薬種屋の屋号が刻まれていたことを思い出した。

「あの大八車の荷、いくら欲しい人が多いからって、薬にしては量が多すぎるような気がして――」

ふと洩らすと、

「それはそうですよ、あのほとんどが新酒なのですから――」

田巻は舌打ちをした。

「でも、どうして薬種屋に新酒なのです？」

「酒は百薬《ひやくやく》の長《ちょう》とも言いますからね。それにかこつけて薬種屋が扱いたいと歎願《たんがん》して、お上《かみ》から許しが出たのでしょう。あの暴走の理由も大八車をひいている車力たちに好きなだけ酒を飲ませると約束をしたもんだから、早く届けたくて、無理をしたことが祟《たた》ったとのことです。薬や砂糖だけではまだ足りず、新酒まで商いにするとはいやはや、大した商魂《しょうこん》ですな。ですが、俺は大八車のみならず、薬種屋の暴走にも感心しません。あの事故で亡くなった人もいると思うと全く許し難い」

田巻はぎりりと音を立てて歯嚙みした。

8

「まあ、脛《すね》に疵《きず》持つ身としては、新しく掲げられた看板は気になるところでしょう。結構な数が相談してきているのではないですか？　あれはもう厄介《やっかい》極まる病ですからな」

田巻は肝心《かんじん》な話に戻した。

お信が白石と共に記した紙を見せると、

「ふーん、罹って数年経つとこんなになってしまうんですね。つきあいと称して、女遊びをしている大店の主たちが突然の病で寝込むのはありがちなことです。その手の商家は跡継《あとつ》ぎがいなくて、女房は死産や早産で子を亡くして、思い詰めて首を括《くく》ったか、生きていても病の床《とこ》です。お信先生がこうして人集めをして梅毒をばらまいている奴を見つけようというのも一案ですが、俺なら市中の梅毒患者の数をかなり正確に摑《つか》むことができますよ」

田巻は胸を張る一方、

「お大尽《だいじん》はまだしも、一度遊んだだけで女房に伝染《うつ》り、生まれた子も親と同じ病で手当ても受けられず、死を待つだけというのは悲惨です。お信先生が睨《にら》んだように、梅毒をばらまきたい奴が市中を跋扈《ばっこ》しているとしたら、許し難い。俺もそいつを探す手伝いがしたい」

目を瞬《しばたた》かせた。

「ありがとうございます。田巻様に打ち明けなかったのは、梅毒をばらまきたい者を突き止めたとしても、このような者を罰する御定法《ごじょうほう》などあるのだろうかと思ったのです。迷惑をかけてはいけないと――」

お信の言葉に、

「それではそやつをどのように処するつもりだったのです？」

田巻は呆《あき》れた。

「医者として言葉を尽くして、振る舞いを慎んでもらおうと思っていました。白石先生からも話していただいて――」

「甘い、甘い、甘すぎる。大八車の車力たちが起こしたあの大事故がどうなったかご存じか？　罪に問われて江戸所払《ところばら》いとなったのは車力たちだけ、荷の主の薬種屋は突き止め不可としてお咎《とが》め無しなのですぞ」

田巻はお信の目の前で片手を勢いよく左右に振り、これ以上はないと思われる怒りで顔を真っ赤に染めた。

「突き止め不可とはなにゆえです？」

「前を行った四台の大八車は大伝馬町《おおでんまちょう》二丁目の辻《つじ》で止まっていました。積み荷はそのままにして、車力たちは逃げてしまっていました。通旅籠町に残っていた、大八車をひいていた車力たちを問い詰めて、逃げた奴らをひっ括って、雇《やと》った奴の居所がわかり、踏み込んだのですが、一足違いで取り逃がしてしまいました。荷に書かれていた屋号の薬種屋は市中にはありませんでした。偽《いつわ》りの屋号だったのです。おそらく何軒かの薬種屋と医者が結託《けったく》した、悪事のための秘密のものでしょう」

「ますます許し難いですね」

「あの大事故でさえ、そんな仕置《しお》きなのですから、梅毒をばらまいた奴だって江戸所払いで仕舞《しま》いということです」

「そんな仕置きなら、梅毒をばらまいた者は別のところで同じことを繰り返すに違いありません。それは断じて止めさせないと。ああ、でも、一人ではないかも――」

お信はこの十年間の激増は、一人の仕業《しわざ》だとは思えなかった。

梅毒の初期は男女とも局部に爛れや潰瘍《かいよう》、横根《よこね》（リンパの腫れ）ができるが、数年を経て五臓六腑が冒されるまでは無症状である。この時期は伝染しまくることができるが、胃腸等の内臓に不調を覚えるようになると活動に制限が出てくる。ところが市中の梅毒の激増は十年続いても勢いが止まらず、現在に至っている。そうなると一人の所業《しょぎょう》とは到底思えなかった。

お信は出産と同時に妻または赤子、あるいは両方を失った夫たちのその後がずっと気がかりであった。中でも妻子の後を追おうとした四十歳ほどの手習《てなら》いの師匠のことは忘れられない。浪人暮らしが三代目のその男は、唯一の家宝とはいえ充分に研《と》がれていない刀での自刃《じじん》に失敗。お信に一命を救われたのだが、その時、洩らした言葉は、〝どうせ時を経て腐り果てるこの身、始末ができずお恨み申し上げる〟の一言だけだった。

また、自身も梅毒を患いつつ、すでに胎内《たいない》でこの病に冒されていた男児を産み、全身全霊を傾けて稀なることだが、我が子を育てている元遊女も気になっていた。

今はお菰《こも》（物乞い）たちの情にすがって共に寝起きをしていると聞いていた。

お信がその者たちを訪れてみようと思い立った時、

「ごめんください」

戸口から品の良い声が届いた。

相手は身形《みなり》の整った商家の主夫婦であった。夫婦とも、やや疲れた様子をしている。

「日本橋《にほんばし》は本石町《ほんごくちょう》の呉服問屋《ごふくどんや》、和泉屋《いずみや》でございます」

和泉屋は、華麗《かれい》な絵柄や染色で知られている京友禅《きょうゆうぜん》だけを売り続けてきた老舗《しにせ》である。端《は》切《ぎ》れを売る等商いが巧みで、大きく財をなす呉服屋もあったが、格の上では和泉屋の敵ではなかった。先祖代々、京の宮家に仕えたという和泉屋は江戸城大奥《おおおく》出入りのみならず、乞われて御所《ごしょ》からの頼みの品を引き受けることもある。蚕《かいこ》から育てた生糸《きいと》を紡《つむ》ぎあげて模様を描き染める等の工程を一手に引き受け、華麗にして典雅《てんが》な逸品《いっぴん》を内親王《ないしんのう》の打掛《うちかけ》に仕上げて納《おさ》めたこともあった。

お信は茶と薬膳甘味を勧めたが、固い表情の二人は手をつけない。内儀《ないぎ》はちらと京人形のような顔を見せただけであった。ずっと顔を伏せたままでいるからだった。

「伺いましたのは表の看板にあったようなお話ではありません。患者に寄り添うことを信条となさっておられる、先生のお名は存じ上げておりました。とはいえ先代からつきあいのある先生方を無下《むげ》にはできません。でも、いくらお願いしてもくださるのはお薬ばかり。そもそもこの手の困り事は薬なぞでは治るものではないというのに。これはもう、お信先生にご相談するしかないと、家内《かない》と二人で決めました」

さすがに主はこめかみに深い皺《しわ》を刻みつつも、お信の顔を見つめてやや重々しい物言いで話し始めた。

「実は半年ほど前、倅《せがれ》に親戚筋より嫁取りの話がありました。相手はやはり京友禅で知られている井坂屋《いさかや》さん。辿《たど》れば、わたしどもと同じご先祖様に行き着きます。その上相手のお嬢さんは美人なだけではなく、京友禅を語らせたら右に出る者はいないという大した勉強家ですので、友禅の絵模様を描いてきた倅とは気が合うはずです。とても結構なお話なのです。ところが倅は嫌だと言い張り、食事時に顔を合わせても、膳に箸《はし》も付けずにすぐに立ち上がってしまい、わたしたちを避け続けています。これ以上親たちがこの話を進めるつもりならもう仕事はしない、跡も継がないと言い出す有様《ありさま》です。倅の描く花鳥風月《かちょうふうげつ》の友禅模様は古典を踏まえつつも浮世絵的な新しさがあり、楽しみな才だと惚《ほ》れ込んでくださる方々もおられるのです。家業を投げ出してもらいたくはありません」

和泉屋の主のこめかみの皺はさらに深くなった。

9

「最近になって家内が、倅にはどこぞに想い女《びと》がいるのではないかと言い出しまして――」

和泉屋の主はお信の顔から目を背《そむ》けた。

「友禅の絵模様を描く修業《しゅぎょう》をしていた倅はわたしに似て下戸《げこ》なので、気晴らしに遊里《ゆうり》に行っていたとは思います」

俯《うつむ》いていた内儀が初めて顔を上げて、話を続けた。

「この頃の息子の様子からして、その想い女は遊里の女ではないかと思うのです。遊女と懇《ねんご》ろになってしまったことをわたしたちに言うに言えなくて悩んでいるのではないかと。ですから夜も眠れず食も進まず、やつれてしまったのではないかと。

それとも、まさかとは思うのですが、悪い病かも――。つきあいのあるお医者様方にお話しできないのは〝大丈夫、お仕事に励みすぎる心のお疲れゆえ、案じることはありません、良薬があります。ふわふわと楽しい気分になるものがよろしいか、それともぐっすり丸一日眠りに誘われるものがお望みか、どちらも用意がありま す〟等とおっしゃって、高価な薬を用意なさるだけだからです。知り合いがこの手の薬を使っていて亡くなりました。息子の身にもしそんなことが起きたら――。そんなわけで、つきあいのあるお医者様方には相談できません。お信先生しかおすがりする相手はいないのです。どうか息子を診てやってください。お願いです」

和泉屋夫婦は揃《そろ》って頭を畳《たたみ》にこすりつけた。

「大事な跡継ぎなのでございます」

「あれこれ思い悩んでいる親の気持ちがどうして伝わらないのでしょうか？」

両親の悲痛な言葉は啜り泣きのようにも聞こえた。

「わかりました」

承知はしたものの、お信はいつとは告げなかった。和泉屋は富裕である。今すぐ駆け付けなければならないとは思えなかった。

翌日、田巻が訪れた。しょんぼりした様子で、

「梅毒をばらまいている奴をすぐにでも突き止められるようなことを言いましたが、よくよく考えてみたら、梅毒に罹っている者を見つけて、誰と床を共にしたかわかったところで、梅毒をばらまいている奴を見つけるには時がかかりすぎます。池に見えていたが、実は大海の水を掬《すく》うのと同じです。何とか役立ちたいという一心ながら大きなことを言ってすまぬことをしました、お信先生、この通り」

田巻は軽く頭を垂れてから、

「なので罪滅ぼしに最も疑わしい奴をまずは調べたいのです。むろんお信先生にも同行をお願いしたい」

自信に溢れた表情を見せた。

「どのような方なのです？」

「香具師《やし》の元締《もとじめ》です。年齢《とし》は五十歳近い。相撲取《すもうと》りさながらに肥《こ》えていて、医者にかかったことがないというのが自慢です。遊里にも毎日のように足を運び、遊女たちに朝茶《あさぢゃ》分の花代を振る舞う気風《きっぷ》の良さで知られています。女房を何年も前に亡くし、独り身を通して女遊びを楽しんでいる。どうです？　梅毒という病などものともしないで万年金太郎のように壮健《そうけん》なこいつが、梅毒をばらまいていてもおかしくはないでしょう？　とりあえずはこやつから。こやつは毎日のように通っていますから遊女やその客たちのことも噂とか裏話とかいうか、ここだけの話を知っているとも思うのです」

「そうですね」

田巻に圧倒されて、お信は相づちを打った。

「それでは早速、そこへ」

こうしてお信は、香具師の元締 銀蔵《ぎんぞう》の元へ向かう田巻に同行した。

銀蔵の城田屋《しろたや》の店先には若い衆がたむろしていた。田巻が十手《じって》を見せても少しも臆《おく》さず、

「何用でえ」

険《けん》のある目で一睨みした相手は二十代半ばほどで、わざと袖《そで》をまくって黒い二本線の入墨《いれずみ》をちらつかせる。

田巻の腰が一瞬引けたのを見て、

「銀つぁんに会いたいだけやねん。今は堅気《かたぎ》で上方《かみがた》にいるんやけど、ちょいと昔、銀つぁんに世話になってえ——好きやったんよ、銀つぁんがぁ——」

お信は思い切って、蓮っ葉《はすば》な物言いで上方者を真似《まね》てみた。

「どこぞの姐《あね》さんですか？」

男は自慢げにさらに袖をたくし上げた。

「言うてるでしょー、今は堅気だってえ。野暮《やぼ》は言わんといてや、早《は》よう銀つぁんに会わしてんかあー」

「そう言われても——」

「わかった。旦那はもう帰らはるから、よろしいやろ。案内ご苦労さんどした」

お信が軽く辞儀《じぎ》をすると、

「はっ？」

田巻は鳩《はと》が豆鉄砲《まめでっぽう》を食ったような顔になった。

「他人《ひと》の恋路の邪魔する奴は何とかって言いますやろ。さあ帰った、帰った」

お信が目で合図したので、田巻は、

「では、わたしは」

と心配そうな顔で、お信たちに背を向けて去っていった。

「おいっ、ご案内しろっ」

田巻が去るのを見て、男がまだ少年っぽさの残る三下《さんした》に顎をしゃくった。

柳橋《やなぎばし》で舟に乗り、着いたのは向島《むこうじま》であった。向島は富裕な大店の寮《りょう》が多いことで知られ、花見や紅葉狩り等四季折々に商いを兼ねた宴《うたげ》が催《もよお》されるのだが、今は冬場なのでひっそりと静まり返っていた。

意外にも城田屋の寮は間口が狭く、庭も猫の額《ひたい》ほどだった。地味この上なく、まるで狐狸《こり》が住み着きかねない草庵《そうあん》のようだった。

「お客さんです、兄貴からお連れするように言われました」

三下が告げると、格子戸《こうしど》が開いた。

「ちょっと待っててね」

女言葉ではあったが、相手はお信の目の前にいる三下とそう身の丈《たけ》の変わらない、ほっそりとした四十絡みの男であった。

「ご苦労様」

出迎えた男から駄賃《だちん》を渡された三下は、すぐにお信に背中を向けた。

お信が名と身分を名乗って、

「お話がございます」

切り出すと、

「お信先生のことは存じ上げています。なぜおいでになったのかはわかりませんが、ちょうどいいところに。主の銀蔵が苦しんでいますので是非とも手当てをお願いします。申し遅れました。わたしは銀蔵に長年仕えております下働きの留吉《とめきち》です」

留吉はお信を、巨軀《きょく》の銀蔵が滂沱《ぼうだ》の脂汗を流しつつ呻き続け、七転八倒《しちてんばっとう》している奥座敷へと招き入れた。早速着ているものを脱がせて痛む腹部を触診《しょくしん》したお信は、

「これは過食、食べすぎです」

言い当てると、

「ですーんでーすっーかりー吐ーきー下ーしまーした。いーつーもーのこーとで。少しがー我ー慢ーす、すーりゃーあああ」

銀蔵は苦しみつつも言葉を返してきた。

「痛むのはここですね」

お信がぐいと腹部を押すと、

「うううっ」

銀蔵は大きく顔を顰《しか》めた。

お信は治療を始めた。すでに手足が冷え切っている。お信は懐《ふところ》から灸《きゅう》の道具一式を取り出した。臍《へそ》の左右と臍上の三箇所に艾《もぐさ》を置いて灸をする。臍の中には塩を詰めた。このように緊急な場合は経穴《けいけつ》（ツボ）だけではなく、押して痛む患部に施《し》灸《きゅう》する。施灸する者の腕が問われる秘術であった。

10

臍の中に詰めた塩が熱くなってくれば取り換える。何度か繰り返していくと銀蔵

の巨軀はのた打ち回らなくなり、

「ああ、ふーっ、ああ」

やっと安堵のため息を洩らした。

「ありがとうございます」

留吉が正座してお信に礼を言い、

「よかった、よかった。どうなることかと気が気じゃあなかったよ」

わりにぞんざいな物言いで、銀蔵にややあだっぽく微笑みかけた。

「心配かけたな」

銀蔵は留吉の手を握った。

「そういうことでしたか」

お信は交互に二人を見た。

「それがどうしたっていうんだい？」

銀蔵が不満げに言うと、

「こちら様はあんたに何か訊きたいことがあってここへおいでになったんだけど、おかげであんた命拾いしたんだよ」

留吉が取りなして、

「そうか。ありがとな。何でも訊いてくださいよ」

お信に神妙《しんみょう》な顔を向けた。

お信はこの十年増加している死児、自害《じがい》する母親の数を引き合いに出し、梅毒をばらまいている者を探していることを話した。

すると、銀蔵はやにわに立ち上がって、

「わはははは」

大声で笑いかけて、

「痛っ、たたたっ」

腹を押さえて布団《ふとん》に転がると、

「留さん、あのこと、話してやれ」

留吉に目配《めくば》せした。

「いいのかい？」

留吉の目が臆した。

「ん。俺も年をとった。城田屋銀蔵は女泣かせの命知らずってえ看板は下ろさねえと死んじまいそうだからな。俺はまだまだ留さんといろいろ楽しみたいんだよ」

銀蔵の方は目を潤《うる》ませた。

「わかったよ、うれしいよ」

目を瞬かせた留吉はお信に向き直ると、

「あたしたちはお察しの通りの仲です。市中の香具師たちを仕切ってきた城田屋銀蔵は長年、豪気《ごうき》な気性と振る舞いで通ってきています。ちなみにここ向島にもう一軒ある城田屋の寮は、どんな大店のそれに比べようとも派手さでは引けを取りません。何しろ、庭に銀蔵そっくりの松の巨木と樹齢百年の桜が並んで植えられておりますからね。毎年の花見の宴では銀蔵が樽酒《たるざけ》を振る舞いつつ、褌《ふんどし》一つになり、満開の桜の木に抱きつくという余興《よきょう》さえあるんです。ようは銀蔵は男の中の男で、樹齢百年の桜は熟したいい女というわけです。ですんでここでの銀蔵とあたしの暮らしぶりは、全く世間に知られていません。お信先生もそれだけは秘していただきたいです」

慎重に話を運んだ。

お信は大きく頷いて、

「銀蔵さんと留吉さんの馴《な》れ初《そ》めは？」

肝心な話へと先を促した。

「こういうのが好きだというのは、なかなかわからぬものですので」

留吉は年甲斐《としがい》もなく頬を染《そ》めて言葉に詰まった。

「まあ、とかくこの手は相手が限られるから病持ちに遭《あ》っちまうこともあるだろう。訊きたいのは俺と留さんがあんたの言う病持ちかどうかってことかい？」

銀蔵は鋭く問い返してきた。

「まさか、銀蔵が梅毒をばらまいていると疑っているのではないでしょうね？」

留吉は憤怒《ふんぬ》の面持《おもも》ちになった。

「そうだろうよ」

銀蔵はまた、わはははと笑った。今度は腹は痛まないようで、

「だから、さっきは笑えたんだよ」

大きな凄みのある目でお信を見据えた。

「長い話をするよ。そうしねえと、あんたは俺たちを素っ裸にして病かどうか、調べたいなんて言い出しかねねえから」

お信が大きく頷くと、

「留さんはこういうのが好きだってことが自分でもわからないと言ったが、俺もだよ。若い頃から女郎屋には通っていた。通ってはいたが、うまくいかなかったんだ。留さんの方は奉公先《ほうこうさき》で男色《だんしょく》の番頭《じ》にいたぶられて逃げてきてた。知り合ったのは口入屋《くちいれや》を通じてだった。俺は無理強いはしなかったが留さんの方から惚れてくれてさ――」

銀蔵は恥ずかしそうに俯いた。

「無理やりっていうのと心が動くっていうのは違うんですよね。初めての銀蔵との

それ、あたしが十八歳そこそこの頃でした」

留吉が先を話し進めて、

「ですから、あたしと銀蔵とはもうかれこれ二十年以上のつきあいで、あたしは銀蔵一人、銀蔵もあたしだけですからあの手の病に罹りようがありません」

きっぱりと言い切った。

「そういうことだよ」

銀蔵が念を押した。

「わかりました」

お信が立ち上がろうとすると、

「あんた、五年前、梅毒をばらまいた奴を俺たちが成敗《せいばい》した話を聞きたかねえかい？」

銀蔵はお信に目を据えたまま、ふふふと含み笑った。

「真実ならば――」

お信は相手を凝視《ぎょうし》した。

「留さん、途中までを頼む」

「あいよ」

応えた留吉は、

「お加代《かよ》っていう親に死なれた長屋住まいのおちゃっぴいがいてね。親の借金で身売りするしかない、なんとかならないかって頼まれてね。銀蔵は男気があるから、可哀想だってことで、引き取ったんです。まあるい顔で気が利《き》いて可愛い娘でしたよ。いずれはあたしたちの娘としてお嫁に出そうって話してました。ところが、お加代ちゃんが首を括って死んじまったんです。後で書置《かきおき》が出てきて、お加代ちゃんは、祭りの時に見ず知らずの奴に襲われてね。悪い病を伝染された上、身籠ってもいたんです。これは堪《こた》えました」

思い出してこみ上げてくるものがあったのだろう、両手で顔を覆《おお》ってしまった。

「梅毒をばらまいた奴を成敗したというからには、お加代ちゃんを酷い目に遭わせた男を突き止めたのでしょう？」

お信は先を促すと、銀蔵が話した。

「俺たちは近くにいる梅毒患《わずら》いの中にお加代の仇《かたき》がいると睨んだ。だが、まさか手下の中にそんな奴がいたとは夢にも思わなかった。そいつは権三《ごんぞう》ってんだが、酒が飲めねえ分、もっぱら岡場所に通ってた。奴が吐かなけりゃ、到底、信じられねえ話だったよ。嘘《うそ》だと思いたかったが、権三は病持ちだったし、まるで熱に浮かされたような目をして、お加代を襲った時のことを得意げに話した。あんな権三を見たのは初めてだった」

11

さらに銀蔵は話を続けた。

「お加代のことを母親みてえに見守っていた留さんときたら、心が折れて何日も寝込んじまった。留さんの口癖《くちぐせ》は〝いつかあたしたちのことを話してわかってもらえるといいなあ〟だったんだからさ。その留さんが、お加代が権三にやられたってわかると、〝何をっ〟っていきり立っちまって」

銀蔵は労《いた》わる眼差《まなざ》しで留吉を見つめた。

「胸がどろどろと燃えるようでしたよ。あんな可愛い娘にあんなことをするなんて、許せないっ。今でも思い出すと腸《はらわた》が煮えくり返る」

留吉は口元を歪《ゆが》めた。

「それで権三さんをどうされました？」

お信の声は幾分震《ふる》えた。

「殺《や》ったさ」

留吉は声を低めた。

「権三ときたらあんなことをしておきながら、〝自分でもよくやったと思うよ、殺しちゃいねえんだし、祭りの時だったし、よくある『狐《きつね》に化《ば》かされた』ってことでちょん。そもそも銀蔵は女と見たら手当たり次第なんだから。お上はあんた方を信じるかね。世間のいい笑い者になるのがオチだよ〃ってうそぶいた。出来心で悪いことをしたと悔いるならまだしも。決めたのは俺だ。お加代を引き取って留さんを喜ばせすぎたのも俺だもの、俺が幕引きをした」

銀蔵の言葉に首を横に強く振った留吉は、

「寝ているところを襲って簀巻《すま》きにしたのはあたし。銀蔵は大川《おおかわ》へ流すのを手伝ってくれただけよ」

「まあ、あいつは女のほかに博打《ばくち》も好きだったたし、かなりの借金もあったから、胴元の息のかかった奴に始末されたってことで仕舞いになった。これが梅毒をばらまいた奴への俺たちの成敗だ。後悔はしてねえ。これっぽっちもねえ」

銀蔵は言い切り、

「お信先生は命を一番に考える、稀なるお医者様と聞いています」

留吉の顔は青ざめている。

「それに八丁堀で診療所を開いてなさるから、お役人とも親しいと聞いています」

「へえ、そうだったのかい。けど俺たちはお加代の仇を取ったんだ。どこへ出ても天地神明《てんちしんめい》にかけて悪いことはしてねえぞ」

腹がまた痛み出した銀蔵は精一杯の大声を張った。

お信は梅毒をばらまいている者を探し当てて、諫《いさ》めるのだと話した時、田巻に甘いと言われたことを思い出していた。御定法に取り締まりが定められていない以上、このような者たちに対して恨みによる復讐《ふくしゅう》が行われてしまう。仕方がないとかもしれなかったが、お信は得心がいかなかった。


充信堂に帰り着いたのは夕刻を過ぎていた。さすがに疲れて寝入ってしまい、目を覚ますと厨《くりや》からとんとんと庖丁《ほうちょう》を遣《つか》う音が聞こえた。〝いけない、白石先生がおいでだった〟と慌てて身仕舞《みじまい》し、厨に行くと、当の白石がお信の赤い襷《たすき》を掛けて朝餉《あさげ》の支度《したく》をしていた。

「お目覚めでしたか。朝餉の力はどんな贅沢《ぜいたく》な昼餉《ひるげ》や夕餉にも勝《まさ》るというのがあなたの持論なので、これは欠かせないだろうと試みていたのです。さあ、できました」

胡瓜《きゅうり》と茄子《なす》の古漬《ふるづ》けが小皿に盛られている。漬物床《つけものどこ》の独特な匂《にお》いが苦手だった善周と異なり、白石は匂いも糠《ぬか》を掻き混ぜるのも嫌ではないようだった。

二人は向かい合って朝餉を摂《と》った。

「梅毒をばらまいている者探しに進展はありましたか?」

お信は訊かれるままに銀蔵たちの話をした。始末については触れずにいたが、

「お加代ちゃんの仇は取ったはずです」

白石は言い当てて、

「権三が生きていて今後も繰り返していたら、梅毒の蔓延のみならず、お加代ちゃんのような切なすぎる悲劇も、赤子や母親の犠牲も増える。まあ、それしかなかったのでしょうね」

と告げ、

「とはいえ、五年前に権三がいなくなったというのに、市中の梅毒患者は増える一方です。これは二人目の権三がいるということです」

やや重苦しい表情になった。

「まだ誰も気づいていない。よって今後も蔓延は続きます」

聞いたお信はまた振り出しに戻ってしまったと落胆《らくたん》する一方、自身で記した〝かげろう草〟の中身を思い出した。

――あれは自分が診た患者だけなので限られているけれど、もう少し広く調べられれば梅毒が蔓延したこの十年で、十年前から五年前までの伝染り方とそれ以降とでの違いがわかるのではないか？　伝染して歩くのに権三が好んだ相手や場所と、権三ではない梅毒をばらまいている者とではきっと違いがあるはず。田巻様ならこ

の違いを調べることができるのではないか――

お信が城田屋で別れた田巻に文《ふみ》を届けることを思いついた時、

「明日にでももう一度、向島の城田屋さんの寮へ行ってみませんか？」

白石は別の何かを閃《ひらめ》いたようだった。

「わたしは梅毒をばらまいている者の目的は恨み晴らしだと思っています。誰でもいずれは死に至る病に冒されれば、伝染した相手を恨みます。けれどもその恨みは弱い。なぜかといえば相手の死もまた確実だからです。そこで恨みの標的が変わります。もともと心の片隅にあった、このような病に冒されていない人たちへの妬《ねた》みが恨みに変わってしまうのです。ですから、権三はその心の裡《うち》を何かに書き留めているのではないかと思います。たとえば日記です。わたしの見当がつくのはここまでですが、銀蔵さんや留吉さんに訊いて、見せてもらえるものが残っていたら、そこから、権三に次いで、梅毒をばらまき続けている者を見つけ出すことができるやもしれません」

白石らしい直観的ながらも堅実な思いつきであった。

「わかりました。ご案内いたします」

こうして白石は田巻に続いて、お信の悲願である、梅毒をばらまいている者探しに加わることとなった。

12

翌朝、お信は白石と共に向島へ向かった。すでに田巻には調べを頼む文を届けてあった。

冬場の早朝の舟は互いに吐く息が白く、ことさら寒さが身に凍みた。ふと見ると、白石が川面《かわも》に向けて手を合わせている。

「ご信心ですか？」

お信には意外だった。

「流行風邪《はやりかぜ》の魔神はこの冷たい川の中に潜《ひそ》んでいるような気がしまして」

白石は情味《じょうみ》のある目をしてふっと微笑んだ。

「わたしは源 為朝《みなもとのためとも》には似ても似つかないただの非力な医者ですが、できれば流行風邪が〝お駒《こま》風〟や〝お七《しち》風〟などの姿で出てきてほしくないものですから。〝はやり風十七屋《じゅうしちや》からひきはじめ〟というのも勘弁《かんべん》してもらいたいです」

流行風邪は風疾《ふうしつ》、風疫《ふうえき》、時季感冒《かんぼう》とも言い、夏の低気温が禍《わざわい》しての深刻な不作、飢餓《きが》と関わって、冬場に体力が低下している人々を直撃し蔓延、多くの死者を出していた。〝お駒風〟や〝お七風〟とは世間を騒がせた妖婦《ようふ》にちなんだ流行風邪の名称で、川柳《せんりゅう》にある十七屋というのは日本橋の飛脚《ひきやく》問屋であった。たとえ江戸の夏がそれほど低気温でなくても、遠方の流行風邪蔓延地へも便りや荷を運ぶ飛脚たちによって、感染は身近で増大していくのが常であった。

ちなみに源為朝が流された伊豆大島《いずおおしま》では、感染が起きなかったので、いつしか為朝が誰もが手を焼く暴れ者であったことにもちなんで、強力な流行風邪除《よ》けになっていた。

佐内町で診療をしていた頃も大流行があった。その時、

「この疫病はまず長崎に上陸し、続いて長州《ちょうしゅう》を経て上方、東海道《とうかいどう》から江戸、関東に到り奥羽《おうう》へと東進している。山を越えて、襲ってくるのだ。だとすれば誰もこの病の治し方などわかるはずもない。こればかりは運を天に任せるしかない。とはいえ、肺の臓がやられて息が止まってしまわぬよう、熱を下げる等の対処の治療は必要だ」

善周が言って、お信と共に昼夜を分かたず二人を頼ってくる患者の治療に専念した。

そして、あの夜、

「わたしがあなたに惹《ひ》かれたのは、あなたがトリカブトのような女《ひと》だからだ。トリカブトの花はあれほど美しいが、実はトリカブトは全草、花までも毒がある。しか

し、根茎《こんけい》の猛毒は漢方薬の附子《ぶし》となって、匙《さじ》加減で止まりかけた息を吹き返させたり、強力な痛み止めにもなる。何とも頼もしい。わたしは最期まであなたにトリカブトを見ていたい」

善周がお信に告白し、お信は善周を受け入れた。

しかし、今、お信は、善周はもういないのに生きている自分をまだ認めることができずにいた。

——お傍に行けないのはわたしがトリカブトだからですか？　ならばわたしはトリカブトなんぞになりたくありません——

善周を思い出す時、お信はその想いを黄泉《よみ》の相手にぶつけてみるのだが応えは無かった。

「どうかされましたか？」

お信は冷たい川面に善周の面影《おもかげ》を追おうとして、心ここにあらずだった。

「いいえ」

お信は白石の方へ向き直った。この時白石の観察眼に同居している、気持ちの細やかさを感じた。

「わたしも白石先生に倣《なら》って、流行風邪の魔神を脅《おど》しつけていました。〝女為朝ここにあり〟と威張《いば》ってやりました」

お信は明るく応え、共に笑った。

この朝、向島の寮には留吉しかいなかった。白石が挨拶《あいさつ》をすると、

「あらまあ、男前。お信先生、隅に置けませんね」

留吉は笑顔を向けたが、

「一昨日《おととい》、訊き損《そこ》ねたことがありました」

お信が用向きを伝えると、

「今日は銀蔵がおりませんので」

その顔からすっと笑みが消えた。

そこで白石が訊きたいことの要点を話すと、

「おっしゃりたいことは梅毒をばらまいているのは権三のほかにもいて、悪さを続けてるってことなんですね。それでどうしても突き止めたいと。たしかにあの手の酷いことがあちこちで起きているのはたまらない。手掛かりになるかどうかはわからないけど——ちょっとお待ちください」

立ち上がって船簞笥《ふなだんす》を開けた。

「あたしも銀蔵もお話ししたことは、実は辛すぎるので思い出さないようにしていたんです。それでも、どうしても気になったことがあったので、あたしはここに半

ば封印《ふういん》するつもりでしまっておいたんです。権三のところにあったおかしな、いいえ嫌すぎる文です」

留吉は折り畳んだ文をお信に渡した。お信は白石と読んだ。以下のようにあった。

おまえの腫れはまだあるはずだぞ。だるくはないか、熱だって出ているだろう？　だがこれはまだ序《じょ》の口《くち》だ。これがもっともっと続く。おまえの身体が腐り果てて死ぬまでの苦しみははかりしれない。

どうしてこんなになったのか？　女だろう？　女だ、女だ、女だ。女は大年増《おおどしま》も年増も年端《としは》も行かない小娘も皆悪鬼《あっき》だ。男に悪い病を伝染そうと虎視眈々《こしたんたん》と狙《ねら》っている。哀《あわ》れにもおまえは悪鬼に憑りつかれてしまったんだ。

悪鬼の呪《のろ》いを解《と》くやり方はただ一つ。やられたらやり返す。憎き女をやれ、やれ、やれ。身近な一見清く見える女がいたらそいつほどあくどい。菩薩《ぼさつ》の顔の下に鬼面が隠れている。やれ、やれ、やれ。やらねばならぬ。さあ、生娘狩《きむすめが》りだ。生娘だけがおまえの身体の呪いを解く。

「酷い文――」

思わずお信は口走り、留吉も含めて三人は嫌悪感のあまりしばし押し黙った。

13

「おまえという呼びかけは形だけのもので、もしや、これが権三さんが書いたものだということはないでしょうね」

白石が念を押した。文は悪態尽《あくたいづ》くしの中身とは裏腹にかなりの達筆《たっぴつ》であった。

「あり得ません」

留吉は大きく頷いて、

「権三はそれほど読み書きが達者なわけではなくて。だから気になって、銀蔵に権三の持ち物は残らず燃やせと言われましたがこうして捨てずにいたんです。権三は質《たち》の悪い病に罹っていたことは知っていましたけれども、それほど気に病んでいる風はなかったです。権三は結構役に立っていましたから、城田屋で大きな顔をしていました。権三に銀蔵を裏切るあんなことをさせたのは、この文による煽《あお》りだったのではと思ったんです。あの病に罹った者の行く末を怪談のように仕立てて、これでもかこれでもかと恐れさせています。権三は威張り散らしていましたが、気の小さなところもあったから、この文に嵌《は》められたのかもしれない」

ずっと思い続けてきたことを初めて口にすると、

「ああ」

肩で息をしてへたへたとその場に倒れ込みかけた。慌ててお信が支えると、

「この文のことはどうしても銀蔵には言えませんでした。だってあたしたちは
――。でも、やはり、このままではお加代ちゃんへの真の供養《くよう》にはならないという
気持ちに苛《さいな》まれていました。これでやっと後ろめたさ無しに手を合わせられます。

どうか、この文の主《ぬし》、真の悪党を突き止めてください、お願いです」

掠《かす》れ声を精一杯張った。

この後二人は再び舟に乗った。

「留吉さんの心の負担は無くしてあげられましたが――」

お信の呟《つぶや》きに、

「振り出しに戻った感はありますね」

白石が続けた。

「不治の病の人を懐柔《かいじゅう》して意のままに動かし、悪の手先にするという恐ろしい文
の書き手をどうやったら見つけられるのか、皆目《かいもく》見当もつきません」

お信はふうとため息をついて、

「田巻様が調べ当ててくださることを祈るばかりです」

「それは頼もしい助《すけ》っ人《と》だ」

白石は屈託《くつたく》なく喜び、

「是非ともわたしもその調べの成果を聞きたいものです。よろしいでしょうか？」

「ええ、もちろん」

お信は頷いたものの、白石の同席を田巻が喜ぶとはとても思えなかった。この先、どうなることかと案じつつ、お信は白石と共に充信堂に戻ってきた。

翌々日の夕方、田巻からの文が届いた。


北町奉行所の片隅に主と言われている、年老いた役人がいる。まずはこの者に幻《まぼろし》と言われている時季の高級魚クエと新酒を持参した。頼んで、お奉行の命によってしか見ることのできない不問にされた件や永尋《ながたず》ねという名の下手人《げしゅにん》不明の件が書かれている綴《つづり》を見ることがやっと叶った。また、市中医療見廻り総覧《そうらん》も見ることができた。

市中医療見廻り総覧には市中の医家にかかった患者とその病名が記されている。それによると五年前と比べて梅毒の夫婦罹患《めおとりかん》は増えている。一方、不問にされた件では、五年前にあったいわゆる〝狐に化かされた娘〟が梅毒を病んで、行かず後家《ごけ》になる数は減っている。もっとももこうしたことは書庫に積まれている調べ書からは読み取れない。〝梅毒患者の数は変わらない〟と記されているだけだ。
なお、この五年間、遊女たちから梅毒患者が出てその数がかなり増えている。吉原遊郭《よしわらゆうかく》の大黒屋《だいこくや》、花田屋《はなだや》、扇屋《おうぎや》の三店のような一流処からでさえも一人、二人ではなく増え続けている。羅生門河岸《らしょうもんがし》の店からはそこらの岡場所との差はない。夜鷹《よたか》や舟まんじゅう等の間でも流行っているという。吉原の遊女には梅毒等の検査は必須《ひっす》とされているゆえ、もちろんこれらの事実も固く秘されている。

それとこれは私見だが、遊女の患者が増えているとはいえ、そもそも遊里は梅毒の温床なので、こうした状況がとりわけ、五年前と変わっているとは思えない。

城田屋では我ながら情けなく面目《めんぼく》なかった。これで面目躍如《めんもくやくじょ》とまではいかぬだろうが、お役に立てれば幸いです。

田巻高之進《こうのしん》

充信堂　お信先生

田巻からの文を読んだ白石が、
「夫婦罹患が増えて、娘の罹患が減り、遊女たちの患者が増えている。この三点が肝《きも》ですね」
要所を明確な言葉にした。

「遊里がある以上、遊女たちの罹患は昔も今も当然だという田巻様のお考えとは異なるのですね」

お信の指摘に、

「残念ですが、遊女の罹患はいたし方ないとしても、大黒屋のような一流処の客たちは、自身の身の安全も心得ていますので、馴染《なじ》みの遊女がいるはずなんです」

「これは梅毒をばらまいている者の仕業だと？」

「おそらく」

「ということは、その者は一流処だけではなく、あちこちの遊里で伝染しまくっていると？」

「普通なら敬遠する場所や相手でも当人がすでに罹っているのなら、これはもう怖いもの無しです。それに、その者は高級店へ上がれる金がある者――。それは間違いありません。本来なら男も好みがありますから、敵娼《あいかた》を選びますが、目的が性欲を満たすことだけではないのなら、誰でもいいわけです。岡場所は品川《しながわ》、内藤新宿《ないとうしんじゅく》、千住《せんじゅ》、板橋《いたばし》の四宿《ししゅく》のほかにも、鮫《さめ》が橋《はし》、根津《ねづ》、櫓下《やぐらした》、数えたらきりがありません。それに夜鷹なんかを加えたら――」

頭を抱えた白石に、

「梅毒をばらまいている者の目的はとにもかくにも運悪く梅毒を伝染された腹いせ

に数多くの人たちに伝染することでしょう？　だとしたらてっとり早く伝染そうとするのでは？　仕事もしないで、ぶらぶらしていても食べていけるのであれば、気楽に遊べる岡場所がなにかと便利なのでは？」

お信は思うところを告げた。

14

この後すぐのことであった。

「和泉屋から急ぎお迎えにまいりました。駕籠《かご》を待たせてあります」

戸口に和泉屋の手代《てだい》が立った。

「若旦那様が急に血を吐かれて、このままでは死んでしまわれます」

何でそんなことが？　という言葉を呑み込んで、お信が身仕舞を急いでいると、

「わたしも行きましょう。お信先生は駕籠で。わたしは走って追いかけます」

白石がお信に告げた。

和泉屋の主はお信を見ると、

「倅が毒を飲んだのです。腹が焼けるように痛い、痛いと苦しんでいます」

悲痛な声で訴えた。

部屋では着物の絵柄が描かれた紙が何枚も壁に留められていて、内儀は息子の頭を膝に載せて座っていた。内儀の手が息子の口に呑み込まれているように見える。

内儀はお信の訪れに気がつくと、

「息子は幼い頃から引きつけを起こしやすかったので、舌を嚙み切ってしまわないように、また毒を吐かせるのにも木匙《きさじ》を使わなければ――。ああ、でも届かない」

内儀は震える声で告げた。

一方、息子はまだ生きている証にひぃーっ、ひゅーっという音が喉から出ていた。

「引きつけは起こしていません」

お信は母親の手と木匙を息子の口から抜き、代わりに喉に届く鉄製の細長い吐息棒を差し入れた。喉は腫れて狭《せば》まってはいるものの完全に塞がってはいない。ただし、ひぃーっ、ひゅーっの音は次第に弱まっている。息子に毒を吐き出す力はもはや無いように見えた。

「白石宗祐、お信先生の助手です」

声と共に白石が部屋に入ってきた。白石はぐるりと部屋を見廻すと、自身の薬籠から医療専用の漏斗《じょうご》を取り出し、息子の口に当てがった。

「中身は菜種油《なたねあぶら》です。マメハンミョウの毒は、これで喉の腫れが引いて治まるはずです」

「さあ、飲んで」

漏斗の細長い口から菜種油が息子の口を経て喉へ胃の腑《ふ》、腸へと流れていく。漏斗が空《から》になると白石はまた満たした。呼吸が楽になって腹部の焼け付く痛みが治まると息子は眠りに落ちた。寝顔には涙の筋ができていた。

「これでもう安心です」

白石の言葉に、

「ありがとうございました」

主夫婦は二人の前に頭を垂れた。

「ここはわたしどもがしばらく診ております。少しお休みください」

白石の言葉に従って主夫婦がいなくなったところで、

「すぐにマメハンミョウの毒だとよくわかりましたね」

お信は声を低めた。

「壁にある絵にさまざまなハンミョウが描かれていましたから。このうち毒があるのはマメハンミョウとツチハンミョウです。若旦那はハンミョウで絵柄を起こしていて、毒のあるものに行き着いたのでしょう。ですが、気になるのはそれではなくて――」

立ち上がった白石は部屋の中を調べ始めた。お信も気がかりは白石と同じだった。

「これでしょう」

見つけたのはお信だった。留吉が持っていた文と全く同じ文面と手跡《しゅせき》のものが、本と本の間に挟まれていた。

「若旦那もこの病を得てしまったがゆえに操られて――」

お信が呟いた時、若旦那の下腹部を診ていた白石は、

「これに一生囚《とら》われてしまうのですから、絶望のほどははかりしれません」

常にない暗い目になった。

やがて目覚めた若旦那は、

「友達に誘われて行った一度のことで罹りました。両親《ふたおや》には内緒で医者に通いました。治る、治ると医者は言いましたが、一向に治りません。半年ほど過ぎた頃、あの文が来て、久々に気持ちが弾みました。怒りをぶつけて解消する法がわかったからです。けれども、近頃は自分の嫁取り話もあって、罪のない女たちを犠牲にしていることに思い当たり死を考えるようになりました」

憑《つ》き物《もの》でも落ちたかのように、お信と白石に赤裸々《せきらら》に話した。

この話を二人から聞いた和泉屋夫婦は、意外にも穏《おだ》やかで冷静だった。

「倅には生きていてほしい、ただそれだけです」

「正しい養生を息子にご指南ください」

両親のこの想いを若旦那に話したのは白石だった。

「全身がきらきらと青緑色に光り、胸と前翅《まえばね》の中ほどに赤い横帯が入る上に、熟《う》れた葡萄《ぶどう》のような芳香《ほうこう》も持ち合わせているのが美しいただのハンミョウ。いぼ取り、膿出し等の薬にその毒が使われるマメハンミョウやツチハンミョウ等は美しさとは無縁です。もし美しいただのハンミョウに毒があったら、一層美しさに磨きがかかるはず。何回お断りしてもご両親が薬礼は幾らでもとおっしゃるので、ハンミョウを描いた着物をお願いしました。もちろんお信先生、あなたに着ていただくためですが、これでご両親と気持ちを通い合わせた若旦那は、邪《よこしま》な文だけではなく縁組にも惑《まど》わされずに生きられます。名案でしょう？」

珍しくお道化《どけ》て片目を瞑《つむ》ってみせた。

何日かして、お信は気になっていた者たちを訪れた。

自身も梅毒に冒され、そのせいで家族も失った手習いの師匠は自死しようとしてお信に救われた時、恨みの言葉を連ねた。

「菊池《きくち》伊織《いおり》様はおられますか？」

お信が長屋のかみさんたちにこわごわ尋ねると、

「菊池さんなら、雀《すずめ》の涙ほどの銭《ぜに》で手習いを教えてるよ。死んだ気になって生きるっていうのが、あの人の本気だそうだ」

うれしい近況を知ることができた。

もう一人は梅毒を患っている身で身籠った元遊女である。お菰の頭《かしら》は、

「流行風邪で去年死んだよ。子ども？　大助《だいすけ》なら皆で育ててる。元気だよ。生まれつき弱かった目がいよいよ駄目になったけど、目が駄目な分、匂いについちゃ、間違いが一つもない。おかげで腐りものをうっかり食べて死んじまう者がいなくなった。大助はあたしたちの光さ」

大きく胸を反《そ》らしてみせた。

その大助は並外れて小柄ながら、お菰の子どもたちの先頭に立って、皆が集めてきた残飯の仕分けに精を出していた。

――どのような生も等しく輝いてほしい。あなたはまだまだ輝き続けてください
――

お信は聞こえずにいた善周の励ましの声を聞いたような気がした。

第五話　草《そう》木《もく》様《さま》畏《い》敬《けい》の令

1

昨年ほどではなかったが年が明けるとまた、西国《さいごく》から押し寄せてくる流行風邪《はやりかぜ》が江戸市中に蔓延《まんえん》し始めた。またかとうんざりする一方、昨年に続けてのことなのでこれに関《かか》わる医療方や奉行所《ぶぎょうしょ》はそうは慌《あわ》てず、特にこれといった対策は取らなかった。実は幕府は深刻な財政難に陥《おちい》っていたのである。

その結果、やはり病《やまい》と貧困に苦しむ人たちが真っ先に罹《かか》って死んだ。

充信堂《じゅうしんどう》を頼ってくる人は後を絶たない。

「まだ、やり続けるのですか？」

田巻《たまき》は呆《あき》れたが、お信《のぶ》は増やした看板を下ろそうとはしなかった。

「弱った病人の心につけ込んだ、忌《い》まゝ忌《い》ましい文《ふみ》二通は読んでいただいたはずです。あの時、話したように梅毒《ばいどく》のばらまきには黒幕《くろまく》がいました。けれど正体は知れず、未《いま》だ捕《つか》まってはいません。田巻様がお縄《なわ》になさる時まで続けたいと思っています」

当のお信はさらりと応《こた》えた。

加えた看板は当初の目的以外の効果ももたらしていた。いつしかさまざまな苦しみを抱《かか》えた女たちが訪れるようになっている。

最も心痛むのは遊んできた夫から梅毒を伝染《うつ》され、身籠《みご》った女たちだった。こうした悲運な妻たちは早産、死産で我が子を失った後、ひっそりと自死を選ぶことが多く一切表沙汰《おもてざた》にされなかった。そんなある日、臨月《りんげつ》の身で充信堂を訪れた女がいた。身形《みなり》こそ整っていたが、妊婦とは思えないほど痩《や》せ衰《おとろ》えた姿で窮状《きゅうじょう》を訴《うった》えた。

「このままお産をしたら、病に罹っていることが嫁《とつ》ぎ先に知れてしまいます。おそらく赤子《あかご》は人並みでは生まれないでしょう。立ち会う医者は直《ただ》ちにこの子の命を絶つはずです。けれども十月十日《とつきとおか》、わたしのお腹《なか》の中で育ってくれた可愛《かわい》い我が子なのです。そして、わたしは不貞《ふてい》と決めつけられ、暗に自死を勧められてしまいます。姑《しゅうとめ》は決して自分の息子が病を伝染した結果だとは認めません。実家《さと》に戻れないのは、実母もまた兄嫁の身にわたしと同じことが起きたら、同様のことをするとわかっているからです」

「酷《ひど》すぎる」

お信は絶句《ぜっく》した。

お信はこの妊婦を充信堂で引き取り、出産に立ち会ったが、赤子を救うことはできなかった。

「何とも残念でした」

一緒に見守った白石《しらいし》も、これ以上はないと思われるほどの悲嘆《ひたん》ぶりであった。

死産だとわかると女は一時《いっとき》食べず、眠れず、語らずの虚《うつ》ろな状態に陥ったが、城田屋《しろたや》の主《あるじ》銀蔵《ぎんぞう》と留吉《とめきち》の厚意《こうい》で立ち直った。

「早く真の下手人《げしゅにん》を見つけて、今度こそお加代《かよ》の仇《かたき》をとってくれや」

過食で死にかけて以来、銀蔵はたびたび充信堂を訪れるようになっていて、臨月の妊婦の窮状を目の当《ま》たりにすると、

「そいつは俺《おれ》に任せてくれ。一肌脱《ひとはだ》がしてもらう」

ぽんと分厚《ぶあつ》い自分の胸を叩《たた》くと、ほどなく留吉が百両もの金子《きんす》を届けてきた。

「銀蔵はお加代ちゃんの供養《くよう》のつもりもあるんですよ」

留吉は目を瞬《しばたた》かせた。

お信がこの金で、寺というわけにはいかないが、供養所を建てる提案を、我が子を亡くした上、生涯《しょうがい》たまらない病苦に苦しむことになるその女に持ちかけ、

「どうかそこの主になって、存分にお子さんの供養をしてください。そしてこの先、同じような苦しみを抱える女たちの光になってほしいのです」

相手に正気を取り戻させた。

しばらくお信の知り合いの天照寺《てんしょうじ》で修行《しゅぎょう》しているその女は髪をおろし、幸蓮《こうれん》という名を授《さず》かり、今は高田馬場《たかだのばば》に供養所が建つのを待っている。

女たちの悩みは他にもまだある。その一つが不妊であった。〝嫁《か》して三年、子無きは去る〟という言葉がある。文字通り、嫁ぎ先で三年の間に子を生《な》さない女は離縁されても文句は言えない。梅毒に罹った嫁が婚家に自死を勧められるのは、この先、子は産めない、産んだところで多くは死産になるだろうから、いずれどこにも行き場がなくなるという産婆《さんば》や医者の読みと、この言葉に基づいている。それゆえ嫁して三年を経ても子宝《こだから》に恵まれない女たちは心穏《こころおだ》やかではない、焦《あせ》りの日々を重ねていた。

そんな不妊に悩み苦しむ女たちの間では、辛抱《しんぼう》強く話を聞いてくれる充信堂に人

気が集まり始めていた。不妊は冷えが因《もと》になっていることが多いが、これは過度の心労《しんろう》によっても慢性《まんせい》的に引き起こされる。この手の心労は、お信に吐《は》き出して受け止めてもらうことで少なからず緩和《かんわ》していった。それにつれて身体《からだ》の奥底から温まることができて、妊娠《にんしん》につながった。

　従来の不妊治療は江戸開府《かいふ》以前、中条帯刀《ちゅうじょうたてわき》という金創医《きんそうい》が中条流子孕《ちゅうじょうりゅうこばらみ》として用いた灸《きゅう》であった。お信は頼まれれば据《す》えたが、孕み薬と眠り薬だけはどんなに頼まれても決して勧めず、それでもと諦《あきら》めない患者は次からもう診《み》なかった。

　自分が始めたこととはいえ、このままでは、ますます往診《おうしん》ができなくなると悩みを洩《も》らしたお信に、

「わたしがいますよ」

　白石が助《すけ》っ人《と》を買って出た。それまでも、お信が往診に行けるように、充信堂を訪ねてくる患者を白石が診ることはあった。そのうちに、腕がいいとの評判がたち、往診を乞《こ》われるようになったが、白石は断ることの方が多かった。

「だって、医者が診なくても治ってしまう患者から銭《ぜに》など取れませんから」

　結果、瀕死《ひんし》で運び込まれる患者だけを病状の別なく診るようになっていた。患者がいない時は愛犬のきなこやくろまめと戯《たわむ》れていた。

「それではお願いします」

お信の場合、何を置いても駆《か》け付けなければならないお産の往診は欠かせなかった。

こうして白石は女の患者を診ることになった。今までも女の患者を診てこなかったわけではない。ただし相手はたいていが重症の病人であった。こうした違いをお信は当初、少々案じはしたが、来る日も来る日も訪れる概《おおむ》ね元気な女の患者たちに圧倒され、自身も往診が立て続き、いつしか白石のことを考えなくなった。

「凄《すご》い人気ですな。まるで芝居《しばい》小屋のようです」

厠《かわや》を遣《つか》うために立ち寄った田巻が、白石の様子を窺《うかが》ってため息をついた。

「大丈夫ですか？　訪れている女の患者たちのうちの一人は、三人の子の母親で札《ふだ》差《さし》のお内儀《ないぎ》です。身形も顔色《かおいろ》もあれほどいいというのに、いったい何の病なのでしょう？」

真剣に案じてもくれた。

そんな田巻の心配が的中した。

2

充信堂を訪れるようになった女たちの中には、不妊の悩みのほかに中絶を望む者たちもいた。その手の頼みは白石ではなく、お信が話を聞くことになった。

「なさってくれるのでしょう？」

女たちは探《さぐ》るようにお信を見つめる。

「だって女医者なんだもの」

「大奥《おおおく》に呼ばれたこともあると聞いたよ」

回りくどく指摘する者もいた。

自分の子を捨てれば、罪を問われるし、子堕《こお》ろしの禁令も何回も幕府から出されていた。特に、農村においては間引《まび》きによって民が減れば、経済の基盤の多くを占める米の収穫量、年貢《ねんぐ》に影響が出ると考えていたからである。しかし、武家、商家がほとんどの江戸市中においての現実は異なる。

「あっちの頼みはこちらはさっぱりですが、あなたのところには多いのではありませんか？　〝罪なこと中条蔵をまた一つ〟と言いますから」

婚家での子無きは如何《いか》に辛《つら》いかという話を日々聞かされている白石が、川柳《せんりゅう》を引いてお信を案じてくれた。

「世間は〝女医者とんだ所へ叱加減《しかりかげん》〟〝院殿《いんでん》もてんねき見える女医者〟〝お局《つぼね》の名に近い子おろし〟〝お局の女医者とはすまぬこと〟女医者といえば中条流というのは困りものです」

お信も川柳を引き合いに出して苦笑した。

もともと中条流子孕は子孕み灸であり、中条流は産術の一流派であった。ところが泰平《たいへい》の世が続く間に、堕胎《だたい》専門の女医者の別名となってしまっていた。

中条流では水銀と米粉を練《ね》り合わせた中条丸を体内に入れて、強引に流産、死産をさせる。健康を害してしまう恐れがあり、二度と妊娠できなくなる者もいた。にもかかわらず中条丸は高額で取引され、大奥の女たちが使用していることが城外に伝わってきていた。

幕府は出生率の低下よりもこうした享楽《きょうらく》的な風潮《ふうちょう》を憂《うれ》え、天保《てんぽう》改革時（一八四一〜四三年）に、中条流の女医者を取り締まる法を定めた。だがその効果はなく、巧《たく》みに公儀《こうぎ》の詮議《せんぎ》の目を逃《のが》れ、中条丸と中条流は繁昌《はんじょう》を極《きわ》めていた。〝罪なこと中条蔵をまた一つ〟は真実だったのである。

「困ったことがあったら一人で背負い込まず、わたしに打ち明けてください」

白石の申し出に、

「ありがとうございます」

お信は礼を述べた。

実は、母親に付添われて訪れた、十三歳になる娘のことをお信は考えあぐねていた。娘は押し黙ったまま、一言も口をきかなかったが、母親の話では、娘自身も知らないうちに身籠ってしまったというのである。梅花《ばいか》長屋に住む母親は料理屋の仲《なか》居《い》をしている。父親はどうしようもない飲んだくれで、ある夜、泥酔《でいすい》して川に落ちて死んだ。今の亭主《ていしゅ》は酒はそれほど飲まないものの、生来怠《なま》け者なのだろう、母子と一緒に暮らすようになると板前《いたまえ》の仕事を辞めてしまった。煙草《たばこ》をくゆらせながら、草紙《そうし》を買い込んで〝そのうち天下一の戯作者《げさくしゃ》になるんだ〟と言いつつも、一向に書き始める様子はなく、終日、ごろごろとしていることが多かった。

「そんな男《ひと》を養《やしな》っているのは嫌ではありませんか？」

お信が訊《き》くと、

「時に虫の居所が悪くて殴《なぐ》られたりすると、この野郎っと思うことはあります。けど、しばらくすると〝俺が悪かった、すまねえ〟って頭を下げた上、子どももみたいに泣くんで、ほっとけない気持ちにさせられるんです。うちは子どもが二人いるようなもんなんですよ」

相手は意外にも頓着《とんちゃく》していなかった。

この母親は娘が身籠っていることについて、

「ちょっと先生」

廊下《ろうか》にお信を連れ出すと、

「お腹の中の出来物は狐《きつね》の悪戯《いたずら》だってことにしてるんです。だから偉くて優しい先生に診てもらって取ってもらおうねって。そしたら何もかも元通りになるから、心配することとなんて全然ないって。大丈夫だよ、って言い聞かせてあるんです。どうかよろしくお願いします」

やはりあまり深くは考えていない明るい物言いで頼んできた。

母親とお信が声を潜《ひそ》めて話している間、娘は身じろぎ一つせずに襖《ふすま》の向こうに座っていた。

「一度、娘さんとだけ話させてください」

「そんなの――」

必要ないという言葉を呑《の》み込んで母親は、

「稼《かせ》ぎもしない子どもの言うことなんて――」

婉曲《えんきょく》に不承知の意を示したが、

「子どもにだって言い分はありますよ」

お信はよほど、怠惰《たいだ》に暮らしている男が稼ぐべきではないかと言いたかったが、かろうじて口から出さなかった。暮らしている男に寛容《かんよう》すぎるこの母親は、子どもよりも男が大事、まだまだ女なのだから――。

「それに、稼ぎがまだできないから子どもなんです」

お信は言い切って部屋に戻ると、ぴしゃりと襖を閉めて、その娘と向かい合った。

「おっかさん好き？」

娘はうんと頷《うなず》いた。

「そうよね、あなたを産んで育ててくれたんだものね。それじゃ、今のおとっつぁんは好き？」

にわかに娘の目は怯《おび》えて、しばらく宙を泳いだ後に頷いた。

「おっかさんが決めたおとっつぁんだものね」

娘は頷いてすぐ、顔を伏せた。

「それじゃ、話、変えるね。好きなことある？」

「算盤《そろばん》」

初めて娘は言葉を発した。

「算盤、得意なのね」

「手習《てなら》いはもう上がったんだけど、先生に頼まれて教えてる。あたし絶対間違えないから。お小遣い、貰《もら》ってる」

その娘の鼻が僅《わず》かに上を向いた。

「凄いじゃないっ」

「ん、もっともっと算盤の計算、速くなりたい。市中の算盤競《くら》べで一番を取りたい」

娘は力《りき》んだ物言いで、

「今度算盤持ってきて、やってみせてくれる?」

お信の頼みに、

「うん」

目を輝かせた。

この後、母親と帰っていく時は、元の死んだ魚のような目になっていたが――。

お信はこの娘についてどうしたものかと悩み続けてきた。どうすることが娘にとって幸せなのか、娘の年齢《とし》を考えると出産に身体が耐えられるかどうかと――。産ませるべきか、それとも――。思い余ったお信は白石に相談することに決めた。

3

この日の午後、珍しく患者が途切れた白石にお信が声を掛けると、

「ああ、お信先生。一ついかがです?」

白石は、犬のきなこやくろまめと分けて食べていた焼きするめをお信に手渡した。

「これで昼酒でも飲めれば最高なんですが、素面《しらふ》でないと患者は診れませんからね」

お信は白石のために番茶《ばんちゃ》を淹《い》れ、件《くだん》の娘のことを話した。

「娘のお腹の子は、新しい父親以外考えられません」

お信は言い切った。

「しかし、その子を腹の中にできた腫《は》れ物などと言ってのける母親の傍《そば》で産むのは危険ですね。暮らし向きのことだけではなく嫉妬《しっと》も手伝って、膝《ひざ》や布団《ふとん》、濡《ぬ》らした紙での窒息《ちっそく》、石臼《いしうす》での圧殺、産声《うぶごえ》を上げる前に間引いてしまいかねない」

白石も憤《いきどお》っている。

「産むことができないとなると――」

言いかけてお信は言葉に詰まった。

堕胎の方法は中条丸以外にも、腹を強く揉《も》む、揉み堕ろしや、ほおずきの根を差し入れて流産を促《うなが》す、搔爬《そうは》等があった。だがどれも胎児だけではなく母体まで危険に晒《さら》される。

「持病や大怪我《おおけが》等の理由でせざるを得ない場合は母体を救うために、堕胎は認められるべきだと思っています。それに、堕胎の禁令があると、その施術《せじゅつ》はこの世にあってはならないものとなり、母体の命を守りながらの正しい施術をこなす者は少ないままです。危ない薬や施術が横行《おうこう》するばかりです。これぞ御政道《ごせいどう》の大きな歪《ひず》み以外の何ものでもないとわたしは思います。酷いっ」

白石が大きく声を張った時、

「大変だ、大変」

ごろつき風の若い大男が大声を上げて戸口に立った。後ろには小柄《こがら》で気弱そうな同年配の男が控えている。

「こいつのかかあのお純《すみ》がさ、死にかけてるんだよ。息は何とかしてるんだが起きられねえ。ここへ来りゃあ、どんな病の相談でも乗ってくれる、治してくれるってえ、話を聞いてよお。助けてくれよ。こいつのかかあに何かあったら、この勘太《かんた》様が容赦《ようしゃ》しねえからな」

大男が凄んでぎょろりと大きな目を剝《む》いた時、お純を乗せた大八車《だいはちぐるま》が轍《わだち》の転がる音を響《ひび》かせながらお信たちの目の前に迫った。

大八車の上に横たわっているお純は年齢《とし》の頃は二十代の半ばなのだろうが、死人のような白く青い顔をしている。かろうじて脈は触れるが意識はない。このまま脈が途絶《とだ》えてもおかしくなかった。

お信は大男と気弱そうな男、大八車をひいてきた男にお純を診察台まで運ばせた。お純を診察台に横たえさせると、

「見守るのはご亭主の方がふさわしいでしょう。ところで名は？」

小柄で気弱そうな男を見遣《みや》ると、

「優吉《ゆうきち》」

蚊《か》の鳴くような声で応えた。

お信がお純の着物を寛《くつろ》がせると、腹部が露《あら》わになった。

「これはいったい――」

手足は細いのに、腹部だけが腫れてぱんぱんに膨《ふく》れている。乳房《ちぶさ》は腹部ほどではないが張りがある。

「出産直前のはずですが」

すでに腰巻《こしまき》は血まみれであった。

お信は指を這《は》わせて産道《さんどう》の様子を探ろうとした。しかし胎児のどんな部分にも触れることができない。代わりに鮮血がどっと溢《あふ》れ出た。

「代わりましょう」

すでに白石は小さな毬《まり》のような物が付いた麻酔《ますい》器具を用意していた。お純の寝息は卒中《そっちゅう》の時のような鼾《いびき》に変わっている。半開きになっているその口に器具に付いている管《くだ》を入れて、毬のような物を押すと、ほどなく鼾が止まった。

「子宮《しきゅう》破裂が疑われます。何度も堕胎を繰り返して子宮を傷つけているうちに、傷が瘢痕《はんこん》組織に変わります。結果、子宮の本来の力が弱まり、子宮全体が薄く脆《もろ》くなって、収縮して胎児を生み出す前に弾《はじ》けてしまうことがあるのです」

診断を告げた白石は躊躇《ためら》いなく腹部にメスを当てた。その瞬間、白石と天井《てんじょう》へ向けて血しぶきが上がり、胎児が飛び出てきた。男児だった。ぐったりしていて、すでに息はしていないように見える。お信は盥《たらい》の湯で付いている血を清めると、両足を摑《つか》んで逆さにした。そのとたん、おぎゃーっと泣き声を上げた。急いで晒《さらし》に包んで布団に寝かせた。

「何としても母親も助けたい」

白石の顔全体が血まみれになっている。素早《すばや》く白石は手拭《てぬぐい》で拭い、

「手伝いをお願いします」

お信を見た。

お信は白石が切り開いた箇所に両手を沈めた。産道からではなく、こうして直《じか》に子宮を触るのは初めてであった。

「破れている所を見つけてください」

白石の言葉が降ってきた。

「あなたの指ならわかるはずだ」

お信は応える代わりに慎重に指を動かした。そのたびにどくどくと血が噴き出

す。すでにお信の上半身は桶《おけ》で血を被《かぶ》ったかのように血まみれであった。注意しているのでかろうじて目にはかかっていない。

「ここかと——」

お信の両手の親指と人指し指が破裂した子宮の傷口を押さえると、出血の勢いがおさまった。しかし、まだ完全ではない。そこでお信は親指と人差指を動かさずに中指、薬指、小指と全《すべ》ての指を駆使《くし》して、子宮全体をすっぽりと包んだ。これで概ね出血が止まった。

「裂け目を縫《ぬ》います」

白石は縫合《ほうごう》に入った。

まずは水で術野《じゅつや》を充分に流し清めてから、お信が両手で包んでいる子宮に白石が縫合針を遣っていく。白石の針が子宮を縫い進み、それを包んでいるお信の指先に刺さると、お信はそろそろと指を裂け目から離す。小指から中指へ、ちくりちくりと続くお信の指の痛みと共に縫合が進む。

「あと一針です」

——早いこと——

これで沁《し》み出ていた僅かな血も完全に止まり、お信は針の切っ先に刺される痛みから解放された。

最後は開いた腹部の縫合であった。あっという間に縫い合わされたが、しごく綺《き》麗《れい》な縫い目である。

――正確で細心にして大胆《だいたん》、何という手際《てぎわ》の良さだろう――

お純はぴくりとも動いていないものの、やがてその寝息は安らかなものに変わっていった。

「どうなることかと思いました」

「よかった――」

二人はにっこりと微笑《ほほえ》み、頷き合った。

「これぞ医者の至福《しふく》だ」

興奮気味に白石は常になく喜び、

「本当に」

お信も気持ちの高まりを覚えた。

4

母子ともに元気だと伝えようとしてお信が後ろを振り返ると、

「あらっ？」

ずっと見守っていたはずの優吉の姿がない。縁先で案じていた勘太もいない。

「赤ちゃんが元気に生まれた時は、二人とも居たはずなのに」

お信が首を傾《かし》げると、

「そのうち赤子の顔が見たくて戻ってきますよ」

白石は応えたが、五日が過ぎても二人は顔を見せず、恢復《かいふく》したお純は食が増してふんだんに出る乳を赤子に含ませてはいるものの、何を訊いても、

「そうですか」

「さあ」

「わからないんです」

曖昧《あいまい》な言葉しか口に出さなかった。

二十日《はつか》も経《た》つと母子はしごく元気で、生死を分けるあのような症状に見舞われたことなど嘘《うそ》のようだった。

そんなある朝、勝太《しょうた》と名付けた赤子とお純が充信堂からいなくなった。

「乳《ち》飲《の》み子を抱えて、まだ働ける身体ではないのに」

お信が案じると、

「亭主が迎えに来たのでは？」

「それなら――」

礼を言ってほしいわけではないが、一言挨拶《あいさつ》ぐらいあっても良さそうに思える。

「優吉さんは内気の虫みたいな男《ひと》でしたからね。親子三人が寄り添えて幸せならそれでいいではないですか?」

白石は全く意に介していなかった。

この後、二人を驚愕《きょうがく》させる展開は田巻の訪れで始まった。

「今日は厠《かわや》借りではありません」

仏頂面《ぶっちょうづら》で火鉢《ひばち》の傍に座り、両手をかざしていた田巻は、

「これをご覧なさい」

瓦版《かわらばん》をお信に差し出した。

「俺が危惧《きぐ》した通りになりました」

お信は受け取った瓦版に目を落とした。

〝充信堂はいつから中条流になったのか〟と、題された後に以下のように続いている。

充信堂は卓越《たくえつ》した技《わざ》を持つ、お信という女医者の八面六臂《はちめんろっぴ》の活躍ぶりで知られている。僅かな薬礼《やくれい》で親切な治療が受けられるとの評判でもあり、市中にはなくてはならない治療処でもあった。

ところがこのところ、この充信堂におかしな噂が立ち始めている。密《ひそ》かに身寄りのない貧しい臨月の妊婦を引き取って、母親と生まれたばかりの子の両者から生胆《いきぎも》を抜き取って高値で売っているのだという。

大八車で運び込まれる妊婦を見た者もいる。激しく泣き叫《さけ》ぶ赤子の声も聞こえたという。共に生きながら胆を抜かれたのではないか？　母子の骸《むくろ》は充信堂の庭の桜の下に埋められているという話もある。

何ともおぞましい話だが、これは大年増《おおどしま》のお信が邪恋《じゃれん》に堕ちたゆえではないかと噂されている。

相手はお信が充信堂に引っ張り込んだ医者、白石宗祐《そうすけ》に間違いない。お信は自分より年下のこの男にすっかり、女心の胆を抜かれてしまったのだろう。この男は蘭方医《らんぼうい》崩れで、眠っている間に痛みなく治療を終えるという技が巧みだが、これは表向きにすぎず、本性は何より血を好み、浴びるほどの血の中で怪しい治療、生胆取りをしているのだという。お信はその魔力に取り込まれてしまっているのか？

それとも魔力の持ち主はお信の方で白石の方が取り込まれたのか、そこまではわからない。

とにもかくにも、くわばらくわばら、君子《くんし》危《あや》うきに近寄らず、断じて充信堂には近寄らぬ方がいい。

「ままあ」

お信は笑い出してしまった。

「瓦版もいよいよ話の種切れなのでしょうか」

「そう言って笑っていられるのも今のうちですよ。そのうち患者が来なくなるかもしれない。そうしたら女牢の医者に推《お》しますよ」

田巻は真剣に案じたが、白石は腹を抱えて笑いこけた。

「お信先生とわたしがまるで男と女というよりも草紙の中の妖怪変化《ようかいへんげ》のようで面白い。これで患者が恐れて来なくなったら、やっと休めますね。このところ不眠不休に等しかったですから」

しかし、充信堂を訪ねてくる患者は一向に減らない。怖いもの見たさの興味本位もあるのか、患者は増え続けた。

「あの瓦版の話ねえ、お芝居にしたら面白いんじゃないかしら?」

「瓦版じゃ、どうせ半分以上嘘でつまらない。こうしてお二人を目の当たりにできて最高」

などと興味津々《きようみしんしん》に話しかけてくる手合《てあ》いもいた。

それから数日後、雪に変わりそうな雨の夜だった。急なお産の知らせかと思い、お信が戸を開けると、寝巻姿の娘がずぶ濡れで縮《ちぢ》こまるように震《ふる》えながら立っていた。

「前に、おっかさんと一緒に来た、梅花長屋のきみです」

仲居の娘で身籠っている十三歳の娘だった。長屋を飛び出してきたのである。あの時とは異なったはきはきした物言いだった。

「まあ、入って」

お信は着替えさせて綿入《わたい》れを着せかけ、火鉢に火を熾《おこ》して甘酒《あまざけ》を温めた。

「外は寒かったでしょう。まずは温まって。お腹空いてない？」

こくりとおきみは頷いた。

「すぐにはこんなものしかできないけど」

お信は卵とセリで玉子雑炊《ぞうすい》を拵《こしら》えた。おきみは甘酒に続いて玉子雑炊を平らげると、

「あたし、もう長屋へは帰りたくない」

ほうじ茶を啜《すす》りながら、はっきりと言い切った。

「話したいことがあるなら話してみて。もう誰のことも気にしなくていいから」

するとおきみはわっと泣き伏した。

「話したくないのなら話さなくてもいいのよ」

「ううん、話す、話したい」

こうしておきみは、母と義父と自分の三人の暮らしについて話し始めた。義父に犯《おか》されて身籠ったこと、その事実を母が決して認めず、義父も知らん顔をしつつ、母の帰りが遅い夜は必ずもとめられて相手をさせられること、その際、〝あんなばばあと一緒にいてやるのも、おまえとこういうことができるからなのさ。ばばあが知ったら、うるさいからな、決して言うなよ、わかったな〟という半ば脅《おど》しの身勝手すぎる言葉が吐かれること——。

5

おきみは膨らみかけている自身の腹を愛《いと》おしそうに撫《な》でた。

「ここにあるの、おっかさんが言うような出来物なんかじゃないよね。あたしの子なんだ、わかるんだよ、あたしには——。この子、きっと殺さないで、殺さないでって必死なんだ。あたし、その声が聞こえる」

「そうよ、その通りよ」

知らずとお信は、おきみを力一杯抱《だ》きしめていた。

「でも、よくここへ来ようと思ったわね。瓦版のことは知っているでしょうに」

お信の言葉に、

「皆が言っていることには嘘もあるって、あたし知ってるもん。おとっつぁんなんて絶対呼ばないあのおじさんがそう。周りには仲のいい夫婦《めおと》に見せてるし、あたしのこともすごく大事にして見せてるんだから。大人の取り繕《つくろ》いって醜《みにく》い。あたしは自分の目で見たことだけを信じる。だからお信先生も白石先生も瓦版通りじゃないってこと、よーくわかってる」

辛い経験が真実を見抜かせている、おきみは大人の目で冷ややかに応えた。

「ありがとう」

お信は礼を言うほかなかった。

「何か手伝えることないですか？　あたし役に立ちたいんです。例えば算盤を使った計算とか――」

おきみは希望を口にしたが、

「おきみちゃんの算盤の腕前は見たいけど、ここでは算盤はあまり使わないの。薬礼だって、庭で作った野菜や草花、大工《だいく》さんだと雨漏《あまも》りの直しなんかで――」

お信が困っていると、物音を聞いて起き出してきた白石が、

「では、わたしの手伝いをしてもらおう。女子《おなご》の相談事のほかは怪我の治療が多いので、巻木綿《まきもめん》を巻いてくれる助手がいてくれると有り難《あがた》い」

真顔《まがお》で仕事を与えた。

「それとおきみちゃんは犬は好きかな？」

おきみの目が和《なご》んだ。

「それならきなことくろまめの相手を時々してやってほしい。犬は大昔から人に飼われていたせいで、犬同士でだけではなく人とも遊びたいようだから」

「はいっ」

おきみはうれしそうに返事をした。

おきみは充信堂に来た翌朝こそ昼五ツ（午前八時頃）過ぎに起きたが、それ以降は一番鶏が鳴く頃起き出し、米を研《と》ぎ、竈《かまど》に火を熾し、飯を炊《た》き、その間に味噌汁《みそしる》まで拵え、漬物《つけもの》を小皿に載せ、朝餉《あさげ》の用意をする。

お信と白石、おきみの三人で朝餉を摂《と》ることが、おきみはとてもうれしそうである。

昼餉はお信が往診でいないことも多く、白石が簡単に拵える。ある日、白石が玉子焼きを拵えた。少々焦《こ》げてしまったことと形が整っていないことを詫《わ》びると、

「おっかさんがね。時々、お店の残り物を持って帰ってきてくれたの。たいていは

あのおじさんが酒の肴《さかな》にしちゃうんだけど、一度だけあたしも食べたことがあるんだ。それより美味《おい》しい。先生また拵えてもらえるかな」

「次はもっと美味《うま》いのを拵えるから。とにかく栄養をつけなきゃいけないからね」

おきみが蒟蒻《こんにゃく》の炒《い》り煮を拵えたこともあった。ピリッと唐辛子《とうがらし》が効《き》いていて、

「美味しい、美味しい」

とお信と白石が褒《ほ》めると、

「でしょ。あのおじさん、これを肴にするとお酒が進んで、早くに寝ちゃうから
――」


おきみの話を聞いたお信は胸が詰まった。


一月《ひとつき》ほど経って、おきみの母親と義父が充信堂に乗り込んできた。

座敷に上がり込んだ二人は、

「おきみが帰ってこねえんで探し回って、やっと、ここへ辿《たど》り着いたぜ」

義父はじろりとお信を睨《にら》みつけた。

「まさかねえ、親切に話を聞いてくれた先生が娘を拐《かどわ》かしてたとはねえ」

母親の唇《くちびる》の紅は赤さを増している。

「親切ごかしが人買いだったとは呆れるぜ」

「でも、まあ、瓦版にもあんな風にあったしね。人は見かけによらないものさ」

「人助けの医者のふりをしながら大年増女が年下の男医者に入れあげて、患者をいいようにして貢《みつ》ぎまくってるなんざ、お信さん、あんたがいい女だけに妬《や》けるねえ」

義父は煙草で黄ばんだ歯を剝きだして、ひひひと笑った。

「あんた、ちっとばかし、いい女だからって、やにさがっててんじゃないよ、食べさせてんのはあたしじゃないか。この甲斐性《かいしょう》なし」

母親がきいきい声を上げると、

「何でえ、おきみ込みでなきゃ、おめえなんて、女たあ言えた代物《もん》じゃねえ」

義父は毒づいた。

この時、襖の向こうに隠れていたおきみが、恥ずかしくないのかと叫び出しそうになったのを白石が押さえた。

「語るに落ちるとはこのことですね」

お信は悠揚《ゆうよう》迫らぬ態度を崩していない。

「おきみさんはもう十三歳。立派に奉公《ほうこう》に出られる年齢《とし》です。親があれやこれやと行く末を云々《うんぬん》するよりも、当人の考えで物事を決められるはずです」

きっぱりと言い切った。

「そんなこと言っても、おきみはわたしがお腹を痛めた子なんだよ」

母親は言い張り、

「そうだとも。だから煮て食おうと焼いて食おうと親の好きにしていいってことさな。お腹の子ごと売ったたっていいんだ」

義父はうそぶいた。

「だったら、今わたしにおっしゃったことを出るところへ出て、おっしゃってはいかがです？」

お信の言葉に力が籠《こも》った。

「それでほんとにいいんだな」

義父の血相が変わった。

「ええ、かまいません」

「面白いじゃねえか。そうしよう」

「後で吠《ほ》え面《づら》かいても、あたしゃ知らないよ」

二人は捨て台詞《ぜりふ》を残して帰っていった。

そのとたん、白石に抱き留められていたおきみが畳《たたみ》にへたり込んで、わあわあと泣き始めた。

「お役人が来たら捕まえられる。どうせ誰も信じちゃくれないから、あたしはあの鬼たちのところへ連れ戻される。いや、いや。そんなことになるぐらいなら、死んだ方がましっ」

舌を嚙《か》み切ろうとしたおきみの口へ、白石は丸めた指をさっと差し入れて、

「そんなことをしたら、あなただけではなく、生きようとしているお腹の子まで殺すことになるんですよ」

厳しい口調で言った。

すでにおきみの口に差し入れた、白石の指からだらだらと血が流れている。気がついたおきみは慌てて口を開けた、
その夜、小麦粉と卵、黒砂糖を水で溶いて蒸籠《せいろ》で蒸し上げる、好物のふくれ菓子を堪能《たんのう》したおきみがやっと寝入った後、これからのことを二人は話し合った。

「どのみち、おきみちゃんをここへ置くのは危ない」

「それならご心配なく。この後向島《むこうじま》から迎えの駕籠《かご》が来ます」

白石は告げた。

「まさか、城田屋さん？」

「ええ、そのまさかです。理由《わけ》を書いて、頼んだところ、二つ返事で引き受けてくれました。この縁はお加代ちゃんのなせるものだと思われたようです。銀蔵さんも留吉さんもきっと親身になって世話をしてくれるはずです。今頃は首を長くして待

っていることでしょう」

四半刻《しはんとき》（約三十分）ほどして、おきみは夢うつつのまま駕籠に揺られて、銀蔵と留吉の元へ引き取られていった。

6

冬の夜が白《しら》み始めたその朝、昨日三件ものお産に立ち会った疲れが出たのだろう、お信は、まだ夢路《ゆめじ》を彷徨《さまよ》っていた。厨《くりや》からはとんとんと大根の葉を刻む音が聞こえてくる。

「いつもあなたの手ばかり煩《わずら》わせるのは甘えがすぎるので、朝餉はわたしが支度《したく》します」

このところ、朝餉の仕度を白石に任せていた。

お信は大根の葉の味噌汁が葱《ねぎ》のそれよりも好きで、そのせいで冬が嫌いではなかった。今日の朝餉は好きな味噌汁と卵と葱の胡麻《ごま》油《あぶら》炒《いた》めだろうと夢の中で思い、しきりに亡き善周《ぜんしゅう》に話しかけるのだが応えは無かった。そういえば善周は大根の葉のよりも葱の方が好きだったたし、朝の菜は目刺《めざし》と決まっていた。卵と葱の胡麻油炒めが上手な白石は、目刺が苦手であった。

「目があったはずのところがぽっかり空《あ》いていて、なんだかねえ」

なぞと言う。たしかにそうとも言えるが、それはその昔、合戦《かっせん》等で討《う》ち取られた人の首を連想するからで、目刺は目刺。今は泰平の世である。とはいえ、お信は目刺好きだとは言えずにいる。

白石の繊細《せんさい》な気性が最近わかりかけてきてもいた。

「お信先生、先生」

戸を叩く音ではっきりと目を覚《さ》ました。急なお産の知らせだろうと思って起き上がり、身仕舞《みじまい》にかかると、

「北町奉行所《きたまちぶぎょうしょ》の田巻様のお使いの方です」

部屋の前の廊下から白石が障子越《しょうじご》しに伝えた。

「わかりました。朝餉は帰ってからいただきます」

お信は言い置いて、迎えに来た岡《おか》っ引《び》きの平八《へいはち》と一緒に番屋《ばんや》へと向かった。

「早朝、大森《おおもり》で海苔《のり》取りに精を出していた漁師のかみさんが、浜の船道具小屋の戸が開けっ放しなのが気になり、盗《ぬす》っ人《と》かもしれないと中に入ってみたところ、首を吊《つ》ってる骸《むくろ》を見つけたんだそうで。骸は女。くわしいことは田巻の旦那《だんな》に訊いてよ。俺はいつものように先生を連れてこいって言われただけだから。それでも、俺、このお役目ちょっと気が引けるんだよね」

「わたしも嫌われたものね」

　お信の言葉に、

「違う、違う。先生のせいじゃないよ。先生はお手当ても貰ってないのに、どうして呼び出されるんだろうかって話」

「それはまあ、奉行所の懐《ふところ》事情でしょう」

「勝手すぎるよ。その上、たかがあんな瓦版のことで、先生たちを調べようなんていうんだから」

「それは――」

　奉行所の面目《めんぼく》のためでしょうとは続けられなかった。

「医者は人の生死に関わって役に立てばいいとわたしは思ってる」

　お信は言い切り、平八の滑《なめ》らかな舌の動きを止めた。

　番屋では戸板で運ばれてきた骸が、菰《こも》を掛けられて土間《どま》に横たえられている。

「ああ、お信先生」

　気づいた田巻が骸に掛けられている菰を取った。女の骸の首にはくっきりと縄の痕《あと》があった。お信は手を合わせてから、骸の顔に鼻を近づけた。

「知っている女《ひと》ですか？」

　田巻は恐る恐る訊いてきた。

「ええ。充信堂で赤子を産んだお純さんだと思います。赤子は？　勝太ちゃんは？　どこ？　まさか――」

お信は取り乱してはならないと自身に言い聞かせながらも、気が気でなかった。

「お純は一人でした。よくよく探しましたが、船道具小屋に赤子はいませんでした。ところでこのお純はやはり首を括《くく》っての自害《じがい》でしょうね」

田巻が念を押してきた。

「さあ――」

お信は小首を傾げて、

「口からお酒の臭《にお》いが漏れていました」

「首を括る前に酒で気を鎮《しず》めたのだろうか？」

田巻の言葉に、

「何とも異様に臭《くさ》い酒です。普通の時でもわたしなら遠慮します。そんな酒を首を括る前に飲んだら、肝心《かんじん》な時、吐き気がきて苦しみが増すでしょう。これは当人の意志で口にしたものではないと思います」

お信ははっきり首を横に振ると、

「どうか、田巻様も嗅《か》いでみてください」

お信を見倣《みなら》った田巻は、

「まこと、曰《いわ》く言い難い悪臭《あくしゅう》だ。お、臭いの元は口だけではないぞ」

骸の着物の上をくまなく鼻で嗅いでいった。

「これは毒酒を飲まされた時、無理やりだったので器《うつわ》からこぼれたものだ。ここが一番臭うぞ。何と口よりも臭う。お信先生、嗅いでみてください。あなたなら何の毒が入っているのかわかるかもしれない」

お信は骸の襟元《えりもと》から左身頃《ひだりみごろ》に鼻を近づけた。

「これは薬の一粒金塊丹《ひとつぶきんかいたん》の臭いによく似ています」

「ええっ、あの一粒金塊丹に？」

田巻が驚愕したのは、それほどこの薬が有名で高価だったゆえである。朝鮮人《ちょうせんにん》参《じん》はもとより、木乃伊《みいら》や人胆《にんたん》等人体由来の薬に比べても引けを取らない。

一粒金塊丹は阿芙蓉《あふよう》を主とし、他に海狗腎《かいくじん》（オットセイの陰茎《いんけい》）、麝香《じゃこう》、辰砂《しんしゃ》（硫《りゅう》化水銀《かすいぎん》）、龍脳《りゅうのう》、原蚕蛾《げんさんが》、射干《やかん》（幻《まぼろし》の猿《さる》の一種）などを薬種《やくしゅ》として製造される。阿芙蓉は津軽《つがる》藩の特産品として有名で、つがるという呼び名もある。また、オットセイは松前《まつまえ》と共に津軽が主要な捕獲地《ほかくち》とされていた。この秘薬は鎮痛《ちんつう》薬や強壮《きょうそう》薬として用いられ、下痢《げり》や卒中の後遺症《こういしょう》などにも効能があるとされてきた。

「ただし、わたしの知っている一粒金塊丹はもう少し、阿芙蓉の臭いが弱めだったような気がします」

「まさか、この骸が酒に混ぜて飲まされたものは、一粒金塊丹に似せて作られたものだったと言うのですか？　そういうものが出回っていると？」

田巻の背中がびくりと震えた。

「あり得ないことではありません」

お信は言い切った。

その夜、お信は泣き声が弱くなった赤子、勝太の姿を夢に見た。大きな俎《まないた》の上に載せられている。

「これぞまさに赤子の生胆《いきぎも》、いにしえから如何《いか》なる難病にも効く」

その声はどこかで聞いたことがあるのだが、思い出せない。勝太の赤味を含んだ白い腹部に庖丁《ほうちょう》が迫る。いや、庖丁ではない鋭い切っ先のメスというものだった。

――絶対助けなければ――

「止《や》めなさいっ」

自分の大声で目覚めたお信は、厨へ行き、水を一杯飲んだ。

「ふうー」と吐息《といき》をつき、ふと油障子《あぶらしょうじ》を見遣ると、人の気配を感じた。

「誰かいるの？」

恐る恐る油障子に近寄ると、

「赤子は大森の船道具小屋」

というくぐもった声が聞こえた。

「えっ」

一瞬立ちすくんだものの勇気を振り絞《しぼ》って一気に油障子を引いたが、誰もいなかった。

「よしっ」

お信は半纏《はんてん》を羽織《はお》っただけの姿で充信堂を飛び出した。

7

お信は寒風の中を走っていく。行き先は大森で、海苔の収穫を任されていた漁師の女房《にょうぼう》が、お純の骸を見つけたという船道具小屋である。何としても、お純がどのような殺され方をしたのか見極めたかった。

「お信先生、お信さん」

一番鶏が鳴いて後、しばらくしてやっと冬の長い夜が明けようとした頃、背後から聞き慣れた声が掛かった。だが気が急《せ》いているせいか、走るのを止めることはできない。そのうちに相手の方が追いついた。

「白石先生」

「無茶《むちゃ》をされては困ります」

「起こしてしまったのですね。ごめんなさい」

「あなたが立てた音なら、どんなささいな物音でも気がつきます」

白石はさりげなく返した。

花火見物だったり、川面《かわも》を眺《なが》めながらだったり、祭で賑《にぎ》わう神社の社《やしろ》の裏とかで、二人っきりで話しているのであれば、これはれっきとした告白なのだが、二人ともかなりの速さで走っているのであっさりと流れた。

「どうにも勝太ちゃんのことが気になって、夢まで見て——」

「あなたらしい。その点はわたしも同じ気持ちです。この世に生を享《う》けた子どもにとって、次々に降りかかる病を乗り越えて生き残るのは至難《しなん》の業《わざ》です。命を落とすのがどうしようもない時もあるでしょうが、生胆を取りたいという欲望のために犠《ぎ》牲《せい》になるなど、あってはならないことです」

白石はやや息を切らしながら主張した。

こうして二人は船道具小屋に辿り着いた。薄闇《うすやみ》の中から白い朝の光が溢れ出している。

閉められている戸を引いた白石は、

「臭いますね」

と洩らし、

「ええ、たぶん――」

お信は頷いた。

瀕死のお純と優吉と共に充信堂を半ば脅すように訪れ、いつのまにか姿が見えなくなっていたあの大男のごろつき勘太が死んでいた。血まみれの匕首《あいくち》を手にしている。首からは血が流れ出ていた。傍には以下のような書置《かきおき》があった。


お純、優吉、俺は仲間だった。そして、お純はもともと俺の情女《おんな》だった。さんざん可愛がってやったのに、亭主になったのは優吉だった。取り合うのは俺の沽券《こけん》に関わるんで寛容を示した。だがやはり許せなかった。生まれた赤子を見るとその想いはさらに募った。どうして俺の子ではないのだ？　苦しかった。だから、まずは俺には絶対逆らえない優吉を充信堂から遠ざけて、漁師友達の伝手《つて》でここに閉じ込めておいた。その後、元気になったお純に優吉や赤子と別れて俺と一緒になろうと迫ったが、お純は聞き入れず、ついに手を掛ける羽目《はめ》になってしまった。もう死ぬしかないと思うが悔《く》いてはいない。

勘太

「気になりますね」

白石は勘太が書いたらしい文をじっと眺めている。

「勝太ちゃんは、ここにはいないようだけど、ではどこに？」

「何も書いていないですから、余計心配です。おやっ、あの梅毒に罹った者らが受け取っていた文はなかなかの達筆《たつぴつ》でした。あの手跡《しゆせき》を金釘流《かなくぎりゆう》を装って書くと、こんな具合の手跡になるのでは？」

「そうですね」

お信も同様に思った。

「これほど勘太さんがお純さんのことを想っていたのなら、どうして膜が薄くなって子宮が裂けてしまうほど、何度も子堕ろしをさせたのでしょうか？　子堕ろしは一度や二度ではありませんよ。お純さんはそれが嫌で、今度こそというつもりで優吉さんの子を産もうと思ったということになるのでしょうが、子堕ろしは勘太さんのような男が言い含めたり、力ずくでさせたとはとても思えません。勘太さんのような気性の男《ひと》は、赤子を養えるだろうかなどということは考えずに、俺の子を産めと命じることで、やや粗野《そや》な自分の愛情を伝えるものではないかと思います」

「たしかに」

今度は白石が頷いた。

この時であった。

「お信先生、白石先生」

振り返ると、戸口に北町奉行所与力の田巻と岡っ引きの平八が仁王立《におうだ》ちになって小屋の中を睨んでいた。

「やはり、奉行所への投げ文に嘘偽《うそいつわ》りはなかったようですな」

田巻の声はよく響き、尖《とが》っている。

「これなんだけどね」

平八がその文をお信に渡し、白石が覗《のぞ》き込んだ。


お純なる女の骸が出た船道具小屋に至急行かれたし。次なる殺生《せっしょう》と共に必ずや下手人捕縛《ほばく》の機会となろう。極悪医者を捕《と》らえて市中に奉行所の威光《いこう》を示されよ。

義の使者より

「義の使者なんて名乗ってんのがどうもねえ、胡散臭《うさんくさ》くない？」

首を傾げた平八に、

「余計なことは言わなくてよろしい」

厳しく注意した田巻は、

「というような事情なのです。それでここへ飛んできたというわけなのですが、まさか、お二人と顔を合わせるとは思ってもみませんでしたよ」

苦々《にがにが》しく笑った。

「ですが、投げ文によれば、わたしたちが下手人というわけですか？」

白石も釣《つ》られて苦笑した。

「まあ、状況から見てそういうことになりましょうな」

田巻は重々しく告げた。

「そのことはさて置いて――」

お信は死んでいる勘太の上に覆《おお》い被さるようにして、丹念《たんねん》にあちこちを診た。白石の方は土壁に飛び散っている血痕《けっこん》に目を据えている。

「これは自死ではあり得ません」

お信が言い切ると、

「それはもうわかっていますよ、投げ文に殺生とありましたからな」

憮然《ぶぜん》と応えた田巻に、

「ところがこんなものがここにはありました」

白石はしまいかけていた先ほどの書置を差し出した。

「つまり、真の下手人は奉行所とわたしたちを手玉に取っているのです。まずは偽《にせ》の自死告白の文で我らを試し、投げ文であなた方を操《あやつ》り、結果わたしたちは愚弄《ぐろう》されているのです」

白石の事態への分析は明晰《めいせき》だった。

8

「しかし、我らが駆け付けた時、先生たちはすでにここに居た。そして、こやつが殺されていた。それは偽りのない事実だ」

田巻はじろりとお信と白石の顔を見た。

「この者は勘太と名乗っていました。臨月で瀕死のお純さんを何がなんでも助けろと、充信堂に担《かつ》ぎ込んだのです。勘太と亭主の優吉は出産直後にいなくなり、しばらくして、お純さんも赤子もいなくなりました。その後一度も姿を見ていません」

白石が話すと、

「あなたたちはお純だけではなく、この仏が勘太、お純の夫が優吉だと知っていたのだな。となればあなたたちがお純の赤子をとりあげて匿《かくま》うふりをしながら、金欲しさに悪事を働いていたという瓦版の仄《ほの》めかしは満更《まんざら》、見てきたような嘘ではなく真実ということになってしまうぞ」

田巻は声を低めた。

「話したことに悔いはありません」

白石は言い切った。

「勘太は自ら匕首で喉《のど》を掻《か》き切って亡くなったのではありません。匕首の持ち方と傷痕が一致しません。誰かが殺した後に手に持たせたのです。また、飛び散っている血は壁の下の方ですから、勘太は横になっている時に襲われたのです。それと——」

お信は鼻を勘太の口に近づけて、

「お純さんの骸ほどではないにしろ、やはり一粒金塊丹に加え、ぼたん鍋《なべ》の臭いがします。勘太さんはももんじ好きだったのでしょうね。そして、骸を見つけたのも一粒金塊丹を手に入れられるのも医者のわたしたちだから、わたしたちが下手人ということになるのでしょうね」

お信は揶揄《やゆ》するかのように微笑んだ。

「いや、それだけでは——」

田巻は必死に言葉を探して、

「お純や勘太まで殺す目的がわからん——」

額《ひたい》に吹き出た冷や汗に手拭を遣った。

「わたしたち極悪医者は勘太たちを悪事の手下にしていて、お純さんは赤子の生胆をとるために必要だったということで理由は成り立ちます。そうなれば、わたしたちを打ち首にすることなど造作もなくできますよ」

白石はさらりと言ってのけた。

「そりゃあ、ちょっと酷いよ」

平八が口を挟《はさ》んだ。

「止めろ、おまえはおしゃべりすぎる」

田巻は叱《しか》ったが、平八は意に介する風もなく、

「田巻の旦那がどんだけ、お信先生やおまけのあんたを庇《かば》ってきたか知らないんだろう」

白石に食ってかかった。

「平八さん、おまけというのは白石先生に対して失礼です」

お信が咎《とが》めた。

「世間で言われてる、若いツバメとか間男《まおとこ》なんていうのよりはいいんじゃないの？」

平八は引かず、

「いい加減にしろ!!」

やはりまた田巻が雷《かみなり》を落とした。

「ほう、ならば面白い。わたしたちがどう庇われてきたのか、聞かせてもらおうじやないか」

白石は真顔で平八を促した。

「あのね、奉行所ってとこは市中の噂話や流行物、金持ちたちの贅沢《ぜいたく》な暮らしぶりなんかをすごく気にしてるんだよね。あれこれ報告しなきゃならないんだ。だから瓦版にだって鵜《う》の目鷹《めたか》の目《め》のはずだよ。それにしてもあの書き様は酷かったから、本当ならすぐにでもけしからん医者だってことで、お縄にするはずなんだけど、田巻の旦那が、それはそれはしつこいほどお信先生の仕事ぶりについて年番《ねんばん》与力様に報告してる。おまけのことも書き添えてるらしいけどね。お奉行様との取り持ち役の内《うち》与力様にも話をしたのは田巻の旦那なんだよ。吟味《ぎんみ》与力様だからね。ようは旦那方の必死の助力で、あんたたちは今までお縄にならずに済んでるだけなんだよ」

平八の饒舌《じょうぜつ》は淀《よど》みなく続いて締め括られた。

「だから今度のことだって、ちゃーんと旦那は考えてるはずだよ、ね、旦那」

平八は田巻を見た。

「よくもまあ、こうぺらぺらと話せたものだ。呆れてものも言えん。だが一つだけ良い手がある」

「赤子の行方《ゆくえ》ですね」

お信が言い当てた。

「八丈《はちじょう》送りになった臍帯《さいたい》や胞衣《えな》盗みの産婆は家でそれらを干していた。そのような証《あかし》が出てこなければ、上がよほど無茶苦茶《むちゃくちゃ》なごり押しをしてこない限り、殺しの理由が立たないので捕縛はできない。ただし、我が役宅《やくたく》の敷地内とはいえ、充信堂の床下、庭はさんざんに掘り起こされて調べられるだろう。その時、お二人はいない方がいい」

白石は田巻に対して感謝の面持《おもも》ちになり、

「今年も流行風邪が猛威《もうい》を振るい始めています。医者は貴重です。庭を含む家捜《やさが》しが終わるまでの間、知り合いのいる小石川養生所《こいしかわようじょうしょ》で務めに励ませてはいただけませんか？」

深々と頭を下げた。

「わたしからもお願いします」

お信も倣った。

こうして二人は翌日から小石川養生所で働くことになった。白石の提案で男女別だった病床が、さらに流行風邪の隔離《かくり》病室と卒中、中風《ちゅうぶう》、梅毒末期等の一般病室に分けられた。養生所内での感染を防ぐためであったが、これが功《こう》を奏《そう》して、立て続けだった養生所内での流行風邪の罹患は減り、結果、持病を悪化させて死ぬ者が少なくなった。

一方、充信堂は中も外も徹底的な調べを受けたが、結局、赤子らしき骸は見つからなかった。

しかし、そんな騒《さわ》ぎの中で充信堂の周りをうろついていた、お孤のようにも見える貧相《ひんそう》な男が捕縛された。男は土を掘るための鍬《くわ》を持ち、懐に錆《さ》びた匕首を呑んでいた。事情を聞くと、ここで生胆を取られたに違いない赤子の骸を探して供養し、お信と白石を殺すのが目的だったと答えた。男は紛《まぎ》れもなく優吉であった。

詮議された優吉は惚《ほう》けたり、偽り続ける気など毛頭《もうとう》なく、玉子粥《たまごがゆ》を啜りながら、ようやっと、

「身重の女房お純が苦しみ出した時からずっと友達の勘太任せだった。絶対助けてやるという言葉を頼りにしていて、無事に産まれてほしい、その一念だった。お純が勘太の情女《いろ》で前に何度も子堕ろしをしているのは知っていたが、そんなお純が俺の子だけは産むんだと思うと、自分の命を投げ出したいぐらいうれしかった。けれど気がついてみたら、お純と勝太は充信堂で殺されて薬にされたと勘太に聞かされた。すぐに仇《かたき》を討ちたかったが、気も力も弱く、気力を持つまでには時がかかっ

た。早く首を打ってほしい。そうすればきっとお純や我が子のところへ行けるから」

囁《ささや》くような小さく低い声で、知っていることを全て話した。

9

優吉が語ったという、殺されてしまった女房お純と優吉夫婦の情愛《じょうあい》の深さを田巻から聞いて、お信は、お純を充信堂に運び込んできた時の、気弱で小声でしか返答のできなかった優吉のどこにそんな熱い想いがあったのかと驚くと同時に、自身の心を揺さぶられた。

一方、事件の方はというと、優吉の話により、勘太の遺《のこ》した、お純を殺した罪を悔いて自害するという内容の書置の信憑性《しんぴょうせい》は低くなった。また、北町奉行所内の特任例繰方《れいくりかた》により、自分がお純を殺したという勘太の書置と、梅毒に罹った者たちに送られてきた文は、同一人が手跡を変えて書いたものだと断じられた。勘太は梅毒をばらまいていた者たちの黒幕に操られてお純と赤子を連れ出してお純だけを殺し、優吉にはお信と白石を殺させようと、瓦版に書かれていたような真っ赤な嘘を吹き込んでいたものとされた。

かくしてお信と白石は流行風邪禍《か》再来の折柄、小石川養生所での骨身を惜しまぬ働きぶりも考慮されて、おかまいなしとなった。残念ながら、梅毒をばらまいていた者たちの黒幕で、ついに今回は自《みずか》ら手をくだしたと思われる真の悪党はまだどこかで高笑いしている。

「許せぬことだ」

田巻は歯噛みがすぎて両顎《りょうあご》が張ったままでいる。

とはいえ、お信と白石の治療、施術の日々は病に苦しむ患者がいる限り、待ったなしに続く。

「困りました」

充信堂に戻ったお信は悲鳴を上げた。庭のほとんどが掘り返されたせいで、さまざまな薬草が駄目《だめ》になり始めていた。

「まずは薬としてなくてはならない有益な草木を調べてみましょう」

白石は帳面《ちょうめん》を手にして庭を巡《めぐ》った。

「黄色い実が山梔子《さんしし》と呼ばれ、消炎、利尿《りにょう》、鎮静、止血に用いられ、肌荒れにもいいとされている梔子《くちなし》が、常緑だというのに枯《か》れてきています。葉が落ちているのでわかりにくいのですが、根の皮が鎮痛、強壮に効くウコギ、葉や根皮、果実に血圧、血糖の低下、視力減退、腰や膝のだるさ、乾燥性の空咳《からせき》、精神の萎《な》えにも効きにある目があるクコ、樹皮が強力な水虫薬になり、蕾《つぼみ》が胃炎、下痢止め、口の渇《かわ》きの癒《いや》しになるムクゲは根がぐらついていています。一刻も早く植え直しをしなければ――」

早速、庭道具がしまわれている小屋へと向かった。

お信の方はよく実をつける梅《うめ》や柿《かき》、栗《くり》や無花果《いちじく》、今、実をつけている柚《ゆず》、自前の竹で作った竹垣《たけがき》、柏《かしわ》等が無事だとわかってほっとした。お信が佐内町《さないちょう》から八丁堀《はっちょうぼり》へ引っ越しを決めた理由の一つが、佐内町の診療所とほぼ同じこれらの木々が植えられていたことだった。梅や柿の果実類は実が生《な》ると欲しいという患者たちに持ち帰ってもらっていたし、笹は七夕《たなばた》が近づくと皆から無心された。柏は柏餅《もち》を作る時に欠かせず、患者たちの間では皐月《さつき》は充信堂の柏月だと呼ばれている。お信はこれらが少しでも患者たちの身体だけではない、心の癒しになればと思って丹精《たんせい》して育てている。

お信は葉の落ちた高木を見上げていた。サイカチである。樹齢百年を超える逞《たくま》しい巨木もあるが、充信堂のサイカチはまだ、二丈《じょう》ちょっと（約六・五メートル）ほどにしか育っていない。サイカチは幹から枝が変化した鋭い棘《とげ》が生《は》えていて、これは腫れ物に効くとされている。黄緑色の花が咲き終わると、ねじ曲がった赤黒い大きな唐辛子に似た莢《さや》をつける。これを水に浸《つ》けて手で揉んだり煮出したりすると、泡《あわ》が出てくる。これは油汚《あぶらよご》れを落とすのに重宝《ちょうほう》なので、欲しいという人は患者たちだけではなく、隣近所にも多い。

ほかにも、この偏屈《へんくつ》な唐辛子のようなサイカチの莢にはさまざまな効能、利用法があった。サイカチの莢の中にある種は利尿や去痰《きよたん》の薬となるし、雨に打たれでもしなければ割ることのできない固い固いそれは、おはじき等に用いられた。

なお、春先のごく若い葉は風流なお浸《ひた》しや揚げものにもなる。

しかし、このサイカチの根元にも深く掘り返された跡《あと》があった。これに負けずに春の芽吹きを見たい、独特の苦《にが》みがある若葉を味わいたいものだとお信は切に願った。

お信は続いてニワトコの様子を見た。ニワトコというのは本来は庭常《にわとこ》つまり、この家の庭にも植えられている木ということなのだが、いつ頃からか、その枝を煮て水飴《みずあめ》のような状態になったものを、骨折治療の際の膏薬《こうやく》（湿布《しつぷ》）に用いたため、接骨木と書かれるようにもなった。

ニワトコは日常薬に多用される。春から夏に採《と》った葉は天日乾燥させ、利尿、発汗に薬効がある。便秘によるむくみには煎《せん》じたものが効果がある。捻挫《ねんざ》や肉離れには煎じた茎葉水《けいようすい》で湿布すると腫れや痛みが引く。

また、枝は夏に採って細かく刻んで天日乾燥させると、打撲《だぼく》、捻挫、あせも、湿疹《しつしん》、神経痛に効き目が大きい。この場合は刻んで乾燥させた枝を布袋に入れ、湯に浮かべる。

若芽《わかめ》、若葉はサイカチよりも山菜としては有名で、タラの芽等のように天ぷらにすると美味であり、お信の大好物であった。気をつけないといけないのは、人によってはその質《たち》に合わないと下痢や嘔吐《おうと》を起こすので、患者にも隣近所の人たちにも勧めていない。あくまでも誰にでもありがちな軽い怪我や日常に起こりがちな病の助けとなる薬としての利用法を教えていた。

「大変です」

白石が血相《けっそう》を変えて飛び込んできた。

「ヨモギ畑が全滅です。ごっそり抜き取られています」

「そんな――」

駆け付けたお信は、ほぼ畑全体に大きく空いた四角い穴に仰天《ぎょうてん》した。

「これはどう見ても町方《まちかた》の詮議のせいではなさそうね」

ヨモギは地下茎によって増える。早春に若芽を出して春になるとぐんぐん育ち、三尺《じゃく》（約九十センチ）を超えるものもある。優《すぐ》れた薬草で、止血、鎮痛、下痢止め等のほかにも、煎じた汁はウルシ・草かぶれ、あせも、湿疹の患部に冷湿布すれば効き、うがい薬として用いると、歯痛、喉の痛み、扁桃炎《へんとうえん》、風邪の咳止め《せきど》等に効果がある。

加えて、ヨモギは多くの人たちに食されている。早春に摘《つ》んだ若芽を茹《ゆ》でて、お浸しや汁物の具にしたり、天ぷらにするだけではなく、草団子《くさだんご》や草餅（蓬餅《よもぎ》）にもなることから餅草とも呼ばれ、まさに早春の味そのものである。

10

「それにしても、どこにでも生えているヨモギをわざわざ畑で育てているのには、何か理由があるのですか？」

白石が問うた。

「毎年、時季《じき》になると、ここのヨモギを買いたいという菓子屋さんや薬種屋さんが何人も訪ねてくるのです。手入れしてきたせいか、強すぎないふわりとした香りが大変良いとのことで。ですが、一度も売りませんでした。充信堂にある他の薬草や有用草木同様、患者さんを含む皆様に差し上げるものとしていたからです。ヨモギを菜や菓子にして、春の芳香《ほうこう》を楽しむ人たちに、難が降りかかるのを避けるためもありました。ヨモギはどこにでも生えるので、これを摘んで食して命を落とす例が前にありました。というのも、ヨモギの葉の形は山菜のニリンソウ同様、猛毒のトリカブトに似ているのです。草木にあまりくわしくない人たちはうっかり間違いかねません。また、ヨモギとトリカブトが近くに生えていないとも限りません。それで、草餅の時季には充信堂のヨモギを使ってくださいと勧めてきました。それがここにヨモギ畑がある理由です」

「買いに来た菓子屋や薬種屋がここへ盗みに入ったとして、主の不在を誰かが伝えたのだろうか――」

白石はうーんと唸《うな》って腕組みをした。

「そんなことより、わたしは今から薬草学者　設楽元真《したらげんしん》さんのところへ行ってきます。ここの薬草はそのほとんどが、元真さんからいただいて植え替えたり増やしたりしたものです。患者さんたちにとって、薬効を含む四季折々の恵《めぐ》みですので絶やすことはできません。元真さんの住まい兼薬草畑はこのちょっと先、同じ八丁堀ですから。ヨモギを分けてくれるよう頼んでみるつもりです。すみませんが留守《るす》の間の患者さんをお願いします。お産の使いが来たら元真さんのところまでお願いします」

そう言い置いて、お信は身仕舞し、設楽元真、お久美《くみ》夫婦の住まいに向かった。

元真は自らを薬草学者とは思っていない。学者が主になすことは草木を集め、種類別に分類し、一冊の本にすることだと考えているからである。言うまでもなく本を編纂《へんさん》することには膨大《ぼうだい》な時と大変な労苦があり、出来上がった本は薬種屋や医者にとっては必要不可欠なものであることは承知しているし、自身も先達《せんだつ》が遺した書物を読破《どくは》している。つまり、元真は家の中で草木や書物とにらめっこをしているのではなく、もっと実践的に草木を活《い》かしたいと考えているのである。だから、自ら土の状態を調べ、耕《たがや》し、草木を植え、採集している。乞われれば、採集したものを蒸す、干す等の手を加えて使いやすい状態にしたものを分けることもある。元真は対価を得たいとは考えていないが、妻のお久美に言われ、実費程度は貰うようにしている。それで、草木の調べを続けられるし、餓死《がし》もしなくて済むわけである。それぐらい元真は生活力がないのだが、そこが無垢《むく》でたまらなく愛おしいとお久美はお信に語っていた。

市中の医療薬は医者と薬種問屋の談合じみた富裕者向け医療薬と、安価な漢方処方薬を含む一般の町人向け医療薬に大別されていた。富裕者向け医療薬の筆頭は、人胆《にんたん》を主とする人体由来のものや朝鮮人参等であった。一般の町人向け医療薬の方はよほどの場合以外、朝鮮人参を使うことなど叶《かな》わず、『神農本草経《しんのうほんぞうきょう》』の中の草木使いや、民間療法に基づく煎じ薬や湿布薬であった。

医者でなくとも広い庭を持つ武家などでは薬効のある草木を育てて煎じることもできたが、多くの庶民は薬草の知識に疎《うと》い。特に貧しい人たちにとっては薬効のある草木を自給自足し、ふんだんに治療に用いてくれる上、米糠《こめぬか》と黒砂糖、干《ほ》し柿《がき》に肉桂《ニッキ》の香りづけをした万病癒し菓子が有り難かった。米糠と黒砂糖、柚の砂糖漬け、白胡麻を練り込んだ、滋養《じよう》たっぷりの新作も与えてくれる、元真のところは希望の癒し処であった。しかも困窮《こんきゅう》している人たちに対しては薬の代金はほんの僅かである上、ある時払いの催促《さいそく》無しである。なので、このところの設楽宅は、医者の使いの者と病んで困っている人々で溢れているはずだった。

ところがこの日に限って戸口の前に患者の姿はなく、代わって奉行所の者が二人、六尺棒《ろくしゃくぼう》を手にして戸口に立っていた。

察したお信はすぐに裏手へと回り、枝折戸《しおりど》を開けた。

「お信先生」

しばらく会わないうちにすっかり逞しく、力強い顔になっていた元真に声を掛けられた。その目が憤怒《ふんぬ》に燃えている。

元真は薬草を収穫する際の籠《かご》を手にしていた。籠の中は摘み取られた忍冬《すいかずら》の茎葉で埋《う》まっている。

「あちらへ」

元真は声を落とし、庭の道具小屋へと誘った。

「どうしました？　そんなにたくさん――」

秋から冬の間の茎葉は忍冬藤《にんどうとう》と称《しょう》されて、利尿、健胃《けんい》や解熱《げねつ》作用、浄血《じょうけつ》作用があるとされている。しかし、最も効能が期待できるのは春から夏までの忍冬であった。刻んで日干しにして保存する。

「あまりに流行風邪の患者が多く、高熱が続く者もいて、あれだけ夏場に収穫して乾かしておいた忍冬が切れてしまいました。葛根湯《かっこんとう》ももうありません。かくなる上は葛湯《くずゆ》、生姜湯《しょうがとう》、葱汁、煎じた牛蒡《ごぼう》、大根飴、金柑《きんかん》等を使いたいのですが、わたしたちは草一本摘むことも許されなくなってしまいました。昨日の朝からのことです。これは何かの間違いだと思いたいのですが、こうしている間にも流行風邪で命を落とす人がいます。何とか、早く薬草になる草木を生薬《しょうやく》の状態にして医家に届けて、人々を助けたいのですが、押込《おしこめ》という謹慎《きんしん》が解かれる様子はありません。それで仕方なく、効き目は落ちますが、忍冬を摘んで、お久美と二人で炭火で乾かそうとしていたところでした。多少なりとも熱に苦しむ人たちの助けになればと――」

お信と話している間も、元真は籠から忍冬を取り出し、茎葉を切り揃《そろ》える準備をしている。

「届け先を教えてくだされば、わたしが届けます」

お信の言葉に、

「ありがとうございます」

元真は頭を下げて続けた。

「わたしの方の話ばかりですみませんでした。難儀《なんぎ》なさっていることは瓦版で知っていました。けれどもあまりに馬鹿《ばか》げた中傷《ちゅうしょう》の数々なので――。ところで、先生がここへいらしたのはいったい何用です？」

元真は緊張した面持ちを向け、問われたお信はそこでやっと充信堂に起きた異変を口にした。

「町方に庭中を掘り返されて調べられるのは覚悟の上でしたが、ヨモギ畑がそっくりなくなったのには驚きました。こちらのヨモギは大事ありませんか？」

お信はこれを是非とも訊きたかった。

11

「充信堂のように根こそぎではありませんが、かなり掘り起こされました。ヨモギを煮てその蒸気を流行風邪患者に吸わせると、とても効き目があるのに悔しいです。どうしてそんなことをするのかと訊くと、〝草木様畏敬の令〟を定めたお上《かみ》のご意向であると役人は答えました。古くからわたしたちを癒し続けてきた草木様を敬《うやま》う法が定められたというのです。そして、今後、ここの草木様の使用を一切禁ずると。この新たな御定法《ごじょうほう》は、追って市中に広く知らされるとのことです」

元真は憤懣《ふんまん》やる方ない胸中を吐き出した。

「それでは、わたしたちのような医療に携《たずさ》わる者たちだけではなく、医者にかかることもできずに自分たちで草木を薬として使っている人たちはどうなるのです？」

お信も憤然《ふんぜん》とした思いになった。

「自然に生えている有用、あるいは薬効のある草木は貧しい病者たちの唯一の光でした。市中から無料《ただ》の薬がなくなるということです。この悪法は常憲院《じょうけんいん》（徳川綱《とくがわつな》吉《よし》）様が定められた〝生類憐《しょうるいあわ》れみの令〟以上の惨《むご》いものです」

生類憐れみの令とは子宝に恵まれなかった丙戌《ひのえいぬ》年生まれの将軍が、犬をお犬様と崇《あが》め奉《たてまつ》れば跡継《あとつ》ぎを得ることができるという妄想《もうそう》に囚《とら》われて定め、市中を危険な野良犬の天下に変えた稀代《きだい》の悪法であった。

「わからないのは〝草木様畏敬の令〟が定められた経緯《いきさつ》です。いったい誰が――。典薬頭《てんやくのかみ》の半井広計《なからいひろかず》様か――」

元真が首を傾げた時、

「ここにいたのですか」

小屋の戸が開いてお久美が入ってきた。

「まあ、お信先生も」

険《けわ》しかったお久美の表情がやや和んだ。

「もう、何がどうなってしまったのか、わからなくて不安で不安で――」

嘆《なげ》きつつお久美は、手に抱えている箱を元真に手渡した。

「これだけは隠してとっておくことができました」

知らずと声が潜《ひそ》められた。

蓋《ふた》を開けると、中には艾《もぐさ》が詰まっていた。

「これを毎年、作らなければならないのでヨモギ畑が要《い》るのでしたね」

お信は艶《つや》やかな艾に見惚《みと》れた。充信堂のヨモギが根こそぎ盗《と》られてしまった今、艾作りのためのヨモギを地下茎ごと幾本か分けて貰って増やすつもりであった。効き目の強い艾を作るには質の良いヨモギが必要なのだった。

ヨモギは種々の医療に使われるが、その筆頭が艾である。

灸に使う艾は、生長したヨモギの葉を乾燥させ、臼《うす》で挽《ひ》いて篩《ふるい》にかけ、裏側の綿《わた》毛《げ》だけを採る。その綿毛にはヨモギならではの蠟《ろう》がついている。艶やかな高品質の艾が蠟燭《ろうそく》のごとく時をかけて、ゆっくりと燃焼して患部を心地よく温めてくれるのは、必要不可欠な蠟を含んでいるからであった。

「このままにしておくといずれ見つかってしまうので」

元真は小屋の下に穴を掘ろうと、鍬を手にしかけて、

「艾は治療になくてはならないものです。少しお持ちになりますか？」

充信堂の災難に助力しようとしたが、

「いいえ。気持ちはうれしいけれど、たとえ袖や胸元に隠しても出来の良い艾は匂《にお》いで悟られてしまいますから。残念ですけど」

お信は、辞退した。

「それにしても〝草木様畏敬の令〟とは何なんでしょう？　他所《よそ》の薬草園、例えば大店《おおだな》の持っている薬草園も同じように草木を育てられなくなるのかしら？」

お信は疑問を口にした。

「役人は小石川御薬園《おやくえん》だけは今まで通りでよいと言ってました」

「ふーん。ご公儀の薬草園は別格だというのですね」

「そのようです」

元真は肩を落としたものの、

「困りましたねえ」

お信が頭を抱えてしまうと、

「草木は人や生き物とは違って、話したり歩き回ったりしませんが、同じように命あるものです。動けない分、陽《ひ》が強くても弱くても暑くても雨が降っても雪の中でもじっと耐えて、身を守り、子孫を増やそうとそれぞれ工夫して生きているのです。実をつけるために花を咲かせ、受粉できるようにあの手この手で虫を呼びます。実が生れば子孫を増やすために鳥や風の力を借りる、あるいは根や茎を土中に伸ばすとか、ほかにもいろいろ努力しているのです。その命をいただくことに感謝し、余すところなく使っています。増やす手伝いもしています。草木に携わる者は十二分に畏敬の心を持っています」

元真は薬草学者らしく、草木の偉大さを語った。

「そうね。草木を生薬の状態にして、いろいろ配合して薬として医療に役立てている」

お信もよくわかっている。

「草木を育てることが制限されれば、市中に出回る薬が少なくなりますね。すると値が上がるのは必定《ひつじょう》。そうなれば、ただでさえ、貧しく充分な治療を受けられない人々がいるのにその数はもっと増えます。ご公儀がそんなことをわからないはずはないでしょうに」

「誰かが私腹を肥《こ》やすために企《たく》んだに違いないですよ」

それまで黙って元真とお信の話を聞いていたお久美が言い放ち、三人は顔を見合わせ頷いた。

12

これからどうすればよいか思案《しあん》を巡らしながら、お信が手ぶらで充信堂に帰ると、充信堂では白石が待ち構えていた。

「大変です、幸蓮尼《こうれんに》さんのための明楽庵《めいらくあん》造りに精を出している大工や左官《さかん》、植木屋たちが追い払われ、仕上がりかけていた建物が取り壊されそうだという知らせがきました。取り壊しの理由は、使われている材木等が、全てお上のものとなったゆえだとのことでした。材木も元をただせば草木ですから。今後は庭造りだけではなく、新築、改築までもお上が指図したもの以外、許されないとのことです。触れを出す前から取り締まりが始まっているわけですが、何もささやかな明楽庵を目の敵《かたき》にすることもないでしょうに、これはもう――」

「わたしたちの動きを知っていて潰すためです」

お信が言い切ると、

「気になります。わたしが様子を見てきましょう」

白石が明楽庵が建ちつつある高田馬場へと走った。夜更《よふ》けて戻ってきた白石は、顔や手足が傷だらけであった。

「何のこれしき」

白石の言葉に、

「医者の言葉とも思えません。すぐに傷を洗って手当てをしないと」

お信が素早く手当てを済ませると、

「やはり、植木屋が根付かせたばかりのヨモギがごっそりやられていました。あの明楽庵の畑ですよ。酷《こく》かもしれないとは思いましたが、幸蓮尼さんが修行をしている天照寺にも行きました。幸蓮尼さんは驚いてはいましたが、悲しんではいませんでした。あの時とは見違えるような強さが感じられました。さすが、お信先生と昵《じっ》懇《こん》のご住職のお導きの賜物《たまもの》と感服しました。このよくない知らせを聞くや否《いな》や、必死に明楽庵にこれ以上の禍《わざわい》が降りかからないよう、念仏《ねんぶつ》を唱《とな》え始めたのです。わたしも一緒に念じました。その後、夕餉《ゆうげ》となり、わたしも一緒にいただきました。今時の里芋《さといも》粥と風呂《ふろふ》吹き大根、きんぴら等の精進《しょうじん》料理はたいそう美味で、幸蓮尼さんも身体の調子が悪くないようで残さず食べていて、本当によかったです」

明るい口調で告げた。

幸蓮尼は元は士分の妻であり、夫から梅毒を伝染《うつ》されて身籠り、死産した後、生き甲斐《がい》を失ってしまったのだったが、我が子への供養を兼ねた仏の導きによって救われた。そして養女お加代を、幸蓮尼に重ねずにはいられなかった香具師《やし》の元締《もとじめ》城田屋銀蔵がさらなる救いの手をさしのべていた。銀蔵の金で、男の身勝手により無辜《むこ》の女たちに降りかかってきた病を、仏に仕えつつ癒す場所を作り上げつつあった。それが明楽庵だったのである。

「話が前後しますが、天照寺での夕餉は銀蔵さん、留吉さんも一緒だったのです。銀蔵さんたちにも明楽庵が取り壊されそうだという知らせは行っていて、わたしより先に駆け付けていたのです」

「銀蔵さんたちは怒っていたでしょう？　でも、白石先生と大立ち回りするはずはないし、その傷はどうしたのですか？」

「それが、夕餉を済ませて帰ろうとした時、いきなりどこから湧いて出たのか十人以上のごろつきに取り囲まれたのです。わたしたちは懸命に立ち向かいました。銀蔵さん、留吉さんの腕っぷしはさすがです。自分たちは傷一つ負わずにごろつきたちを退散させたのですから。正直、あの二人がいてくれてよかったと思いました。そういうわけですから、騒ぎを聞いて駆け付けた幸蓮尼さんも案じてくれましたが、わたしとしてはこれしきの傷で手当てを受けるわけにはいきませんでした」

「男の意地ですね」

お信は呆れ、

「まあ、そんなところです」

白石は照れ笑いを見せた。

「ところで白石先生や銀蔵さんたちが天照寺から帰ろうとする頃合いを見計らって、ごろつきたちが襲ってきたのは随分と間《ま》のいい話ですね」

「わたしたちは銀蔵さんたちを含めて、見張られているのだと思います」

「だとすると、わたしと白石先生の身に降りかかってきた禍が、あの方々にももたらされないという保証はありませんね」

そうお信が案じた通り、何日かして瓦版が以下のように書き立てた。

世に奇天烈《きてれつ》というものがあるとしたら、まさにこのことだ。過日、ある場所で香具師元締 城田屋銀蔵、一の子分とされている男がお愉《たの》しみの極みを尽くした。それに充信堂の女医者お信の情夫とされていた男がお愉《たの》しみの極みを尽くした。

豪気《ごうき》で知られる巨漢《きょかん》の銀蔵といえば男の中の男、星の数ほど女と愉しんでいるとされてきたが実は男色《だんしょく》、留吉が女房だったのだ。二人してお信の情夫まで愉しみに引き込んでいたとは呆れる。こうした隠れ男色をよしとしない者たちが三人を懲《こ》らしめようとしたが如何《いかん》せん、やつらの結束は強く、闘いは愉しみにも通じる心地よさがあるのか一蹴《いっしゅう》された。これぞ何とも奇天烈すぎる大立ち回りではないか。

ほどなく、留吉から充信堂に文が届いた。

瓦版の一件、あたしたちは少しも困っていません。そろそろ世間に知らせ時だと思っていたからです。それ見たことかという誹謗中傷《ひぼうちゅうしょう》もあるでしょうが、これで城田屋の商《あきな》いや香具師の元締 城田屋銀蔵の名に傷がつくとは思えません。長年築いてきた城田屋と銀蔵への信頼には揺るぎないものがあるからです。
当初、あたしたちは誹謗中傷が信用に関わると感じてひたすら隠してきましたが、本当は銀蔵があたしを案じてのことでした。あたしたちのことが露見《ろけん》すると銀蔵に憧《あこが》れている特に若者たちが、我も我もと押しかけてきて、あたしが煩《わずら》わされるからと銀蔵が心配したからです。その通りになりつつあります。どうやら向島宅は知られてしまったようなので、あたしは可愛いあのおきみちゃんと共に市中の城田屋の地下に潜《もぐ》ります。そこなら誰にも知られないし、銀蔵もあたしたちと一緒に一息《ひといき》入れることができます。
急ぎの折は城田屋の店先にいる者に〝留吉〟とあたしの名を囁いてください。どうか負けないでください。あたしたちも負けません。

留吉

お信先生
白石先生

「ひとまずよかった」

「安堵《あんど》しました」

お信と白石は、ほっと胸を撫でおろした。

13

「お邪魔《じゃま》いたします」

充信堂を元真が訪れた。驚いたことに父親の形見《かたみ》だという刀を腰に帯びている。

この時初めて、お信は設楽元真の生家が武家だと知った。

「実はこれから山《やま》の根《ね》（奥多摩《おくたま》）へ行くつもりです」

元真の表情は、緊張のあまり引き攣《つ》っていた。

「お別れになるかと思いまして」

元真はお信に向かって一礼した。

「今までお世話になりました。お久美をよろしくお願いいたします」

「ちょっと待て」

白石が元真を見据えた。

「死ぬ気だな」

「余計なお世話です。それに、あなたがここにいるせいでお信先生は酷い言われようです」

元真は不快そうに白石を見た。

お信は慌てて、大八車の暴走での出会いから今までのことを簡潔に話すと、

「失礼いたしました。時に瓦版は面白おかしくて売れさえすれば、確かめもしないで、なんでも真実めかして書き立てるとわかっているつもりでしたが、お信先生のこととなるとついつい我を忘れてあなたに怒りが向きました。許してください」

白石に向けて頭《こうべ》を垂《た》れた。

「山の根へ行くだけのことで、わざわざわたしに挨拶に来るというのは、あなたにはお久美さんやわたしのことのほかに、もっと気になっている事柄があるはずです。話してください」

お信が促すと、

「しかし、わたしは、すぐにも山の根へ発《た》たねばなりません」

元真は拒《こば》んだ。

だが優秀な薬草学者を死なせてはならないと必死のお信は諦めず、

「今生《こんじょう》の別れを、わけもわからずに告げられるなんて、わたしはご免《めん》です」

お信の有無《うむ》を言わせぬ言い方に、

「わ、わかりました」

元真はやっと充信堂の座敷で二人と向かい合った。

「山の根で起きていることを教えてほしい」

白石が口火を切った。

「狙《ねら》われていたのはヨモギだけではなかったのです。わたしが山の根の人たちと作っている薬用の朝鮮人参が掠奪《りゃくだつ》されようとしているのです。あれほど歳月と手間ひまをかけた汗と涙の結晶《けっしょう》だというのに、〝草木様畏敬の令〟により、今後、育てることとさえ奪われようとしています」

「朝鮮人参作りには格別なやり方が必要なはずでしょう?」

前にお信は元真から朝鮮人参作りについて、いろいろと聞いていた。冷涼《れいりょう》な気候と腐植質《ふしょくしつ》な土壌《どじょう》が最適で、種が芽吹いた後は高温と強い日差しを嫌うので、春から夏の間は寒冷紗《かんれいしゃ》という平織《ひらおり》の布で遮光《しゃこう》しなければならない。間引きは二年後の秋で、育ったもののうち、育ちのいいものを丁寧《ていねい》に植え替える。自然に生えている状態で育てないと薬効も薄くなるので、この時少しの傷もつけられないといったことだ。

「最も難事なのは収穫では？」

白石の言葉に、

「ご存じでしたか」

元真は口元を緩《ゆる》ませた。

「まあ、一応わたしも医者ですから」

白石は苦笑して、

「植え替えてから三年、植え付けてから五年以上のものが良品だと聞いています。特に五年を超える六年ものからは市場での値もぐんと上がるのだと――」

知り得ている事実を口にした。

「その通り。わたしは朝鮮人参を山の根に根付かせることで、山ばかりで冬は寒く、炭焼《すみや》きだけでは生計《たっき》も充分に立てられない、この地の人たちの恵みにもしたかったのです。でも、特に値も薬効も格段に高い六年ものは賭《か》けです。一年のうちに病で駄目になってしまうこともあるからです。五年ものの葉の状態などを見て、もう一年育てるかどうかを判断するのですが、もし間違えればそれまでの苦労が水の泡となってしまいます」

元真の応えに、

「そこまで育て方が難しいのなら、育った朝鮮人参は奪えても、作り方までは奪い取ることなどできはしないのでは？」

　お信が思わず洩らすと、

「山の根はお上が治める幕領《ばくりょう》です。頼み込んで栽培することはなんとか許しを得ましたが、いつのまにか朝鮮人参作りは代官所《だいかんしょ》の仕事に組み込まれ、民は只働《ただばたら》きを強《し》いられるだけで、恩恵《おんけい》はない仕組みになっていたのです。そして、収穫された朝鮮人参は薬種問屋を経て市中の医者の扱いとなり、たとえ間引きされた細い二年ものでもそこそこ高額で富裕な患者たちだけが利用できるのです。そうなったらわたしのところとは無縁です。そもそも、山の根で朝鮮人参を育てることを思いついたのは、貧しい患者たちのためだったと思うと無念でなりません。こんな理不尽なことがあっていいものでしょうか？　今、山の根では代官所が五年目以上の朝鮮人参を押さえようと、その畑を取り囲んでいるところだと聞きました。わたしと共に育ててきた人たちは代官所と闘う覚悟です。ですからわたしも闘わなければならないのです。負け戦《いくさ》でも、このような悪政を許しておくことはできません。死を賭《と》して一矢《いっし》を報《むく》いることができればそれで本望《ほんもう》です」

　言い切った元真は立ち上がった。

「ならばわたしも一緒に行きます」

お信はきびきびと身支度《みじたく》を始めた。

「そんな、お信先生まで――」

驚いている元真に、

「なにも闘うとは言っていません。闘いになるのなら怪我人も出ることでしょうから手当てが要るはずです。それとあなたのそこまでの覚悟、いつも世話になっているこのわたしが見届けなければなりません」

お信は畳《たた》み込むように告げると、

「白石先生、後のことはよろしくお願いいたします」

白石にも有無は言わせず、元真よりも先に充信堂の戸口を出た。

二人は一路、早足で山の根へと向かった。途中一度だけ休みを取った時、元真は、

「裏で糸を引いているのはあのお方に違いありません。ここまでのことは市中の医療を束《たば》ねている典薬頭にしかできぬことです。悪徳な医者や薬種問屋を小躍りさせている、典薬頭半井広計の奴め、許せない。病に苦しみ怪我に泣く人々を助けるのが医者の務め、その医者に難儀を強い、困っている人々を助けられなくしようというのは医者としてあるまじき所業《しょぎょう》」

怒りで顔を真っ赤にした。

14

山の根へと近づくに連れて寒さが増した。山道は雪がちらつき、早歩きしていても足元が冷え込む。

「大丈夫ですか？」

元真が案じてくれたが、そんなことよりお信は背後の気配がずっと気になっている。

「どうやら――」

元真も気づいていた。

「そのようですね」

お信は相づちを打った。

代官所が立ちはだかるように見えてきた。

「待て」

十人ほどの役人が二人を呼び止めて取り囲んだ。

「江戸から来た女医者お信と薬草学者 設楽元真と見た」

他とは身形の異なる一人が告げた。一瞬元真がたじろぐと、その隙《すき》は見逃《みのが》されなかった。

「あっ」

元真は小さな叫び声を上げた。

「正直に応えれば命までは取らぬぞ」

身形の異なる、三十代半ばの男は薄く笑いつつ、二人の顔を交互に覗き込んだ。

「わしは代官所元締手附《てつき》 脇田政一《わきたまさかず》だ」

「なにゆえこのような目に遭《あ》うのか、正直驚いております」

お信が言葉を返すと両目に火花が散った。相手の平手が両頬《りようほお》を張ったのである。

「おまえらが〝草木様畏敬の令〟を破っていることは調べがついている。御定法破りの極悪人《ごくあくにん》ゆえ、女とて容赦はせぬぞ」

さらにお信の両頬が鳴る音が響くと、怒りに耐えかねた元真の身体が動きかけた。

——それでは相手の思う壺《つぼ》ですよ、どうやら本命はあなたのようなのですから
お信は気づかれぬよう片手を伸ばして押し止《とど》めた。

「すぐには殺さぬ。しばらく考えるがいい。埒《らち》があかなければ明日の朝、御巣鷹山《おすたかやま》に入った仲間たちと共に首を刎《は》ねる」

——

二人が役人たちに引っ立てられた先は、陣屋内の牢であった。

「大丈夫ですか？」

元真はまずお信の赤く腫れた両頰を案じた。

「何のこれしき」

お信は白石の稚気《ちき》と男気《おとこぎ》の両方をかいま見た時のことを思い出し、ぷっと吹き出すと、

「こんな時に――」

呆れた元真は釣られて笑い、

「お信先生の肝《きも》は、いったいどれほどの重みなのか見当もつきません」

緊張が緩んだ。

「重すぎて食べたら食傷しますよ。食えるはずありませんよ。ところで、どうしてこうなるのです？」

左右に首と顔を傾けながら元真に訊いた。

――わたしたちの話には聞き耳が立てられています――

「わたしたちの江戸での行状《ぎょうじょう》がすでに知られていて、〝草木様畏敬の令〟を破ったので、こうして罪に問われるのです」

「それはおかしい」

「何でです？」

「それなら江戸市中でお縄にすれば済むことでしょう。さあ、本当のことをおっしゃい。隠し事はよろしくありません」

お信はそっと片目を瞑《つむ》ってみせた。

「実は――」

元真はわざと声を低めた。

「ここは山ばかりです。幕領とはいえ、人々の暮らしが厳しい話は前にもしました。加えて医者らしい医者もここにはいません。そこで人々は昔から自分の身は自分で守るべく、山の神がもたらしてくれる、山にしか生えない薬草の恩恵に与《あずか》ってきたのです。中でも稀《まれ》にしか見つけることができず、効力も朝鮮人参をゆうに超えるもののことは、癒しの宝として各村の村長たちの口伝《くでん》でした。どうやらそれがお上に知られてしまったようです」

「あなたはその薬草がある場所を知っているのですか？」

「ええ。村長の孫娘が市中から飛び火した流行風邪で瀕死に陥った際、治癒《ちゆ》したことへの礼として」

「それはいったい――」

何という名の薬草なのかとお信が続けかけた時、

「それは冬虫夏草《とうちゅうかそう》であろう」

脇田と、薄笑いを浮かべた加藤潤海《かとうじゅんかい》が格子《こうし》越しに二人の前に立った。

「はっ」

お信は驚きのあまり声が出なかった。

「医者に逆らわず、今まで通りに助産だけをやっていればよいものを、医療や薬草にまで首を突っ込んで、さんざん邪魔をしてくれたが、ここまでですな」

潤海は勝ち誇った顔で告げた。


牢から引き出された二人は、責め道具のある土蔵へと引き立てられた。冷たく暗い夜空が少しずつ白《しら》み始めている。

冬虫夏草は茸《きのこ》の一種で、冬場に土中で成長する昆虫《こんちゅう》類の幼虫に寄生《きせい》し、春になるとこの幼虫の養分により菌糸《きんし》が成長を始め、夏になると地面から生える。地中部は幼虫の外観を保っており冬虫夏草の姿となる。こうした稀有《けう》な見かけもあって、隣国では古くから絶大な強壮効果があり、ひいては長寿をもたらすとして、時の権力者がこぞってもとめてきた逸品《いっぴん》の一つであった。

「このような良き草木様を、下々《しもじも》の身で隠し通してきたとは言語道断《ごんごどうだん》、神をも恐れぬ悪事よな。だが、お上にもお慈悲《じひ》はある。捕《と》らえてある仲間の村長たちは何も言わずに死ぬ気だが、おまえ次第で考えてやらぬこともない。さあ、冬虫夏草はどこにある？　どこで見つけられる？」

「歴代の将軍様の鷹狩《たかが》りのため、出入りが禁じられている御巣鷹山に――」

ございますと続けかけた元真の言葉を、脇田は遮《さえぎ》り、

「嘘を申すな。わしを本草《ほんぞう》に素人《しろうと》であろうと侮《あなど》るでない。ここでは隣国の高山のものにも負けない冬虫夏草が育つが、茸の餌《えさ》になる四季を通じて冷涼を好む蛾《が》の幼虫など、すでに調べ尽くして御巣鷹にはいないことがわかっている。おまえの仲間の村長たちは御巣鷹、御巣鷹と口を揃えているが、御巣鷹に冬虫夏草など影も形もないと、とっくに知れているのだぞ。さらなるおまえの謀《はか》り、許し難い。こうしてやる」

自ら手にしていた木刀《ぼくとう》でお信の肩を叩いた。お信はわざと大きくのけぞった。

潤海はニヤニヤしながらその様を見ている。

「お信先生」

元真がお信の前に出て必死に庇おうとすると、

「そうはいかぬぞ」

脇田はお信の右手に木刀の狙いを定めて、

「如何《いか》に腕の立つ医者とて、手が不自由になっては務まるまい」

「そうだ、そうだ」

潤海の声に煽《あお》られて、脇田が木刀を大きく振り被った時、

「何もかもお見通しで——参りました。この通りです」

元真はぺたりとへたり込むと、放心したかのように、がっくりと頭を垂れた。

「よしっ、ならば今すぐ案内せよ」

脇田と潤海の勝利の声が高らかに響いた。

15

こうして代官所元締手附　脇田政一とその配下の者たちは、縛《しば》りあげたお信と元真を引き立てて、雲取山《くもとりやま》を登り始めた。夜空は青空に変わっているが、この地の冬日ならではの身を切るような寒さであった。

「まさか、また嘘をついているのではあるまいな」

脇田の念押しに、

「とんでもございません。ですが、冬虫夏草は寄生した菌糸が幼虫の生命力を抑えてこそなされる奇跡です。菌糸の方が弱ければ幼虫は蛾になるだけです。奇跡の産物ですので毎年見つかるというわけにはいかぬかもしれません」

元真が応えると、

「御託《ごたく》を並べるな」

脇田は元真の横にぴたりと貼《は》りついた。

登り続けてやっと林に行き着いた。木々は葉を落としていて、見渡す限りの豊かな腐植土が広がっている。元真が歩を止めた時、

「これでヨモギから朝鮮人参、冬虫夏草まで何もかも手に入れたも同然。さて脇田様、ご苦労様でした」

まずは脇田を労《ねぎら》うと、

「さあ、旦那方、さっさと二人を片付けてしまってください。村長たちの始末は脇田様にお任せいたします」

その言葉を合図に十人近くの浪人《ろうにん》が姿を現し、応える代わりに刀が抜かれ、一撃がお信と元真に振り下ろされたかのように見えた。ところが脇田は自分の刀を一人の浪人と斬《き》り合わせて元真を庇った。

「わ、脇田様、い、いったい、どうしたのです？」

潤海は驚愕した。

お信は代官所の小者《こもの》たちと北町奉行所の役人たちが、潤海たちを取り囲んでいる様子を見た。その中には白石と与力の田巻の顔もあった。

――お信先生、安心してください――

田巻と白石がまっすぐにお信を見つめ、微笑んでいる。

――なぜ？――

「謀りおったな」

潤海は、悪鬼《あっき》さながらの形相《ぎょうそう》で睨み、

「かくなる上はこの恨み、地獄の釜《かま》の中まで持っていき、末代《まつだい》まで祟《たた》ってやろうぞ。覚悟しろ」

大声でさらに悲鳴のように甲高《かんだか》く叫んで、崖《がけ》に向かって走り始めた。

「そうはさせん。罪状の数々明白にして罪を償《つぐな》わせる。でないと、市中の医療の闇は明るくならない。同じことが繰り返される」

脱兎《だっと》のように白石も走って追いかけた。しかし、断崖《だんがい》には一歩、潤海の方が早く行き着いていた。

「闇だあ、闇じゃあ、おおっ、闇、闇、闇、うれしや、闇ぞい」

声を張り上げ、潤海の身体が断崖の端《はし》から消えた。

この後、田巻がお信と元真を縛っていた縄を切った。

腕をさすっているお信に、白石は、

「お信先生、大丈夫ですか？　代官所で大事はありませんでしたか？」

最初に尋ねた。

「そこは、その――。潤海の目を欺《あざむ》くためとはいえ、ご無礼《ぶれい》の数々を――」

脇田が申し訳なかったと頭を下げた。

「元真先生が必死で止めてくださったし、何のこれしき」

お信は白石を見つめた。

「わたしは必死だったんですよ。でもよかった。お信先生も村の人々も無事で」

凝《こ》りをほぐすように肩を回している元真の言葉に、

「〝敵を欺くにはまず味方から〟と言いますからね。設楽先生、どうかお許しください。お信先生にも謝らなければならないことがあります。あの大八車の事故の時、あなたに会ったのは偶然ではありません」

白石は語り出した。

「えっ？」

お信は驚きを隠せなかった。

「ある人から聞いて、あなたのことは以前から知っていましたから、どうにかしてあなたと言葉を交わしたかったのです。ですからあなたが往診に行く時は、あなたの後を尾行《つけ》ていたのです。今日こそはと思い、声を掛けようとした時、あの事故が起きたのです」

「まあ、少しも気づきませんでした。いつでも声を掛けてくれればよかったのに──」

お信は白石の真意をはかりかねた。

「医者として懸命に治療にあたっているあなたを見て、聞いていた通りの方だと得心し、ますますあなたの知己《ちき》を得たいと思いました。あなたとなら江戸の医療に深く巣くう悪を退治《たいじ》できると決心したのです。でもいきなりわたしと共に闘ってほしいと言ってもあなたを驚かせるばかりだと思い、以前から見知っていた、田巻様に力を貸していただきました」

「白石先生と田巻様はお知り合いだったのですか？」

お信が田巻を見遣ると、田巻は頭を掻きながら、

「お信先生なら、必ずや縫合の技が気になって、白石先生を探したいと言うでしょうから大丈夫、任せてくださいとお応えしたのです」

と言い、軽く腰を折った。

「まあ、二人してわたしを」

お信は軽く二人を睨んだ。

「江戸の医療に深く巣くう悪を退治するために、先に瓦版で仕掛けたのはわたしで

したが、それは一度だけで、さらにえげつなくいろいろ銀蔵さんたちのことまで書き立てさせたのは加藤潤海です。もちろん梅毒に罹った者たちへの脅しの文も潤海の仕業《しわざ》で、操っていたのも潤海でした。私利私欲のために医療を利用しているのです。患者を増やし、金を絞り取ろうという魂胆《こんたん》は際限《さいげん》ありませんでした。しかし、潤海の悪事は容易に暴《あば》けず、決定的な証が必要でした。そのために仕掛けたのが〝草木様畏敬の令〟でした。こんな馬鹿馬鹿しいことを信じ込ませることしか、潤海の欲を最大限に膨らませる手立てはなかったのです。逆にいえば貪欲《どんよく》の権化《ごんげ》の潤海だからこそ、どう考えてもおかしくて、意味のない御定法が作られることを信じてしまったのです。念のために、もちろんどこの家のヨモギでも自由に潤海の意のままにさせたり、設楽さんが汗をかかれたこの地の朝鮮人参も同様、さらに秘宝とされている冬虫夏草までぶつけてみたのです。村長たちを脇田様に頼んで入牢させたのも彼らを守るためでした。脇田様は代官所元締手附ではなく、この地の代官です。お願いして、悪漢退治に一役《ひとやく》買っていただきました。医療に関わる悪について思うところのあった脇田様は、潤海とたびたび会合を持つ等、惜しみなく最大限の力を貸してくださいました。大義のためとはいえ、設楽先生に辛い想いをさせ、あなたにも何も告げずにいたことは申し訳なかったです」

白石は深々と頭を下げた。

「そんな、あんまりですよ。でも、〝草木様畏敬の令〟はないんですね。よかった」

元真はほっと胸を撫でおろした。

「わたしは幕府奥医師です」

白石が言うと、

「まあ、そんな偉い方だったなんて。でもあれだけの医術を持っていらっしゃるのですから、当然といえば当然ですけど」

お信は驚きと羨望《せんぼう》の眼差《まなざ》しで白石を見た。

「そして、松川《まつかわ》善周は兄です」

白石の言葉にお信は耳を疑った。

「そんな、善周先生は生まれのことを一言も――」

「兄は白石家の養子なのです。長く子を授からなかった両親が松川某《ぼう》という友人から養子として兄を迎えたのです。その後、なんの因果《いんが》かわたしが生まれたのです。長じてから兄は、幕府医官として最高位である法印《ほういん》の地位をいいことに富裕な者ばかりを診るのは医者ではない。貧しい人々も分け隔《へだ》てなく診るべきだと言って、父が止めるのを振り切って、離縁してしまいました。ですから松川を名乗っていたのです」

「善周先生らしい」

お信はもう驚かなかった。

「でも、それは血縁のわたしを跡継ぎにするための方便《ほうべん》だったのです。父は富者も診ていましたが、市井《しせい》の人々も診ていましたから。兄が白石の家を出てからもわたしは兄と始終会って、医療について話し合っていました。お信先生、あなたのこともたくさん聞いていました。あなたは兄から聞いていた通りの女《ひと》でした。でも口には出せませんでした。兄は終生、白石と関わりがない者でいたかったからです。ですから兄の葬儀《そうぎ》はそっと見守るだけでした。いろいろ黙っていたり、騙《だま》すようなことをして申し訳ありませんでした」

白石は再び深々と頭を下げた。

「あの時の〝何のこれしき〟も偽りだったのですか？」

お信は微笑みながら訊いた。

「いいえ、とんでもない。刀を手にしていなければごろつきと互角が精一杯でした。銀蔵さん、留吉さんの素手《すで》での無敵ぶりにはとても敵《かな》いません」

白石はやはりまたあの時のように照れくさそうに頭を掻いた。

「あなたは雲の上のお方だというのに、なぜか遠いような気がしません」

口に出してしまった後でお信は、

――まるで想いの告白みたい。

すぐに後悔した。

16

お信にやっと常の充信堂の日々が戻った。町方の助力でヨモギ畑等の手入れがされて、庭も元通りになりつつあった。

幸蓮尼の明楽庵についてもこうした手当てが行われ、これには香具師の元締の銀蔵の尽力もあり、明楽庵には子を宿しつつ命が尽きた幸薄《さちうす》い女たち、水子《みずこ》、生まれてすぐ死んだ赤子、命が短かった幼子《おさなご》たちの供養塔も建てられた。生まれてほどない我が子を過失で死なせたお里《さと》が次の子を妊娠、大きな腹を抱えて供養に訪れた。

また、行《ゆ》き方《かた》知れずになっていた赤子の勝太は勘太に襲われるかもしれないと案じたお純の懇願《こんがん》で、白石が生家に預《あず》けていたとわかった。

母親を亡くした勝太は、子を亡くした幸蓮尼と共に生きていくことになる。

ちなみに鬼のような義父と母の元を離れたおきみは、銀蔵と留吉から溢れんばかりの愛を得た上、城田屋の帳場《ちょうば》で生き生きと働き〝無駄《むだ》をしちゃ駄目よ〟と、持ち前の算盤力を発揮し、我が子の誕生を待っている。

上田屋《うえだや》へ嫁いでいた由紀乃《ゆきの》は、お信の助産を得て無事に男児を産んだ。元真の薬草畑は以前のように戻っただけではなく、あと半年ほどで元真とお久美は父親と母親になる。

喜んだお信は古くなった浴衣《ゆかた》を解《ほど》いて襁褓《むつき》の大きさにしたものを、天井から何枚も吊り下げ、針を進めていく。これは出産の折、裂けた会陰《えいん》を縫う鍛錬《たんれん》でもあった。白石にはとうとう会陰裂傷《れつしょう》の縫合について教えを受けることができなかった。あの繊細な肉の部分はすりきれた木綿布よりも柔らかで、実はとても縫いにくい。でも繰り返しこれをやっていれば何とかなる――。

お信がこのことを文で伝えると、白石から返事が届けられた。短い文を読んだお信は一度だけ見せた白石の暗い目を思い出した。あれはたしか二人で梅毒をばらまいている者を追い詰めていた時――。

縫合は傷の形や場所と関わりなく、あなたの腕ならすぐに間違いなくわたしを超えます。心配は微塵《みじん》もしていません。

ところで梅毒の母親から生まれた子でも全く症状のない、幸運に恵まれて育つ子もこの世にいることをご存じでしょうか。とはいえ、いつ牙《きば》を剝くかしれないあの病が潜《ひそ》んでいる身ではあります。

これは生涯独り身と決めたわたし以外誰も知らぬことです。
あなたが好きでした。

お信先生

白石宗祐

〈了〉

参考文献

『病家須知　翻刻訳』平野重誠 原著／小曽戸洋 監修／中村篤彦 監訳／看護史研究会 翻刻・訳注　農山漁村文化協会
『江戸の病』氏家幹人 著　講談社選書メチエ
『感染症の日本史』磯田道史 著　文春新書
『疫病の日本史』本郷和人・井沢元彦 著　宝島社新書
『有用草木博物事典』草川俊 著　東京堂出版
『薬で読み解く江戸の事件史』山崎光男 著　東洋経済新報社
『図説・日本医療文化史』宗田一 著　思文閣出版
「マーガレッタ・クレブの地獄」（『外科の夜明け』トールワルド 著／塩月正雄 訳　講談社文庫所収）
『冬虫夏草生態図鑑』日本冬虫夏草の会 編著　誠文堂新光社
『大江戸死体考――人斬り浅右衛門の時代』氏家幹人 著　平凡社新書

本書は、「しんぶん赤旗日曜版」（二〇二三年十月二十三日号～二〇二四年二月十一日号）に連載された「続・お悦さん」を改題の上、大幅に加筆・修正したものです。

著者紹介
和田はつ子（わだ　はつこ）
東京都生まれ。日本女子大学大学院修了。出版社勤務の後、『よい子できる子に明日はない』がテレビドラマの原作となり注目される。著書に「口中医桂助事件帖」「料理人季蔵捕物控」シリーズなどがある。

ＰＨＰ文芸文庫　産医お信《のぶ》なぞとき帖

2024年５月21日　第１版第１刷

著者　和田はつ子
発行者　永田貴之
発行所　株式会社ＰＨＰ研究所
東京本部　〒135-8137　江東区豊洲5-6-52
文化事業部　☎03-3520-9620（編集）
普及部　☎03-3520-9630（販売）
京都本部　〒601-8411　京都市南区西九条北ノ内町11
PHP INTERFACE　https://www.php.co.jp/
組版　株式会社PHPエディターズ・グループ
印刷所　株式会社光邦
製本所　株式会社大進堂

ISBN978-4-569-90405-4

PHP文芸文庫

いやし

〈医療〉時代小説傑作選

宮部みゆき、朝井まかて、あさのあつこ、和田はつ子、知野みさき 著／細谷正充 編

時代を代表する短編が勢揃い！　江戸の町医者、歯医者、産婦人科医……命を救う者たちの戦いと葛藤を描く珠玉の時代小説アンソロジー。

PHP文芸文庫

なぞとき

〈捕物〉時代小説傑作選

宮部みゆき、和田はつ子、梶よう子、浮穴みみ、澤田瞳子、中島 要 著／細谷正充 編

平成を代表する女性時代作家の豪華競演！
親子の切ない秘密や江戸の料理にまつわる
謎を解く、〝捕物〟を題材とした時代小説
ミステリ短編集。

PHP文芸文庫

なみだあめ

〈哀愁〉時代小説傑作選

宮部みゆき、諸田玲子、志川節子、梓澤 要、馳月基矢、高瀬乃一 著／細谷正充 編

父と娘、母と息子、ご隠居と孤児、男同士の友情……あたたかくも切ない江戸の人情を描いた、豪華作家陣による時代小説アンソロジー。

PHP文芸文庫

えどめぐり

〈名所〉時代小説傑作選

宮部みゆき、朝井まかて、田牧大和、宮本紀子、
篠 綾子 著／細谷正充 編

神田、日本橋、両国……江戸の町には物語があふれている！　人気女性時代作家の傑作短編で様々な名所を巡る、時代小説アンソロジー。

PHP文芸文庫

おつとめ

〈仕事〉時代小説傑作選

宮部みゆき、永井紗耶子、梶よう子、中島 要、泉ゆたか、桑原水菜 著／細谷正充 編

商人、大奥、駕籠かき……江戸の「仕事」はおもしろい！ 豪華女性時代作家陣による、働く人々の人情を描いた時代小説アンソロジー。

PHP文芸文庫

ぬくもり

〈動物〉時代小説傑作選

宮部みゆき、西條奈加、田牧大和、小松エメル、櫻部由美子 著／細谷正充 編

事件にかかわる鳩、禅寺で暮らす犬、長屋の主のような猫……江戸っ子と動物たちの可愛らしくも切ない関係を描いた傑作アンソロジー。

PHP文芸文庫

はらぺこ

〈美味〉時代小説傑作選

宮部みゆき、朝井まかて、中島久枝、近藤史恵、五十嵐佳子 著／細谷正充 編

旬の女性時代作家たちが豪華共演！　みたらし団子、猪鍋、菜の花飯……江戸のうまいもの×人情を味わえる短編が揃ったアンソロジー。

PHP文芸文庫

はなごよみ

〈草花〉時代小説傑作選

宮部みゆき、中島 要、廣嶋玲子、梶よう子、浮穴みみ、諸田玲子 著／細谷正充 編

いま話題の女性時代作家が勢揃い！ 桜、あじさい、朝顔、菊、椿……江戸の人情を花に託した美しくも切ない時代小説アンソロジー。

PHP文芸文庫

ふしぎ

〈霊験〉時代小説傑作選

宮部みゆき、西條奈加、廣嶋玲子、泉ゆたか、宮本紀子 著／細谷正充 編

江戸のファンタジーは面白い！　「人の罪を映す」目を持った少女や、超能力を持つ拝み屋の少年の物語など、幻想的な傑作短編を収録。

PHP文芸文庫

わらべうた

〈童子〉時代小説傑作選

宮部みゆき、西條奈加、澤田瞳子、中島 要、梶よう子、諸田玲子 著／細谷正充 編

今読んでおきたい女性時代作家が勢揃い！ときにいじらしく、ときにたくましい、子供たちの姿を描いた短編を収録したアンソロジー。